MÉMOIRES
SECRETS
POUR SERVIR À L'HISTOIRE
DE LA
RÉPUBLIQUE DES LETTRES
EN FRANCE,

DEPUIS MDCCLXII JUSQU'À NOS JOURS;

O U

JOURNAL

D'UN OBSERVATEUR,

CONTENANT les *Analyses des Pieces de Théâtre* qui ont paru durant cet intervalle ; *les Relations des Assemblées Littéraires ; les notices des Livres nouveaux, clandestins, prohibés; les Pieces fugitives, rares ou manuscrites, en prose ou en vers; les Vaudevilles sur la Cour; les Anecdotes & Bons Mots; les Eloges des Savans, des Artistes, des Hommes de Lettres morts,* &c. &c. &c.

TOME TROISIEME.

.... *huc propius me,*
.... *vos ordine adite,*
Hor. L. II. Sat. 3. vs. 81 & 82.

A LONDRES,
CHEZ JOHN ADAMSON,

M. DCC. LXXX.

MÉMOIRES

SECRETS

POUR SERVIR A L'HISTOIRE DE
LA RÉPUBLIQUE DES LETTRES
EN FRANCE, DEPUIS MDCCLXII
JUSQU'A NOS JOURS.

ANNÉE M. DCC. LXVI.

1er. *Mars.* Compliment du R. P. Martial Hardi,
Récollet, fait au Roi à l'ouverture du Carême de
cette année.

SIRE,

Posséder la plus brillante couronne, com-
mander à un peuple digne d'obéir au premier
maître du monde, régner sur autant de cœurs
que l'on compte de sujets : voilà, SIRE, les
privileges de votre sceptre, & l'étendue de votre
Empire : redoutable à vos ennemis, alors même
que le succès couronne leurs efforts : respecté
de vos alliés, qui vous trouvent équitable dans
vos projets ; désintéressé dans vos vues, invi-

riable dans vos engagemens, chéri, adoré presque d'une nation inépuisable dans ses ressources,
quand elle les cherche dans son amour : que
manque-t-il à votre gloire ? Osons le dire cependant, tant d'avantages réunis n'assurent point
la vraie grandeur : ils peuvent fixer ici-bas la
plus vaste ambition ; mais après tout, ils n'offrent rien que de frivole & de périssable : la
mort les efface, le tombeau les anéantit. Il n'est
de gloire solide que celle que donnent les vertus chrétiennes. Le Vainqueur de Fontenoy, le
Pacificateur de l'Europe, le Pere des François,
vivra à jamais dans nos Fastes, mais nos Fastes
périront. Le digne fils de l'Eglise, le Prince
vraiment chrétien, le Monarque religieux,
voilà, SIRE, vos titres les plus augustes, titres
durables, que la Religion consacre, & qui seuls
peuvent vous assurer la véritable immortalité.

2 *Mars* 1766. *Le Préservatif contre le Cler-*
gé, ou Lettre à un Curé : de près de 80 pages.
Cet Ecrit tend à prouver

1°. Que la Bulle *Unigenitus* n'est ni ne peut
être une Loi Dogmatique.

2°. Que le Souverain a droit d'imposer silence
sur un pareil décret, & de fermer l'entrée de
ses Etats.

3°. Que cette loi, fut-elle réellement dogmatique, l'opposition n'est pas un crime.

4°. Que dès-lors l'opposition ne peut être
punie par un refus de sacremens.

5°. Que, quand elle seroit de nature à mériter cette punition, elle n'a été prononcée par
aucune loi.

6°. Que le Magistrat peut donc & doit empêcher ce refus.

7°. Qu'enfin tout exercice extérieur du Miniftere religieux eft foumis à l'infpection des loix & du Magiftrat, qui en eft par fon état le défenfeur.

3 *Mars* 1766. Avant-hier M. l'Archevêque de Touloufe [Brienne] a prononcé à Notre-Dame l'oraifon funebre du Dauphin. Cet Orateur n'a pas répondu à l'attente qu'on avoit de lui : il n'a dit que des chofes communes, & nous n'avons point trouvé dans fon ftyle cette chaleur & cette rapidité qu'exige tout difcours éloquent.

4 *Mars.* M. l'Evêque de Lavaur eft nommé pour faire l'oraifon funebre du Roi Staniflas.

4 *Mars.* On débite imprimée une *Réponfe du Roi au Parlement*, en date du 3 Mars, dont le fonds & la forme font également intéreffans; ce font les principes du Defpotifme établis avec la plus grande hardieffe fur ceux du Droit naturel. Quant au ftyle, il eft fort, nerveux, noble, à quelques phrafes près, très entortillées.

5 *Mars.* On a donné avant-hier pour la premiere fois la premiere & derniere repréfentation de *Guftave* de M. de la Harpe. Il place fon héros dans les montagnes de la Dalécarlie. Ce Drame a eu beaucoup de peine à parvenir jufqu'à la fin, & les deux derniers actes ont été foufferts très impatiemment. Rien de plus miférable auffi. Cet auteur, au lieu d'augmenter, n'a fait que décroître depuis fa premiere tragédie, & montre abfolument dans celle-ci fon incapacité. C'eft un monftre dramatique de toutes façons, où il ne fe trouve aucune beauté, même de détail.

6 *Mars.* Un Auteur a voulu venger la gloire de *Beauvais*, qu'on reprochoit à M. Du-

belloy d'avoir flétri mal à propos : en conséquence il a fait le *Siege de Beauvais*, ou *Jeanne
Lainée*, tragédie en cinq actes. Cet ouvrage est
d'un honnête citoyen, plus capable sans doute
de faire une bonne action que de composer un
bon drame. C'est M. Araignon.

7 *Mars* 1766. Le Pere Fidele de Pau, Capucin, a prononcé au couvent des Capucins une
oraison funebre de M. le Dauphin, qui paroît
imprimée. A travers tout le galimathias & le ridicule dont elle est pleine, on découvre une
imagination vive & ardente, un génie hardi &
fécond : il ne manque à ces deux facultés que
du jugement pour les diriger, & l'auteur a fait
un abus de termes qui dénaturent absolument
ses idées. On prétend qu'il a pillé une pareille
oraison funebre, prononcée autrefois pour le
Grand Dauphin, qu'on trouve imprimée dans
quelques recueils. Elle étoit si plaisante, que
Madame de Maintenon ne trouva point de meilleur moyen pour mettre un terme à la douleur
de Louis XIV, que de lui faire lire cet ouvrage,
dont il ne put s'empêcher de rire.

8 *Mars.* On vient d'imprimer par ordre
du Parlement de Provence le fameux *Discours
de M. le Blanc de Castillon*, dont nous avons
donné un extrait. On y rapporte ce même extrait, qu'on supprime & qu'on condamne avec
différentes qualifications, & surtout comme calomnieux envers le Magistrat. Par une singula-
rité inconcevable, ce même précis se retrouve
épars tout entier dans le discours, à quelques
phrases près, qu'on sent très bien avoir été sup-
primées. Il résulte de cette justification, que
l'extrait étoit vraisemblablement très bien fait,

& qu'on n'a rien imputé à M. Caftillon qu'il n'eût dit : mais il convenoit de le défavouer. Ce difcours, du refte, eft très beau, très éloquent, & plein de grandes vues.

9 *Mars* 1766. M. de Caylus en mourant avoit fouhaité qu'on mît fur fon tombeau à St. Germain l'Auxerrois fa paroiffe, un monument antique de porphyre très cher & très précieux. Le Curé de la paroiffe a fait des difficultés : il a témoigné des fcrupules de faire entrer dans fon églife cet ornement profane. La chofe n'eft point encore décidée. M. de Caylus vouloit qu'on y joignît pour Epitaphe : CY GIT CAYLUS.

10 *Mars*. M. l'Abbé de Boifemont a prononcé aujourd'hui devant l'Académie Françoife l'oraifon funebre de M. le Dauphin, dont il étoit chargé. Ce difcours a paru faire une grande fenfation fur les auditeurs : on craint qu'à la lecture il n'ait pas le même fuccès. En général, cet orateur fort lâche & plein d'affetterie, n'eft pas propre aux grandes touches de l'éloquence.

11 *Mars*. L'Académie des Sciences vient de perdre un célebre Chymifte, M. Hellot, âgé de 88 ans. Il avoit été chargé de la compofition de la Gazette de France, depuis 1718 jufqu'en 1732 ; & cette gazette, à ce qu'on prétend, étoit devenue très-intéreffante entre fes mains. Mais fon mérite brille effentiellement dans les Mémoires de l'Académie, où il développe les plus grandes connoiffances dans la chymie, & le ftyle le plus correct dans fa compofition. Le Confeil l'avoit chargé d'une efpece d'infpection fur les Teintures, l'exploitation des Mines, & la fabrication des Porcelaines en France, & il a répandu fur tous ces

objets des lumieres qui feront très utiles à ceux qui lui fuccédent.

12 *Mars* 1766. L'oraifon funébre du *Pere Fidele de Pau* a fait tant de bruit dans ce pays, où l'on rit de tout, qu'il a fallu l'arrêter, & la Police vient de la défendre : au moyen de quoi elle eft très chere.

Depuis quelque tems l'auteur en avoit débité une avec des notes, dont on a faifi 200 exemplaires dans fa chambre.

14 *Mars*. On a refté longtems indécis fur la rentrée de Mlle. Clairon, il y a eu même là-deffus diffenfion entre M. de Valbelle, fon amant, & l'Actrice en queftion. Il paroît que le goût naturel de cette héroïne pour la fcene, l'envie de perpétuer fa célébrité, & peut-être des raifons de fortune l'avoient déterminée à paffer par deffus la fatisfaction qu'elle fe croyoit en droit d'attendre pour un châtiment qu'elle ne s'étoit attiré que par des motifs auffi nobles que louables. Ce militaire délicat fur l'honneur, n'avoit pas penfé de même, & prétendoit qu'il falloit tout facrifier, plutôt que de faire une démarche peu glorieufe. La difpute avoit été fi vive entr'eux, que le bruit avoit couru d'une rupture. Cependant des amis communs cherchent à les rapprocher, & M. de Valbelle a confenti de s'en rapporter à un comité de gens fages & éclairés. En conféquence on eft allé au fcrutin chez Mlle. Clairon, & le grand nombre ayant été pour qu'elle rentrât, M. de Valbelle y a acquiefcé.

15 *Mars*. *Projet d'Ecoles publiques*. L'auteur de ce projet relève très bien les abus de l'éducation ordinaire de nos colleges. Dans la

premiere partie de fon ouvrage, la difficulté eft d'en fubftituer une réellement bonne : l'auteur fimplifie les objets, & réduit à quatre le nombre des profeffeurs.

17 *Mars* 1766. M. l'abbé de Beauvais a prononcé à Notre-Dame *l'oraifon funébre de Don Philippe*. Quoique l'orateur fût tremblant, on a remarqué de très belles chofes dans fon difcours & l'art merveilleux par lequel il a rapproché le deuil général de l'Europe.

Tous les Spectacles ont vaqué ce jour-là, fuivant l'ufage.

17 *Mars. L'Enthoufiafme François.* Cette brochure de M. Marchand, eft la redondance d'un homme d'efprit qui ne peut plus contenir ce qu'il penfe : elle n'eft ni auffi légere, ni auffi agréable que celles de fa jeuneffe, elle fe fent de la pefanteur de l'âge. L'auteur paffe en revue les différens objets qui ont fait la matiere des converfations de Paris, depuis les Pantins jufqu'à la fcene que firent les hiftrions françois au public à la rentrée de Pâques 1765. Il finit par une apologie du gouvernement françois ; il prétend que c'eft celui dans lequel on goûte le plus de liberté.

18 *Mars.* M. Villaret, le continuateur de *l'Hiftoire de France*, commencée par l'Abbé Vely, eft mort ces jours-ci. Il laiffe fon hiftoire à *Louis* XI. Il étoit plus diffus que fon prédéceffeur & n'étoit pas auffi bien goûté par quantité de gens.

19 *Mars.* Il court une Lettre manufcrite qu'on attribue à M. de Voltaire. Ce grand Poëte y parle de la fameufe réponfe du Roi du 3 Mars. Il refpecte avec toute la foumiffion d'un fujet

A 5

les principes qui y font établis : il ne l'examine
que du côté littéraire ; il la trouve fi bien écrite,
le ftyle en eft fi fort, fi concis, fi rapide, fi noble, qu'il ajoute que fi S. M. n'étoit pas protec-
trice de l'Académie, il faudroit fur le champ
lui donner une place par acclamation.

20 *Mars* 1766. *Livre d'Eftampes de l'Art de la
Coëffure des Dames Françoifes ; fur les deffins
originaux d'après les accommodages ; avec le
Traité en abrégé de l'Art d'entretenir & de
conferver les cheveux naturels : par le Sr. le
Gros, Coëffeur des Dames. In-4°. avec figures.*
L'auteur, dit-il, a eu l'honneur de coëffer les
Dames de 42 goûts différens, bien applaudis :
il a fait une Differtation favante fur la nature
des cheveux & les moyens de les conferver :
il a établi une Académie : il a formé des
éleves, &c. Il a fait préfent de fon ouvrage à
Mefdames de France, aux Impératrices de
Ruffie, d'Allemagne, &c. Il ne vend ce volume au Public que 72 Livres, relié en maroquin.

21 *Mars*. M. Gaillard, de l'Académie
des Infcriptions & Belles-Lettres, vient de donner l'*Hiftoire de François I, Roi de France, dit
le grand Roi & le Pere des Lettres, 4 vol.
in-12.* L'auteur ne s'eft point affujetti à la méthode purement chronologique des annaliftes,
n'a pas même mêlé enfemble les événemens
d'un ordre différent ; il a féparé l'hiftoire Eccléfiaftique de l'hiftoire Civile, l'hiftoire Littéraire
de l'hiftoire Politique & Militaire, fans pourtant négliger de montrer leur connexité. Il
donne aujourd'hui feulement la Partie civile,
politique & militaire ; il juftifie dans fa Pré-

face cette nouvelle méthode , & traite la maniere d'écrire l'histoire ; il y porte les jugemens
les plus solides sur les historiens anciens &
modernes.

22 *Mars* 1766. C'est M. l'Abbé Garnier que le
Libraire a choisi pour continuateur de l'histoire
de France , interrompue par la mort de Villaret.
Il est abonné à 1500 Livres par volume , quoique son prédécesseur eût mille écus. Il avoit
commencé de même , & l'abbé Vely n'avoit
d'abord eu que 1000 Livres.

23 *Mars.* Les Comédiens remuent avec
force pendant ces vacances pour se procurer
au moins un état légal : ils prétendent avoir
trouvé dans leurs titres qu'ils avoient autrefois
celui de *Valets de Chambre du Roi* , & ils
le réclament de nouveau. Mlle. Clairon paroit
faire dépendre sa rentrée au théâtre de cette
condition.

24 *Mars.* Mlle. Préville , actrice de la
Comédie Françoise , d'un talent noble & distingué dans le haut comique , de mœurs assez
honnêtes pour une Comédienne , vivoit depuis
longtems avec Molé , autre acteur dont elle
étoit éprise. Celui-ci , jeune & ardent , ne s'en
est pas tenu à elle ; il a porté ses vœux ailleurs ,
& l'on parle même de son mariage avec Mlle.
Doligny. La premiere en est tombée malade de
jalousie , elle est dans une langueur qui fait
craindre pour sa vie. Ce bel exemple lui feroit
un honneur infini , si elle poussoit l'héroïsme
jusqu'à en mourir.

25 *Mars.* On répand très-furtivement
une brochure , qui a pour titre *Oraison funebre
du Parlement.* C'est une satyre amere de ce

tribunal & de fa conduite dans les circonftances préfentes.

26 Mars 1766. Dans le *Journal Encyclopédique* du 15 Février 1766, on lit une *Apologie en raccourci de la conduite de la Compagnie des Pafteurs de la Principauté de Neuchâtel, à l'occafion de M. J. J. Roufeau.*

Ces Meffieurs démontrent la validité de leurs raifons pour refufer d'admettre à leur communion ce célebre Incrédule. Refutant tout ce qui a été dit là-deffus dans une Lettre qu'on fuppofe écrite de Goa, & dans d'autres écrits clandeftins, &c. ils défavouent en même tems les violences exercées contre M. Roufeau, qu'ils regardent comme tout-à-fait contraires à l'efprit de la religion & au vrai zele, toujours unis à la plus tendre & la plus vive charité, &c.

27 Mars. M. Thomas a cru dans les circonftances préfentes devoir élever auffi la voix, par fon *Eloge funebre du Dauphin.* Il prétend moins avoir voulu honorer la cendre du mort, que donner des leçons à fes fucceffeurs. Grande & fublime entreprife ! très-bien foutenue dans cet ouvrage, où regne prefque partout un ton dogmatique & pédantefque. Il y a accumulé les métaphores outrées, les hyperboles gigantefques, les figures extravagantes, &c. ; en un mot, c'eft un travail pénible de lire de fuite un pareil Eloge. Il faut pourtant rendre juftice à l'orateur : il y a un morceau très-bien fait & très-touchant ; c'eft celui de la mort. Il eft de la plus grande beauté, parce qu'on n'y reconnoit en rien le rhéteur : c'eft un choix heureux de

tous les faits, de toutes les circonstances propres à rendre ce moment intéressant, revêtus
du style le plus simple & le plus vrai. C'est en
cet endroit que M. Thomas est supérieur à tous
ceux qui ont traité le même sujet. Il regne en
général dans son ouvrage un défaut très-grand;
c'est que, par la maniere dont le sujet est traité,
l'Eloge de M. le Dauphin est une satyre perpétuelle de la conduite du Roi. On cite surtout le
morceau des Etudes, où M. Thomas trace le
Prince développant l'histoire de ces grands
corps, &c. il parle des Parlemens, & semble
établir des principes contradictoires à ceux de
la *Réponse du Roi*.

28 *Mars* 1766. L'estampe représentant la famille des *Calas*, dont on a tant parlé & qui avoit
été arrêtée par des ordres supérieurs, va enfin se
distribuer. Le dessin est d'un fameux amateur,
M. *de Carmontel*, & il a été exécuté par les plus
habiles graveurs. Toute la France & même toute
l'Europe s'est empressée de souscrire pour un
pareil acte de charité. L'Impératrice de Russie a
donné 5000 Livres.

29 *Mars.* Enfin *l'Encyclopédie* paroit
toute entiere, il y a dix nouveaux volumes. Par
un arrangement assez bizarre, le Libraire les a
fait venir de Hollande, aux environs de Paris
où ils sont imprimés ; & c'est aux souscripteurs
à les faire entrer ici à leurs risques, périls &
fortune. Il est à présumer cependant que le
Gouvernement, sans vouloir prêter son autorité à cette publicité, ferme les yeux là-dessus,
& que le tout se fait avec son consentement
tacite.

30 *Mars* 1766. On parle beaucoup d'un *Mandement de l'Evêque de Verdun*, concernánt la mort de M. le Dauphin, où cet Evêque, en traçant le portràit du Prince, s'eſt permis des traits indiſcrets qui paroiſſent retomber ſur le Roi. Ce Prélat & ſes amis cherchent à en retirer les exemplaires, & cette piece devient rare.

1 *Avril.* M. de Chabanon étant allé voir M. de Voltaire cet hiver, pour le conſulter ſur ſes diverſes tragédies, un ſoir qu'il ſe trouvoit en verve, rentré dans ſa chambre, il écrivit les vers ſuivans à ce grand homme ; il le ſuppoſe occupé de travaux métaphyſiques.

J'ai volé pour vous voir des rives de la Seine,
Et l'eſtime & le goût de vous m'ont approché,
Foible & timide aiglon ſous vos ailes caché
J'attends que votre vol me dirige & m'entraîne.
Redevenez vous-même, & prenez votre eſſor.
    Faut-il que je vous voye encor
    Pour des ſonges métaphyſiques
Quitter l'illuſion de nos jeux poétiques?
Tous vos doutes heureux valent-ils un tranſport?
L'homme eſt un livre obſcur & difficile à lire,
    On n'en connoît pas la moitié :
Qu'eſt-ce que notre eſprit ? On a peine à le dire,
    Mais tel qu'il eſt, il fait pitié;
    Il eſt petit, foible & puſillanime
    Chez tant de ſots dignes de nos mépris :
J'aime à l'étudier dans vos charmans écrits,
Il s'y peint éclatant, immortel & ſublime.

Réponse de M. de Voltaire.

Aimable amant de Polymnie,
Jouïffez de cet âge heureux,
Des voluptés & du génie;
Abandonnez-vous à leurs feux.
Ceux de mon ame appéfantie
Ne font qu'une cendre amortie
Et je renonce à tous vos jeux.
La fleur de la faifon paffée
Par d'autres fleurs eft remplacée.
Une Sultane avec dépit
Dans le vieux férail délaiffée
Voit la jeune entrer dans le lit
Dont le Grand Seigneur l'a chaffée.
Quand Elie étoit décrépit
Il s'enfuit, laiffant fon efprit
A fon jeune éleve Elyfée.
Ma Mufe eft de moi trop laffée,
Elle me quitte & vous cherit;
Elle fera mieux careffée.

2 *Avril* 1766. Les Comédiens redoublent leurs efforts pour réuffir dans leur projet de fe réhabiliter tant civilement que canoniquement ; ils prétendent avoir trouvé des Lettres - Patentes de Louis XIII, qui les établiffent *Valets de Chambre Comédiens du Roi.* M. de Saint - Florentin s'intéreffe fortement pour eux , il s'eft chargé d'un Mémoire qu'il doit lire au Confeil, famedi ou dimanche, jour où doit fe rapporter ce grand procès. Mlle. Clairon parle haut & fait dépendre fa rentrée de cette condition.

3 *Avril.* M. Gibert , de l'Académie des Inf-

criptions & Belles-Lettres , a été élu aujour-
d'hui Secrétaire des Pairs à la place de M.
Villaret : de 33 voix il en a eu 29. M. Thomas
étoit fon concurrent , & il redoutoit fort ce
puiffant adverfaire.

6 *Avril* 1766. La ville de Rheims ayant réfolu
de faire conftruire une fontaine & de la confacrer à la mémoire de M. de Pouilly , a décidé
que l'infcription fuivante , compofée par M.
de Saulx , Chanoine de l'églife de Rheims , en
ftyle & forme lapidaire y feroit gravée , afin
que tout le monde fache que Rheims honore les
gens de bien & pendant leur vie & après leur
mort.

,, Rheims, par ce monument, confacre à la
,, Poftérité le nom , les vertus & les bienfaits de
,, *Louis - Jean Levéque de Pouilly* , Ecuyer ,
,, Préfident Tréforier de France , au Bureau
,, des Finances de Champagne , de l'Académie
,, Royale des Sciences & Belles-Lettres , Phi-
,, lofophe vertueux ; dans un ouvrage élégant
,, & profond , *la Théorie des fentimens agréa-*
,, *bles* , il a développé la caufe des fentimens
,, agréables que produifent en nous l'exercice
,, & la beauté de la vertu. Il en avoit tous les
,, caracteres dans fon cœur : fon urbanité , fa
,, bienfaifance , fa modeftie lui méritent la
,, confiance , l'eftime & la vénération de fes
,, concitoyens. Ils le proclamerent Lieutenant
,, des habitants en 1746. L'amour actif du
,, bien public , l'avancement des Arts , la gloire
,, de la Patrie , occuperent tout entier le ci-
,, toyen , le favant , le grand homme. C'eft à
,, fes vues nobles & fublimes que Rheims doit
,, l'honneur de contempler fur le bronze l'image

„ de Louis XV le Bien - aimé. L'établiſſement
„ des Ecoles de Deſſin & de Mathématiques ,
„ eſt le fruit des reſſources de ſon génie. L'a-
„ grément & l'utilité des fontaines qui arroſent
„ la ville , ſont dûes aux inſpirations de ſon
„ humanité & à ſes perſévérantes ſollicitations.
„ Leur éloquence détermina le bienfaiſant Go-
„ dinot à répandre dans ces murs ce bien ſalu-
„ taire , deſiré depuis longtems par nos peres.
„ Que d'avantages nouveaux auroient été le
„ fruit des méditations & des projets de cet
„ infatigable Magiſtrat ! Une mort précipitée
„ termina ſes jours à l'âge de 59 ans , avant la
„ fin de ſon Conſulat. Il mérite les pleurs &
„ les regrets de toute la ville. Le feu de ſon zele
„ ne s'éteignit point avec ſa vie , il paſſa dans
„ l'ame de ſes ſucceſſeurs , & il ſe ſoutient
„ conſtamment dans un fils digne de lui. Ha-
„ bitans d'une ville aujourd'hui floriſſante , cé-
„ lébrez à jamais le nom de *Pouilly* , ſon Bien-
„ faiteur. Qu'il ſoit encore mieux gravé dans
„ le cœur de ſes neveux , que ſur ce marbre
„ dépoſitaire de la reconnoiſſance du Conſeil &
„ du peuple de Rheims ,,.

L'affaire des Comédiens a été rapportée ces
jours-ci devant le Roi. M. de St. Florentin avoit
commencé ſon Mémoire en faveur de ces hiſtrions ; S. M. , dès la ſeconde phraſe , l'a arrêté:
je vois, a-t-elle dit, *où vous voulez en venir ;
les Comédiens ne ſeront jamais ſous mon regne
que ce qu'ils ont été ſous celui de mes prédé-
ceſſeurs ; qu'on ne m'en parle plus.* Le Conſeil
s'eſt rompu là-deſſus.

8 *Avril* 1766. L'Académie des Inſcriptions &
Belles-Lettres a fait aujourd'hui ſa rentrée pu-

blique d'après Pâques. La féance s'eft ouverte
par la diftribution du Prix qui avoit été adjugé
à l'Abbé Ameilhon , Cenfeur Royal & Sous-
Bibliothécaire de la ville. Le fujet propofé étoit
*d'examiner l'éducation que les Athéniens don-
noient à leurs jeunes gens dans les beaux
jours de la République.* Le Sr. le Beau , Secrétaire perpétuel , annonça enfuite pour fujet
du Prix de l'année 1767 , l'examen de la queftion : *quels furent les noms & les attributs
divers de Saturne & de Rhée chez les différens peuples de la Grece & de l'Italie ?
Quelles peuvent être l'origine & les raifons de
ces attributs ?*

M. le Beau lut enfuite l'Eloge hiftorique du
Comte de Caylus.

Les Mémoires fuivans remplirent la féance :
1°. Effai fur les moyens qu'on pourroit employer
pour lire les hiéroglyphes Epyptiennes, par M.
de Guignes.

2°. Une traduction d'un morceau du Timée
de Locres , par l'Abbé Batteux.

3°. Un Mémoires fur les caufes de l'abolition
de la fervitude en France & de l'établiffement
du Droit Municipal, par le Sr. Dupuy.

9 *Avril* 1766. Outre le Prix ordinaire de cette
année, l'Académie des Sciences devoit en adjuger un aujourd'hui de 2000 Livres, à celui qui
auroit donné la meilleure méthode pour éclairer
les rues de Paris, en confultant la clarté, l'économie & la facilité du fervice. Aucun des Mémoires n'a paru fatisfaire en entier l'objet de
M. de Sartine, Lieutenant de Police & fondateur du prix. En conféquence l'Académie a converti ces 2000 Livres en trois gratifications ,

pour M. M. *Bailly*, *Bourgeois* & *le Roi*, qui avoient fait à ce fujet des expériences difpendieufes. Mais il y avoit un Mémoire plein de recherches curieufes & de la meilleure phyfique, fait par M. *Lavoifier*, dont l'Académie a fait l'éloge. Le Roi lui a accordé une Médaille d'or, qui lui a été préfentée publiquement par le Préfident de l'Académie.

M. de Fouchy a lu l'extrait des trois Arts publiés par l'Académie dans ce dernier femeftre; celui du Chapelier, par M. l'abbé Nollet; celui du Couvreur, par M. Duhamel; celui du Mégiffier ou du travail des peaux blanches, par M. de la Lande.

Le même a fait enfuite l'Eloge de M. Hellot. M. de Chabert, Lieutenant de Vaiffeau, a lu un Mémoire fur l'état actuel des Cartes marines de la Méditerranée, &c.

M. de Thury a annoncé verbalement, que la veille au foir il avoit apperçu de l'Obfervatoire Royal une nouvelle comete dans la Conftellation du Belier, avec une queue affez longue, vifible à la vue fimple, qui fe faifoit remarquer fur les 7 à 8 heures du foir vers le couchant, au-deffous des *Playades*. C'eft une des plus belles qu'on ait vues depuis 20 ans.

M. Duhamel a lu un Mémoire fur les fels qu'on retire des végétaux; M. Tillet un Mémoire fur la comparaifon des poids & mefures des étrangers avec les poids & les mefures de France; M. de la Lande, fur la caufe qui fait monter les fluides au-deffus du niveau dans les tuyaux capillaires.

12 *Avril* 1766. La requête des Comédiens au Roi tendante à obtenir l'état de citoyen & à faire

confirmer les Lettres-Patentes de Louis XIII qui
le leur accordent, a été rapportée famedi au Confeil, où il a été décidé que ces Lettres-Patentes n'ayant pas été abrogées, il étoit libre aux
Comédiens de les rendre publiques.

13 *Avril* 1766. L'Académie Françoife propofe
pour fujet d'un des Prix dont le fonds a été fait
par un particulier d'Amfterdam, & dont l'Académie a accepté le jugement, *d'expofer les
avantages de la Paix, d'infpirer de l'horreur
pour les ravages de la Guerre, & d'inviter toutes les Nations à fe réunir pour affurer la tranquillité générale.* Le prix eft une Médaille d'or
de la valeur de 300 Livres. L'Académie tiendra
une féance publique extraordinaire en 1767,
pour adjuger ce prix le 2 Janvier.

14 *Avril.* On donne enfin demain *la Reine
de Golconde.* Ce Ballet héroïque en trois actes
n'eft pas annoncé favorablement, les Directeurs
répugnoient même à le jouer, mais un grand
Miniftre l'a pris fous fa protection. Mr. le Duc
de Choifeuil, malgré fes importantes occupations,
eft allé à fix Répétitions de fuite, & s'intéreffe
fortement au fuccès de ce Drame : il a exigé
de Rebel & de Francœur qu'ils n'épargnaffent
rien pour la réuffite. Ils ont tout épuifé pour la
pompe du fpectacle, la richeffe des habits, la
magnificence des décorations. On affure qu'ils
ont fait 30000 Livres de dépenfe.

15 *Avril.* L'Opéra a donné aujourd'hui la
Reine de Golconde, avec l'affluence qu'exigeoit
une pareille nouveauté. Le Drame eft tiré en
partie d'un joli Conte du Chevalier de Boufflers, qui parut en 1761. L'auteur ne le diffimule pas, mais on lui reproche d'avoir pris le

furplus ailleurs & de n'en rien dire. Au refte,
l'auteur n'a pas fu tirer le parti qu'il auroit dû
de fes fituations. Rien de fi heureux que celle
où St. Phar fe retrouve dans le même bocage,
avec la même Nymphe, dont il a eu les premieres faveurs. On reproche à M. Sedaine
d'avoir fait des paroles très-peu lyriques, fouvent plattes & mal fonnantes, des ariettes qui
ne difent mot, &c. Quant au Muficien, on ne
peut encore rien prononcer : cet Opéra eft d'un
genre fi nouveau, qu'il doit néceffairement ef-
fuyer des contradictions. On ne peut difconvenir
que l'auteur n'ait jetté de l'action & de la variété
dans les fcenes. On y trouve du récitatif obligé,
des airs de mouvement, des ariettes, des ro-
mances, &c. Ajoutons que dans quelques-uns
de nos Opéra on s'eft plus occupé de l'orcheftre
que du chanteur, & qu'ici le chanteur n'eft
jamais facrifié à l'orcheftre.

16 *Avril* 1766. Le Pere *Elyfée*, Carme-Dé-
chauffé, qui étoit allé en Lorraine pour prêcher
devant le Roi de Pologne, vient d'être nommé
pour faire l'oraifon funebre de ce Monarque.

Celle que l'Evêque de Lavaur devoit prononcer à Notre-Dame, un de ces jours-ci, eft re-
tardée de beaucoup, l'orateur ayant été obligé
de venir à Paris pour travailler & être plus à
même de faire fes recherches.

17 *Avril*. On attribuoit à M. Dorat,
l'Epître à Mlle. Clairon fur fa rentrée. Ce poëte
la défavoue : fans doute, le ton irréligieux qui
y regne, l'oblige à fe rétracter. On paroît refter
convaincu que cette plaifanterie eft de lui, furtout aux traits épigrammatiques qui retombent
fur Mlle. Dubois; il y a une vieille animofité de

ce poëte contre l'actrice, qu'il manifeste partout où il peut.

18 *Avril* 1766. M. de Semperavi vient de répandre une *Epître sur la consomption*, où il y
a de beaux vers, & un sombre qui contraste
singuliérement avec la gaité forcée de tous nos
Poëtes modernes, qui se chatouillent pour se faire
rire. L'Auteur y a joint des *Stances sur une infidélité*. C'est la même maniere noire, qui ne sera
pas goûtée de tout le monde.

21 *Avril.* On lit dans le *Journal Encyclopédique* du 15 Mars une Lettre de M. le Febvre
de Beauvezay, à l'occasion de l'histoire de *Miss
Honora*, qu'il revendique : il prétend, dans ses
momens de loisir, avoir autrefois dicté cet ouvrage à un galant homme de ses amis; mais qui
se l'est tellement approprié en le défigurant, qu'il
le désavoue ensuite de la façon la plus amere.

22 *Avril.* Voici comme le même Journa-
liste s'exprime à l'occasion du *Philosophe sans
le savoir*, même cahier du 15 Mars.

" Si le nombre des Représentations décide
„ de la bonté d'un ouvrage, cette Comédie
„ pourroit être regardée comme une de nos
„ meilleures pieces de théatre. Le jeu des ac-
„ teurs, une ou deux situations qui l'ont sou-
„ tenue, n'avoient pu la garantir d'abord d'une
„ chûte : mais à la troisieme Représentation le
„ public se ravisa, se ressouvint que la Comé-
„ die n'étoit plus un tableau des ridicules,
„ qu'elle étoit toujours bonne dès qu'il y pleu-
„ roit, & il applaudit en pleurant. „.

Il faut ajouter à cela que le mal est qu'on se
sent le cœur serré à cette piece, des angoisses,
des étouffemens, sans pouvoir pleurer, &c.

23 *Avril* 1766. Voici ce que nous apprenons de M. de Villaret. Au fortir du Collége, il s'étoit deftiné au Barreau, il débuta dans le monde littéraire par un Roman intitulé : *la belle Allemande*, Roman tout-à-fait ignoré pour l'honneur de fon auteur. Il fit en fociété avec M. Dancour, actuellement Fermier Général, & M. Bret, une piece qui fut jouée fans fuccès au théâtre françois. Des affaires domeftiques l'obligerent, en 1748, de s'éloigner de Paris & de prendre le parti du théâtre. Il alla à Rouen où, fous le nom de *Dorval*, il débuta dans les rôles d'Amoureux. Il y joua enfuite avec fuccès *le Glorieux*, *le Mifantrope*, *l'Enfant Prodigue*, &c. Il fut fouvent applaudi à Compiegne pendant les voyages de la Cour. Il fentit bientôt les dégoûts d'un état qu'il n'avoit embraffé que par néceffité ; il renonça au théâtre, à Liege, où il étoit à la tête d'une troupe de comédiens, qui ne fe foutenoient que par fes talens, & il fe retira à Paris, où il avoit arrangé les affaires qui l'avoient obligé de s'en éloigner. Il a pouffé la Continuation de l'Hiftoire de l'abbé *Velly* jufqu'au 17e. vol. inclufivement. Il joignit une belle ame à des talens affez diftingués pour l'hiftoire.

24 *Avril.* Le Clergé a trouvé très-mauvais qu'on eût choifi le moment où il venoit de profcrire authentiquement *l'Encyclopédie*, & celui où il alloit fe raffembler, pour publier la continuation complette de cet ouvrage, au nombre de dix volumes. Il a tant crié que M. de St. Florentin s'eft fait donner les noms de tous ceux qui en avoient retiré les exemplaires, & leur a envoyé un ordre du Roi de les rapporter au Lieutenant de Police.

Les Libraires, Auteurs & Coopérateurs des travaux de cette Edition, sont mis à la Bastille.

25 *Avril* 1766. *Poétique de M. de Voltaire, ou Observations recueillies de ses ouvrages, concernant la versification françoise & les différens genres de poésie, style poétique, &c.* On sent bien qu'un pareil ouvrage n'a été fait que par M. de Voltaire lui-même, ou par un de ses suppôts.

26 *Avril.* Mlle. Beauvais, que nous avons annoncé comme ayant débuté au Concert Spirituel, vient d'entrer à l'Opéra. Elle a chanté ces jours derniers un morceau dans celui d'*Hypermnestre*, qui lui donna lieu de déployer toute l'étendue & la beauté de sa voix.

27 *Avril.* Il paroît une *Histoire Ecclésiastique* en deux volumes, qu'on attribue au Roi de Prusse.

28 *Avril.* Mlle. Clairon s'est expliquée définitivement sur sa résolution prise de ne plus monter sur les planches ; elle a écrit aux Comédiens qu'ils pouvoient la rayer de leur catalogue. On ne sait pas encore les conditions de sa retraite.

29 *Avril.* Il paroît différens Mémoires dans l'affaire de M. de Lally, très-curieux pour l'historique. Ceux de ce Général contiennent un détail de ses opérations sur terre. M. d'Aché, qui commandoit la Marine, & sur qui le premier veut faire retomber la perte de l'Inde, s'explique de la façon la plus étendue & la plus détaillée sur ses manœuvres. Il en paroît différens autres, qui, éclaircissant de plus en plus la matiere, en formeront une collection très-intéressante. M. de Bussy & M. le Chevalier

lier de Soupire doivent donner au public la marche de leurs opérations, &c. Tous ces ouvrages font des archives où l'hiftorien doit puifer un jour.

30 *Avril* 1766. Les Comédiens François cherchent de toutes parts pour remplacer la grande Actrice qu'ils viennent de perdre. On en attend inceffamment une de province, qu'on annonce réunir le genre de Mlle. Dumefnil & celui de Mlle. Clairon; mais elle eft laide & peu jeune.

30 *Avril.* On vend clandeftinement un ouvrage intitulé *Obfervations fur tout ce qui s'eft paffé à la féance de l'Affemblée du Clergé en* 1765. C'eft un volume in 12° de 300 pages, où l'auteur a extrait tout ce qui a été dit de plus fort contre cette augufte affemblée, & il y a ajouté plufieurs chofes, d'où il refulteroit que les Actes du Clergé ne feroient que l'effet de l'intrigue & de la cabale.

1 *Mai.* On a vu la réclamation que M. le Febvre de Beauvezay faifoit de *Mifs Honora*, en la défavouant en même tems comme tout-à-fait altérée par l'éditeur ou le plagiaire prétendu; voici l'épigramme qui a été faite en conféquence :

> Ce nouveau Livre, où l'on s'engage
> A divertir en inftruifant,
> D'un aveugle & d'un clair-voyant
> Eft, dit-on, le commun ouvrage :
> Il eft vrai : l'aveugle (*) dictoit,
> Et le clair-voyant écrivoit.

1 *Mai. Réflexions hazardées d'une femme importante qui ne connoît les défauts des autres*

(*) M. le Febvre de Beauvezay eft aveugle.

Tome III.   B

que par les siens & le monde que par rélation & par oüi-dire. Deux parties in 12°. Ce titre, qui annonce un ouvrage original, n'est pas rempli à beaucoup près. On remarque, au contraire, que l'auteur a beaucoup lu, & peut-être avec trop de mémoire.

3 *Mai* 1766. Il nous est tombé depuis quelque tems entre les mains un *Dialogue* manuscrit, entre *Mars & Thalie*, récité un des jours du Carnaval devant M. le Duc de Brissac. Ce Seigneur ayant pris jour pour aller chez M. Dorat, Poëte très connu, il y fut accueilli par cette ingénieuse galanterie. Une Demoiselle jeune, aimable & qui a du talent pour le théâtre, étoit de la partie. On la pria de déclamer au hazard quelque scene d'une piece prétendue nouvelle. Un homme de condition joua le rôle de *Mars*. On se doute bien que ce Dialogue en vers, trop long pour être copié ici, est composé de louanges très délicates en l'honneur de M. le Duc de Brissac. Il y a beaucoup d'aisance & de gaîté dans cet ouvrage.

4 *Mai.* Madame Geoffrin est une femme riche de Paris, qui joint à son opulence un grand goût pour les arts. Sa maison est le rendez-vous des savans, des artistes & des hommes fameux dans tous les genres. Les Etrangers sur-tout croiroient n'avoir rien vu en France, s'ils ne s'étoient fait présenter chez cette *Virtuose* célebre. En un mot, c'est elle qu'a voulu autrefois ridiculiser le Sr. Palissot dans sa comédie *des Philosophes.* Il est question aujourd'hui de son voyage en Pologne, & quoiqu'âgée de près de 60 ans, Madame Geoffrin est sur le point de se rendre aux vives sollicitations du Monarque. Ce Prince

n'étant que Comte de Poniatowski, avoit vécu dans son séjour à Paris fort intimément avec cette Dame : elle l'appeloit son fils, & lui a rendu des services dignes d'une mere. Ce jeune Seigneur ayant été mis au Fort-l'Evêque pour quelque dérangement de fortune, elle fit face à ses dettes & le retira de cette maison. Poniatowski en a conservé une reconnoissance indélébile, & il sollicite fortement sa bienfaitrice de se rendre auprès de lui. Evénement mémorable, qui honore l'un & l'autre.

5 *Mai* 1766. Le Théâtre François s'occupe à réparer ses pertes. Mademoiselle Sainval, nouvellement arrivée de Lyon, a débuté aujourd'hui dans le rôle d'*Ariane*. Ses talens sont déjà développés. C'est une actrice exercée, elle a beaucoup de feu, des entrailles, un jeu naturel à la fois & raisonné ; elle est plus dans le genre de Madame Dumesnil, & moins irréguliere. Il est dommage qu'elle ait contr'elle l'organe & la figure. Elle n'est pas d'ailleurs fort jeune. Elle a été reçue avec de grands applaudissemens.

7 *Mai*. Nous avons déja fait mention de *Richardet*, Poëme héroïcomique en douze chants, avec l'Epitre à M. de Voltaire ; & sa Réponse à l'auteur. Ce Poëme est dans le genre bernesque, imité de l'Ariofte. L'auteur vient de mettre la derniere main à cet ouvrage, en traduisant les six derniers chants ; &, au lieu de s'assujettir à la forme de l'original, qui est en octaves ou en strophes de huit vers, il a suivi la marche ordinaire, moins gênante & plus naturelle dans un Poëme Epique.

10 *Mai*. Il paroît une *Lettre* fort curieuse

d'un Mr. Derofné de Lifle, grand Naturalifte.
Elle roule fur les Polypes. Selon lui, ces infec-
tes, qu'on a cru jufqu'à préfent de véritables
animaux, ne font en effet que le fac ou le four-
reau qui contient des animaux plus petits; &,
ce qu'on a pris pour un individu, eft une famille très nombreufe réunie fous le même toit.
Ce fyftéme eft revêtu de toutes fes preuves.
On y rappelle les obfervations les plus curieufes qu'on ait faites fur les Polypes, & l'on eft
furpris de voir toutes leurs manœuvres & tous
les divers phénomenes de leur nutrition & de
leur génération s'expliquer naturellement dans
ce fyftême. L'obfervateur trouve ces animalcu-
les dans les petits grains obfervés depuis longtems fur la furface & dans l'intérieur du fac.
Cette Lettre, très intéreffante pour le fonds,
eft en outre bien écrite.

12 *Mai* 1766. Les trois débuts de Mlle. Sainval dans *Ariane* ont été des plus brillans : on
lui remarque des filences & des coups de force
qui annoncent la plus grande intelligence & l'a-
me la plus énergique & la plus fenfible. Elle a
joué aujourd'hui dans *Alzire*, & elle paroit avoir
un peu déchu; mais elle eft encore fupérieure
à tout ce que nous avons à la Comédie, même
à Mlle. Dumefnil.

13 *Mai*. M. de Cicé, Evêque d'Auxerre, a
prononcé aujourd'hui l'oraifon funebre de M.
le Dauphin, devant l'Affemblée du Clergé, aux
Auguftins. L'orateur n'a pas répondu à la pompe du fpectacle & à la magnificence de l'affemblée: fon difcours a été trouvé des plus médio-
cres, pour ne rien dire de pis.

14 *Mai*. Aujourd'hui M. le Duc de Duras,

Gentilhomme de la Chambre de service, a donné au nom de S. M. une fête très élégante à M. le Prince Héréditaire de Brunswick : c'est à l'hôtel des Menus qu'elle s'est passée. On y a joué pour ce Seigneur la Piece de M. Collé, *Henri IV*. Elle a été exécutée par les Comédiens de la Comédie Françoise avec beaucoup de succès.

15 *Mai* 1766. On vient d'imprimer à Londres : *La Vie de M. Jacques Quin, Comédien, avec l'histoire du théâtre depuis son entrée jusqu'à ce qu'il s'en est retiré : enrichie de plusieurs anecdotes curieuses & intéressantes de diverses personnes de distinction, avec une copie authentique du Testament de cet Acteur.* Le Sr. *Quin*, né en 1693, fut destiné au Barreau ; mais son pere étant mort trop tôt, il discontinua l'étude des Loix par nécessité, & monta par goût sur le Théâtre, où il acquit une grande réputation, & y resta sans rival jusqu'à ce que M. *Garrick* vint partager avec lui les suffrages du Public. En 1748 *Quin* se retira à Bath, après avoir eu une querelle fort vive avec le Directeur *Riche*. Quelque tems après il voulut se raccommoder avec lui ; mais sans lui faire aucune sorte d'excuse, il écrivit à *Riche* la Lettre suivante :

„ *Je suis à Bath*,

QUIN. „

Riche répondit :

„ *Restez-y, jusqu'à ce que le diable vous emporte.*
RICHE. „

On voit par cette Vie, que si les Comédiens ne sont pas aussi méprisés à Londres qu'à Paris, ils n'en sont pas moins insolens.

B 3

Quin fut choisi maitre de langue angloise, par feu le Prince de Galles, pere du Roi régnant, qui lui avoit fait depuis une pension considérable. *Quin* est mort cette année.

16 *Mai* 1766. On écrit de Londres qu'on a frappé & qu'on y distribue actuellement une médaille du volume d'un écu, sur laquelle on voit la tète de M. Pitt avec son nom, & sur le revers l'inscription suivante : *the man, with having, saved the parent, pleaded with succes sur her childron :* „ L'homme qui, après avoir „ sauvé la mere, a plaidé avec succès pour les „ enfans. „ On sent que ce dernier trait regarde la Révocation de l'Acte du Timbre, pour laquelle cet orateur patriote a plaidé si éloquemment.

17 *Mai. Histoire des Révolutions de la Haute Allemagne, contenant les Ligues & les Guerres de la Suisse, avec une Notice sur les loix, les mœurs & les différentes formes du Gouvernement de chacun des Etats compris dans le Corps Helvetique,* 2 volumes. Cet ouvrage manquoit à notre Littérature, & l'on y lit avec le plus grand intérêt le détail des efforts dont est capable un peuple ardent pour la liberté, qui ne connoît d'autre bien avant celui-là. Le style de l'auteur n'est pas assez châtié.

18 *Mai.* Au défaut de nouveautés théâtrales, le public est régalé de tems en tems de Drames faits pour le cabinet. Telle est une tragédie nouvelle en trois actes & en vers libres, qui a pour titre *les Héros Subalternes.* Le sujet en est tiré d'un très beau Mémoire, écrit par M. *Loyseau de Mauléon,* en faveur des nommés *Savary, Lainé, Delamet,* tous trois Soldats au

Regiment des Gardes Françoises, dans une affaire malheureuse où l'un d'eux s'eft trouvé coupable de meurtre.

19 *Mai* 1766. *Hiftoire des Révolutions de l'Empire Romain, pour fervir de Suite à celle des Révolutions de la République, par Me. Linguet, Avocat au Parlement.* L'Auteur adreffe cet ouvrage à un de fes amis & paroît montrer de l'humeur. Rebuté par quelques dégoûts inévitables dans la profeffion des Lettres, il s'eft jetté dans le fein de la Jurisprudence, & c'eft ici qu'il fait fes adieux aux Mufes.

Son Hiftoire commence où finit celle de l'abbé de Vertot. Elle eft bien diftribuée en huit livres, depuis l'ufurpation d'Augufte inclufivement jufqu'à l'affaffinat d'Alexandre Sévere : période qui comprend 24 Empereurs. L'Auteur femble avoir fuivi une route oppofée à l'Abbé de Vertot ; le dernier ne met dans fon ouvrage qu'autant de réflexions qu'il en faut pour lier les faits & leur donner une certaine confiftance. Celui-ci ne paroît fe fervir des faits que pour y mêler des réflexions ; tantôt de la plus grande jufteffe, tantôt un peu hazardées & pleines d'inductions, quelquefois arbitraires. Il prend furtout à tâche de contredire toutes les idées reçues. Selon lui, Augufte n'avoit aucune bonne qualité, & Tibere lui paroît bien plus honnéte homme ; il en défend la mémoire : il rend fufpect d'adulation fourde & rafinée Tacite ; il le traite de miférable écrivain, &c. Au refte, fi ce livre doit être lu avec précaution, on le lit au moins avec beaucoup de plaifir. Il eft écrit avec beaucoup de gènie, de force, de chaleur, & fournit aux fpéculations.

20. *Mai* 1766. L'Académie Françoise se propose de tenir samedi prochain une seance pour
M. le Prince Héréditaire de Brunswick, c'est-à-
dire de l'y admettre, & de le regaler de ce que
ces Messieurs pourront avoir de plus agréable
& de plus ingénieux. En conséquence tous les
membres qui sont à Paris, ont été priés de ne
point desemparer, & M. l'Abbé de Voisenon a
été chargé spécialement de le complimenter au
nom de l'assemblée : on croit qu'il le fera en vers.

21 *Mai.* Madame Geoffrin est partie aujourd'hui pour Varsovie, au grand regret de ses
amis, qui la voyent avec peine entreprendre à
cet âge un si long voyage. On assure que le Roi
de Pologne lui a ménagé une galanterie bien
digne d'un Monarque délicat ; il lui a fait con-
struire une maison exactement semblable à sa
maison de Paris, distribuée & meublée de même : elle croira entrer dans la sienne. C'est l'ingénieuse fiction d'*Aline* réalisée.

20 *Mai.* L'auteur du Poëme de *Richardet*
ayant fait envoi de ses Oeuvres à M. de Voltaire, par une petite piece en vers, ce grand
poëte a répondu de même. Voici ces deux
gentillesses :

A M. de Voltaire.

O vous, Apollon de notre âge,
Qui tour à tour, badin, sublime, sage,
Vous soumettant tous les genres divers,
Par vos accords ravissez l'univers,
J'ose vous offrir mon ouvrage ;
En recevant ce médiocre don
Songez qu'au grand Virgile au sommet d'Hélicon,
Jadis, de son moineau, Catulle fit hommage.

Réponfe de M. de Voltaire.

Vous ne parlez que d'un moineau,
Et vous avez une voliere :
Il eft chez vous plus d'un oifeau
Dont la voix tendre & printanniere
Plaît par un ramage nouveau :
Celui qui n'a plumes qu'aux aîles
Et qui fait fon nid dans les cœurs,
Répandit fur vous fes faveurs :
Il vous fait trouver des lecteurs,
Comme il vous a foumis des Belles.

23 *Mai* 1766. *La Pharfale*, traduite par M. Marmontel, paroit depuis quelque tems, avec une préface très longue, fervant d'apologie à fon auteur & à fon ouvrage. Cette préface contient un développement des caufes de la diffolution de la République Romaine & de la guerre qui l'entraîna fous le joug.

Il femble que le public n'en raffole pas, & ce livre fort cher ne fe vend pas prodigieufement. L'Auteur, au refte, n'a pas tout traduit, il a élagué les morceaux qui ne lui convenoient pas.

24 *Mai*. M. le Prince Héréditaire s'eft rendu aujourd'hui à l'Académie, où il a été admis au rang des membres. M. Marmontel a commencé la féance par la lecture d'un Roman intitulé *Bélifaire*. M. de Nivernois a lu enfuite cinq fables de fa façon ; & enfin M. l'Abbé de Voifenon a adreffé fon compliment au Prince, confiftant en une piece de vers, où, après avoir félicité l'Académie du bonheur de poffeder ce Héros, il s'eft rejetté fur les fêtes qu'on

B 5

lui donne, on a fait voir le ridicule, en ce qu'elles font toutes dans un genre qui ne lui convient pas. Il s'eft moqué de lui, de nous & de tout le public, &c. Mrs. Duclos & d'Alembert ont enfuite reconduit ce Prince à fon caroffe.

On lui a donné deux jettons, comme aux autres Académiciens ; il a d'abord fait quelque difficulté, c'eft-à-dire témoigné fa furprife. Le préfentant lui a déclaré qu'ils lui convenoient d'autant mieux qu'ils contenoient fa devife au revers, s'il vouloit la lire : il a retourné, & il a trouvé *à l'Immortalité.*

26 *Mai* 1766. M. de Rochefort, qui nous avoit donné, il y a un an, *un Effai de fa traduction d'Homere,* ne perd point de vue cette grande & laborieufe entreprife. Il vient de faire paroître les fix premiers chants, avec le difcours préliminaire, qu'il a augmenté & perfectionné. Il eft fâcheux qu'on ne retrouve point dans fa traduction cette chaleur, cette vie, cette abondante fécondité de l'original.

27 *Mai. Les Ennemis réconciliés,* piece dramatique en trois actes & en profe, dont le fujet eft tiré d'une des anecdotes les plus intéreffantes du tems de la Ligue : par M. de Marville.

Il regne dans ce Drame un pathétique de fituation, mais les fentimens pourroient être plus approfondis. On y retrouve cependant cette férocité de caractere que produifent néceffairement & la différence de parti & le feu des guerres civiles. Voici l'anecdote.

Le Baron de Montfort, Catholique, eft ennemi déclaré du Marquis de Langeon, Proteftant. Ils fe font fait la guerre ouvertement, &

Langeon a même tué dans un combat un des fils de Montfort. La nuit de la St. Barthelemi fournit à ce pere furieux & defesperé un moyen de fe venger. Il entre, fuivi d'une troupe de fatellites chez le Marquis, s'empare de lui & de fa fille, les force à monter dans une chaife de pofte, monte dans une autre & les conduit dans un château qui lui appartient. Là il les fait paffer dans une chambre, où, à la lueur d'une lampe funebre, ils apperçoivent fur un brancard une efpece de biere enveloppée d'un drap mortuaire. C'étoit le cadavre du fils du Baron. Il les fait entrer dans un cachot voifin, & les y laiffe, en difant: *attendez votre fort*. Cette attente forme l'intérêt & le nœud de la piece.

28 *Mai* 1766. Il n'y a pas moyen d'enlever à l'Abbé de Voifenon fes vers au Prince Héréditaire, que les auditeurs ont trouvé très jolis. On attribuoit cela à une coquetterie d'auteur, mais il en donne une raifon plus plaufible, dans la crainte qu'il témoigne de fe faire des ennemis en publiant une plaifanterie où il tourne en ridicule les plus grands Seigneurs de France, qui ont fêté M. le Prince Héréditaire, & dont il critique le choix des plaifirs peu agréables à ce jeune Héros.

29 *Mai*. Les Comédiens François fe difpofent à donner pour nouveauté *Artaxerxes*, tragédie de M. le Mierre, dont on parle depuis longtems avec de grands éloges. Ce n'eft, au refte, que la traduction de celle de Metaftafe : toutes les fituations, tous les coups de théâtre font tirés de ce grand Poëte.

30 *Mai*. On parle d'un bon mot du Roi à l'égard de M. le Comte de Lauraguais. Ce

Seigneur, de retour d'Angleterre depuis peu, est allé, suivant l'usage, faire sa cour à Versailles. Le Roi d'abord ne faisoit pas grande attention à lui: il s'est si avancé que S. M. l'a remarqué & lui a demandé d'où il venoit? *De l'Angleterre*, SIRE. — *Et qu'avez-vous été faire-là?* — *Apprendre à penser.* — *Des chevaux*, a repris le Roi. Cette allusion reçoit d'autant plus de force dans la circonstance, M. de Lauraguais se piquant d'être grand connoisseur en chevaux, & d'après l'histoire de sa course, il y a quelques mois.

31 *Mai* 1766. M. de Saint-Foix vient de donner son cinquième volume de ses *Essais Historiques sur Paris*. On pourroit reprocher à l'auteur que plusieurs anecdotes de cette nouvelle brochure, qui fait le dernier volume de ses *Recherches*, paroissent ne pas tenir à son sujet. Il prévient cette objection en déclarant que son objet est d'y faire voir la conformité ou la différence entre nos mœurs, nos idées, nos usages, nos coutumes, & les mœurs, les idées, les usages & les coutumes des autres Nations.

1 *Juin*. *La Cacamonade, Histoire politique & morale, traduite de l'Allemand du Docteur Panglos par ce Docteur lui-même, depuis son retour de Constantinople.* Cette plaisanterie de M. Linguet est une allégorie soutenue, & décrit très-historiquement tous les progrès de la V..... en France & en Europe. L'auteur a personifié & mis en action le fameux Traité de M. Astruc *de Morbis Venereis*.

1 *Juin*. Il parut, il y a quelque tems, une *Histoire de Henri IV*, par M. de Bure, dans laquelle l'auteur s'est permis une critique

très-amere du célebre de Thou. Le Chantre du grand *Henri* n'a pas cru devoir garder le silence contre des accusations auffi peu fondées, & vient de publier une brochure contre M. de Bure, dont il relève quelques bévues avec ce farcafme qui lui eft propre, & qui venge l'illuftre Hiftorien de la critique mal fondée du moderne compilateur.

3 Juin 1766. Le fuccès qu'ont eu dans différentes fociétés particulieres les repréfentations de *Henri IV*, ou *la Partie de chaffe*, de M. Collé, & tout recemment les applaudiffemens que ce Drame a reçu aux Menus, ont donné au public la plus grande envie de le voir. En conféquence il y a de grands mouvemens à la cour, pour obtenir cette permiffion, qui fouffre beaucoup de difficultés. Comme ce font les Comédiens François qui ont exécuté cette Comédie à l'hôtel des Menus, ils feroient à même de nous en régaler fur le champ, & l'*Artaxerxes* feroit reculé.

4 Juin. Les Anglois qui écrivent tout, ont inféré dans le *Saint - James Chronicle* une Lettre prétendue du Roi de Pruffe à J. J. Rouffeau. Nous avons déja fait mention de cette Lettre, que le même Journal affure être de l'invention d'un grand Seigneur Anglois, très-connu dans la République des Lettres, à Paris dans le tems dont on parle.

Le célebre Mifantrope a été fi fenfible à ce badinage, qu'il a écrit au Journalifte la Lettre fuivante, datée de Wooton le 3 Mars 1766.

,, Vous avez manqué, Monfieur, au refpect ,, que tout particulier doit aux têtes couron- ,, nées, en attribuant publiquement au Roi de

„ Pruffe une Lettre pleine d'extravagance &
„ de méchanceté, dont par cela feul vous de-
„ viez favoir qu'il ne pouvoit être l'auteur.
„ Vous avez même ofé tranfcrire fa fignature,
„ comme fi vous l'aviez vue écrite de fa main.
„ Je vous apprends, Monfieur, que cette Let-
„ tre a été fabriquée à Paris, & ce qui navre &
„ déchire mon cœur, que l'impofteur a des
„ complices en Angleterre. Vous devez au Roi
„ de Pruffe, à la vérité, à moi, d'imprimer la
„ Lettre que je vous écris & que je figne, en
„ réparation d'une faute que vous vous repro-
„ cheriez, fans doute, fi vous faviez de quelles
„ noirceurs vous vous rendez l'inftrument cou-
„ pable. Je vous fais, Monfieur, mes finceres
„ falutations „. [*Signé*] J. J. ROUSSEAU.

5 *Juin* 1766. On continue à inftruire dans la
Faculté de Médecine le procès pour & contre
l'Inoculation. Il fe répand un nouvel ouvrage,
propre à donner des lumieres fur cette grande
queftion; on vient de traduire *l'Etat de l'Inoculation de la petite vérole en Ecoffe, par M.
Alexandre Monro, le Pere,* &c. C'eft une réponfe à la Lettre des Commiffaires de la Faculté
de Paris, pour examiner la pratique de l'Inoculation. L'Auteur répond de la façon la plus
favorable aux queftions de ces Meffieurs. Il
paroît que l'Inoculation a commencé en Ecoffe
vers 1726; qu'elle a effuyé, comme ailleurs,
des contradictions, & qu'elle y eft actuellement
très en ufage.

6 *Juin.* Une Virtuofe nouvelle vient de donner un *Abrégé de l'Hiftoire de France à l'u-
fage des jeunes gens.* Il n'en paroît encore que
le premier volume, qui s'étend depuis le

Regne de Pharamond jufqu'à la mort de Philippe, en 1108. Cet ouvrage eft de Mlle. *l'Ef-*
pinaffe, déja connue par un *Effai fur l'Edu-*
cation des jeunes Demoifelles, mais encore
plus par fes liaifons avec M. d'Alembert. Ce
Philofophe demeure avec elle depuis fa derniere
maladie, & le bruit a même couru qu'il l'avoit
époufée.

7 *Juin* 1766. Les Capucins, vivement touchés
de la malheureufe célébrité que s'eft acquife
le Pere Fidele de Pau par fon oraifon funebre, viennent de faire inférer dans une feuille
de Fréron, [N°. 8.] un défaveu de cet ouvrage. Voici ce qu'en dit le Pere Jofeph Romain Joly, qui paroît écrire au nom des Supérieurs.

,, Après la mort du Prince qui caufe les re-
,, grets de la Nation, le Pere Fidele alla pro-
,, pofer aux Capucines d'en faire l'Eloge dans
,, leur églife, le jour du Service. Le Pere Con-
,, feffeur de ces Religieufes qui fut confulté,
,, n'étoit pas de cet avis, attendu que c'étoit
,, une nouveauté, qu'il y auroit peu d'audi-
,, teurs, enfin qu'il ne convenoit pas de dé-
,, vancer la cathédrale. Toutes ce raifons ne
,, purent l'emporter fur les inftances & les im-
,, portunités du Pere Fidele. Il prêcha fon
,, oraifon funebre devant 40 ou 50 perfonnes,
,, non toutefois telle qu'on l'a imprimée : on
,, en a retranché les traits édifians & l'érudition
,, chrétienne, & la plupart des faillies qui ont
,, fait rire le Lecteur, n'ont point été débitées
,, en chaire. Au furplus, les Supérieurs ont
,, ignoré l'impreffion de ce difcours : la fenfation
,, qu'il a fait dans le public, les a finguliérement

,, affligé , & ce font eux qui ont prié M. de
,, Sartine de le fupprimer.

,, Ce n'eft pas feulement aux Supérieurs de
,, l'Ordre que le Pere Fidele a fait un myftere
,, de fon deffein , il ne l'a pas même commu-
,, niqué à aucun Religieux. Un de fes compa-
,, triotes, inftruit par la voie publique , s'efforça
,, de lui faire ouvrir les yeux : il répondit que
,, fi l'ouvrage étoit tel que les moines jaloux
,, ofoient l'affirmer , il ne feroit pas devenu fi
,, célebre ,,.

8 *Juin* 1766. Le même Fréron [dans fa Feuille
N°. 8] rapporte trois pieces qu'il prétend être
imprimées dans les papiers Anglois , & qui ne
fervent qu'à confirmer le peu de fenfation qu'a
fait dans ce pays-là , compofé d'êtres finguliers ,
J. J. Rouffeau, qui afpire fi fort à la fingularité. La
premiere eft traduite de l'Anglois , & a pour titre
Lettre d'un Anglois à J. J. Rouffeau. Elle roule
fur la fenfibilité qu'a témoigné ce Philofophe à
la plaifanterie prétendue du Roi de Pruffe. Il y
a du bon fens dans cette Lettre , mais peu de
légereté & un farcafme très - amer. La feconde
eft une *Lettre d'un Quakre,* beaucoup meilleure ,
pleine de raifon & de fentiment. La troifieme
a pour titre *Fragment d'un ancien manufcrit
Grec.* C'eft une allégorie , où l'on décrit fous
le nom d'un charlatan de Grece le caractere
de J. J. Rouffeau , & les traits généraux de
fa vie.

8 *Juin.* Les Sieurs de Querlon & de Surgy
s'annoncent pour continuateurs de l'*Hiftoire
générale des Voyages* du feu abbé Prévôt. Ils
répandent des Profpectus : ils fe propofent de
porter cette Suite à 8 volumes in-4°. au plus.

Il y en a déja 17 de la façon du premier tra-ducteur.

9 *Juin* 1766. M. l'Abbé Mably, rival du fameux Montefquieu, vient de nous donner le Pendant des *Confidérations fur les caufes de la grandeur de l'Empire Romain.* Ce font des *Obfervations fur l'Hiftoire de la Grece, ou des caufes de la profpérité & des malheurs des Grecs.* Il y a quelques années que le même auteur publia des *Obfervations fur les Grecs,* &c. Il avoue avec candeur qu'il a changé de fyftême en beaucoup d'endroits & vu fouvent les chofes fous un afpect tout différent dans cet ouvrage. Outre qu'il y a toujours plus de mérite à ouvrir la carriere, Montefquieu l'emporte encore par la profondeur des vues, la concilion, l'énergie & la chaleur du ftyle.

10 *Juin.* On a imprimé à Befançon un dif-cours fur le fujet propofé par l'Académie de cette ville : *la Profpérité découvre les vices ; l'Adverfité, les vertus.* On ne dit point s'il a concouru pour le Prix, mais il mérite d'être diftingué pour fon originalité & fes écarts dignes du Pere Fidele de Pau. Il s'ouvre par une Epitre dédicatoire à une Dame de qualité : on y voit que l'orateur eft un Militaire. Nous n'en citerons que le début, pour en donner une idée convenable.

,, C'eft à l'homme, c'eft à fon cœur, que
,, j'ai à parler de fon cœur : il eft tout enfemble
,, & mon fujet & mon juge. Si je dois indiquer
,, l'époque de la découverte de fes vices, j'ai
,, à célébrer celle de fes vertus. J'ai à préfen-
,, ter les différens théâtres, où les uns & les
,, autres, traduits à un plus grand jour, pour-

„ roient être bien vus de l'obfervatoire du Sage.
„ C'eſt à ce Sage que j'obéis avec confiance.
„ Toujours femblable à lui-même, à lui-même,
„ fupérieur, il cherche à fe connoître. De fon
„ être il fait fon étude : le miroir de la vérité
„ offert à fes yeux béatifie fon ame; c'eſt le
„ creufet qui épure l'or, &c. „.

10 *Juin* 1766. Aujourd'hui M. Tivot a chanté
pour la premiere fois une Ariette dans la *Reine
de Golconde*. On a applaudi à la beauté de l'organe, à l'agrément du timbre & même au goût
du chanteur : il eſt d'ailleurs d'une figure très-
intéreſſante, & à peine âgé de 20 ans. Le même
jour un danfeur Anglois, qui a déjà paru fur le
théâtre Italien, a exécuté avec fuccès quelques
entrées de demi-caractere.

11 *Juin*. M. Linguet, Avocat, dans fon
difcours mis à la tête de fon *Hiſtoire des Révolutions de l'Empire Romain*, ajoute cette
phrafe : “ l'Abbé de Vertot a fu renfermer en
„ trois volumes la grandeur de Rome ; on
„ voudroit qu'il n'en eût pas employé fept à
„ développer la petiteſſe de *Malthe* ; on ai-
„ meroit mieux voir de fa main l'Hiſtoire des
„ Empereurs que celle des Grands Maîtres „.
L'Ordre de Malthe s'eſt foulevé contre cette
antithefe, & M. le Chevalier de Reffeguier
[celui qui a été enfermé du vivant de Madame de Pompadour pour des vers fatyriques
contr'elle] vient d'inférer dans le *Mercure* de
Juin une Lettre fort honnête & fort polie, où
il réclame avec raifon contre cette affertion très-
hafardée & très-indécente. Sa Lettre eſt du 20
Mai 1766.

12 *Juin*. M. l'Evêque de Lavaur a fait

aujourd'hui à Notre Dame l'Eloge funebre du Roi de Pologne *Stanislas*. On ne trouve point que l'Auteur ait répondu à la grandeur de la matiere. Celui du Pere `Elyfée`, prononcé à Nancy le 20 Mai, paroit bien fupérieur. Il y a pourtant quelques détails très-attendriffans & des tours d'éloquence d'un genre neuf.

13 *Juin* 1766. Madame Pitrot, ci-devant Mlle. Rey, cette célebre Danfeufe qui brilloit à la Comédie Italienne & partageoit la gloire avec fon mari, a perdu vendredi, dernier de ce mois, fon procès fingulier dont nous avons parlé, où elle prétendoit n'être point mariée avec lui, & s'être débaraffée de toute formalité en jettant au feu fon contrat de mariage. Elle eft reconnue femme véritable & légitime dudit Pitrot, obligée de retourner avec lui, déclaré le chef de la communauté. Pour fe fouftraire à l'autorité conjugale, elle eft entrée depuis quelque tems à l'Opéra.

14 *Juin. Etrennes falutaires aux Riches voluptueux & aux Dévots trop économes, ou Lettre d'un Théologien infortuné à une Dévote de fes amies, par M. Travenol, penfionnaire de l'Académie Royale de Mufique.*

Il nous paroit que ces *Etrennes* originales contiennent des reproches aux Riches de ce qu'ils ne font pas affez de bien à ceux qui font pauvres, & que dans ces reproches il entre beaucoup de perfonnel.

Ce Travenol eft, fans doute, celui qui a été compliqué dans le fingulier procès de M. de Voltaire.

15 *Juin.* Des fades adulateurs, des écrivains mercénaires ne ceffent d'élever des tro-

phées à la gloire de M. de Voltaire, comme fi
fes propres ouvrages n'étoient pas un monument fupérieur à tous ceux qu'on pourroit lui
confacrer. On vient d'imprimer *Penfées Philo-*
fophiques de M. de Voltaire, ou *tableau En-*
cyclopédique des connoiffances humaines, contenant *l'Efprit*, *Principes*, *Maximes*, *Carac-*
teres, *Portraits*, *&c.* tirés *des Ouvrages de ce*
célebre auteur *&* rangés fuivant l'ordre des
matieres. M. Conftant d'Orville eft l'auteur prétendu de cette compilation, dans laquelle on
foupçonne que M. de Voltaire pourroit bien
étre de moitié, fuivant l'ufage.

16 *Juin* 1766. Madame la Ducheffe de Villerci
fe propofe de donner une fête au Prince Héréditaire de Brunswick, & pour le traiter dans
un genre plus neuf & plus intéreffant, Mlle.
Clairon fe prête aux defirs de cette Dame, &
doit jouer la Comédie chez elle. On regalera le
Prince d'*Ariane*, piece où triomphe la moderne
Melpomene.

18 *Juin*. On ne ceffe de travailler à groffir
l'énorme collection d'ouvrages pernicieux & def-
tructeurs de la Religion, qui fe publie depuis
quelque tems avec autant de conftance que de
liberté. Il va paroître au premier jour un fameux Manufcrit qui ne fe prétoit que fous le
manteau ; il eft intitulé *Examen Critique des*
Apologiftes de la Religion Chrétienne. L'Auteur, fous prétexte que dans une caufe comme
celle de la Religion, on ne doit apporter que
des argumens victorieux, difcute, détruit, ren-
verfe, pulvérife tous ceux de nos plus fameux
Docteurs & réduit à rien tout ce qu'ils ont dit de
plus fort. L'Ouvrage eft de M. *Freret*, Secré-

taire perpétuel de l'Académie Royale des Belles Lettres. Son nom doit être mis à la tête, comme pour braver toute décence.

20 *Juin* 1766. M. Gautier de Sibert vient de donner un *Nouvel Abrégé de l'histoire de France*, qu'il prétend préfenter fous un autre point de vue. Il intitule fon ouvrage *Variations de la Monarchie Françoife, dans fon Gouvernement Politique, Civil & Militaire, avec l'Examen des Caufes qui les ont produites*, &c. Il a divifé fon ouvrage en neuf époques, depuis Clovis jufqu'à la mort de Louis XIV. Il n'en eft encore qu'à la 6me époque, qui termine le 4me Tome. Ce livre a refté longtems à la Police, & a fouffert beaucoup de difcuffions de la part du Miniftere.

21 *Juin. Hiftoire d'Izerben, Poëte Arabe, traduite de l'Arabe, par M. Merico.* On comprend bien que fous le nom d'un Poëte Arabe, c'eft l'hiftoire d'un Poëte François qu'on a voulu donner. Voici quelques titres de l'hiftoire de fa vie, qui pourront le faire connoître.... Le Drame d'Izerben lu, reçu, joué, applaudi..... Izerben reçu dans le grand monde...... Il devient amoureux d'Almanzaïde..... Il l'immortalife.....S'arrache au monde..... Differtation du Poëte Izerben fur la Poéfie, les Poëtes, l'Art dramatique, & la vénération dûe aux auteurs tragiques.....Etat de la fortune du Poëte.... Il va à la Cour...... Il eft obligé de prendre la fuite..... Il fe refugie dans un Royaume voifin...... Vieilleffe du Poëte Izerben, &c. Cet ouvrage eft écrit de maniere à piquer la curiofité : il eft agréable, ingénieux & amufant & donne lieu à des applications.

24 *Juin* 1766. L'oraifon funébre du Roi Staniflas, prononcée le 10 Mai à Nancy par le Pere
Elyfée, paroît aujourd'hui imprimée. Les deux
parties de ce difcours font : 1°. dans une vie
agitée, au milieu d'une viciffitude de revers &
de fuccès, ce Monarque a reconnu la puiffance
du Seigneur, & il a paru fupérieur à tous les
événemens; par une foumiffion conftante à la
volonté divine : 2°. dans une vie tranquille, &
au milieu des douceurs d'une longue profpérité, il ne s'eft montré que bienfaifant, & il
n'a ufé de fa puiffance que pour le bonheur des
hommes. Le nom du Pere Elyfée & le nom du
Héros répondent d'avance du fuccès de cet
Eloge.

25 *Juin. Fabliaux & Contes des Poëtes
François, des* 12, 13, 14 *& 15e. Siecles,
tirés des meilleurs auteurs.* Depuis quelques
années on avoit épuifé l'Edition de nos premiers Poëtes, faits en 1755. On fait que les
grands hommes du fiecle paffé y ont puifé le
fond d'un grand nombre de leurs ouvrages. Ces
Poéfies forment comme la bafe du Parnaffe
François, & quoique très anciennes, elles ont
encore pour la plupart ce fel & cette fineffe qui
diftinguent les ouvrages de goût & d'agrément,
& elles ont par deffus une naïveté qu'on ne
retrouve plus.

26 *Juin.* Quoiqu'il n'y ait point d'abfurdité qui ne s'imprime, & qu'il ne doive plus paroître étonnant de voir foutenir quelque paradoxe
que ce foit, on eft toujours furpris de certaines
affertions. Un nouvel original fe met fur les
rangs, &, dans un ouvrage appelé *le Confer-
vateur du fang humain, ou la Saignée démon-*

trée toujours pernicieuse & souvent mortelle ;
il combat cette pratique reçue depuis si longtems dans la Médecine. L'auteur se nomme M.
de Malon... Il a pris pour Epigraphe : *Salus*
populi suprema lex esto. On ne dit point s'il
est un homme de l'art.

28 *Juin* 1766. *Lettres écrites en* 1743 & 1744
au Chevalier de Luzancourt, par une jeune
Veuve, 1 *Volume*. On nous assure que ces
Lettres sont exactement transcrites d'après un
manuscrit connu depuis longtems à Malthe,
sous le titre de *Lettres d'une jeune Veuve au*
Chevalier de... Elles sont décrites avec cette
facilité de style, qui n'est point rare dans les
femmes. Ajoutons que la jeune Veuve aime avec
une bonne foi qui n'est peut-être pas non plus
sans exemple. On trouve du moins dans cet
ouvrage un ton françois, un tour d'esprit na-
tional, que ces sortes de Recueils n'offrent pas
toujours.

29 *Juin*. M. l'Abbé *Ameilhon*, Censeur
Royal & Sous-bibliothécaire de la ville, vient d'ê-
tre reçu à l'Académie des Inscriptions & Belles
Lettres, où il a remporté trois prix. Le premier,
& le plus important de ses ouvrages couronnés,
est celui intitulé : *Histoire du Commerce & de*
la Navigation des Egyptiens sous le Regne des
Ptolemées.

L'Auteur a divisé son ouvrage en deux parties : dans la premiere, il parcourt ce que chacun des Rois Ptolemées a fait en particulier pour
l'avantage du Commerce & de la Navigation,
en les suivant regne par regne.

Dans la seconde partie, M. Ameilhon suit les
Commerçans Egyptiens sur mer & sur terre. Il

indique la route qu'ils tenoient pour aller commercer dans les différentes contrées du monde :
il parle des marchandifes qu'ils portoient aux
Etrangers, &c. Il termine cette feconde partie
par une Notice des principales Manufactures
établies dans les différentes villes de l'Egypte
& des divers ouvrages qui en fortoient. Il fait
voir que les Egyptiens avoient l'art de peindre
des toiles dans le goût de nos Indiennes.

Cet ouvrage eft une hiftoire intéreffante, inf-
tructive, purement écrite & bien développée
de l'induftrie de la Nation, la plus ancienne &
la plus active, dont il nous foit refté des monumens.

En 1763 le même Auteur avoit fait une Differtation : *quels étoient les droits & préroga-*
tives du Pontifex Maximus de Rome fur les
autres Sacerdoces, &c. C'eft fon fecond Prix.
Le 3e & le plus récent eft pour un Mémoire
fur l'éducation que les Athéniens ont donnée à
leurs enfans, dans les fiécles floriffans de la
République.

30 *Juin* 1766. Il s'eft formé une cabale contre
M. Saverien, auteur d'une *Hiftoire du progrès de*
l'efprit humain dans les Sciences exactes &
dans les Arts qui en dépendent. M. Du Séjour,
Confeiller au Parlement & de l'Académie des
Sciences, & M. Gondin, de la Cour des Aides,
trouvent que cet hiftorien n'ait pas affez loué
M. Clairaut dans la Notice qu'il en donne : ils
remuent, ils intriguent pour faire fupprimer ce
livre : ils veulent que M. de la Lande, qui l'a
approuvé, fe retracte. Ils reprochent à l'auteur
de la malignité dans fes infinuations.

30 *Juin.* Dans les 4e. & 5e. volumes des
Vies

Vies des femmes illustres & célebres de la France, qui paroissent, nous remarquons entr'autres la fameuse Madame *Tiquet*, qui fit assassiner son mari en place de Grève. C'est bien abuser du terme d'*Illustre*.

30 *Juillet.* Madame Benoît, l'auteur d'*Elizabeth*, fait paroître un nouveau Roman, intitulé *Celiane, ou les amans séduits par leurs vertus.*

1er *Juillet* 1766. Malgré les espérances que le public avoit de voir jouer *Henri IV*, il est à craindre que ce drame n'ait pas lieu. Il s'est tenu ces jours derniers un grand Conseil à Versailles sur cette matiere : M. le Duc de Choiseuil, M. le Prince de Soubise étoient pour en permettre la Représentation ; M. de Laverdy, M. le Duc de Praslin s'y opposoient ; enfin la pluralité a été pour qu'on ne traduisît point indécemment sur la scene ce grand Roi.

4 *Juillet.* Il n'est question que des fêtes que Madame Geoffrin a reçues dans tous les lieux où elle a passé. L'Empereur a voulu voir cette femme singuliere, & s'est trouvé à sa rencontre incognito. Presque toute la Noblesse Polonoise est allée au devant d'elle. L'Impératrice-Reine a dîné avec elle.

6 *Juillet.* Il y a déja quelques années que M. de Regagnac, Maître des Jeux Floraux, donna au public une traduction en prose du premier livre des *Odes d'Horace*, sans nom d'auteur. Il ne parvint à Paris que peu d'exemplaires de cet Essai imprimé en Province. M. l'Abbé Goujet en parle avantageusement dans sa Bibliothéque Françoise. M. Regagnac s'est encouragé & vient

Tome II. C

de donner un Effai de traductions en vers de fept Odes du même auteur. On y trouve une imagination brillante, une chaleur vive, & un goût exquis. C'eft après M. de Nivernois l'homme qui paroît le plus propre à rendre l'aménité du poëte latin.

6 *Juillet* 1766. On fait que le Roi a nommé une Commiffion pour examiner les Inftituts des différens Ordres Religieux, & y faire la réforme néceffaire. Cinq Archevéques font à la tête de ce tribunal : M. de la Roche-Aymon, Archevéque de Rheims ; M. Phelippeaux, Archevéque de Bourges ; M. Dillon, Archevéque de Narbonne ; M. de Brienne, Archevéque de Touloufe ; enfin M. de Jumilhac, Archevéque d'Arles. Voici l'épigramme qu'on a faite en conféquence.

On a choifi cinq Evêques paillards ,
'Tous cinq rongés de v... & de ch...e ,
Pour réformer des Moines trop gaillards :
Peut-on blanchir l'ébene avec de l'encre ?

7 *Juillet* 1766. Les Comédiens François ont remis derniérement *le Médifant*, comédie en cinq actes & en vers de M. Deftouches. Cette piece a fait une grande fenfation. Le Sr. Bellecour s'acquitte fupérieurement du premier rôle.

8 *Juillet.* On doit fe rappeler que le J. J. Rouffeau eft paffé en Angleterre, fous les aufpices de M. Hume, Auteur célebre de la Grande Bretagne, & qui y jouit de la réputation la plus flatteufe pour un homme de Lettres. On avoit imaginé d'abord que l'arrivée de l'Ex-citoyen de Geneve à Londres y feroit fenfation, & tout le

monde a été trompé fur cette attente. Rouffeau
s'eft retiré à la campagne, où il menoit une
vie fort ignorée : mais ce à quoi l'on ne s'attendoit pas , c'eft à la Lettre qui vient d'être écrite par M. Hume à un homme de fes amis à Paris
[M. le Baron d'Olbac.] Il n'entre dans aucun
détail fur les motifs qui lui donnent lieu de fe
plaindre du prétendu Philofophe Genevois, mais
il marque que c'eft un ferpent qu'il a porté dans
fon fein & un monftre indigne de l'eftime des
honnêtes gens. On attend avec bien de l'impatience le détail de cette querelle.

10 *Juillet* 1766. On applaudit avec raifon à la
loi que l'Académie Françoife paroît s'être impofée
elle-même, de ne propofer pour Sujet des Prix
d'Eloquence que l'Eloge d'un de nos grands
hommes. Cet ufage paroît s'introduire dans quelques Académies étrangeres, entr'autres dans celle
de Berlin. On écrit que la Claffe des Belles-Lettres de cette Académie, propofe pour fujet du
Prix d'Eloquence de l'année 1768 , *l'Eloge de
Leibnitz.*

11 *Juillet.* M. de Voltaire continue à ma-
nier le farcafme avec la même facilité & la
même abondance : il a fait répandre depuis peu
une Lettre qui n'eft encore qu'en manufcrit, intitulée : *Lettre Curieufe de M. Robert Covelle,
célebre Citoyen de Geneve, à la louange de
H. V.... Profeffeur en Théologie dans ladite
ville.* L'auteur paroît en vouloir à M. V. Miniftre Evangélique, qui s'eft comporté vis-à-vis de
lui avec une charité peu chrétienne.

12 *Juillet. Le génie, le goût, & l'efprit,*
poëme en IV *Chants, dédié à M. le Duc de....
Le cri de l'honneur, Epitre à la Maîtreffe que*

j'ai eu.... L'ufage des talens, Epitre à Mlle.
Sainval, jeune débutante au Théâtre François.
Ces trois ouvrages de M. du Rozoy, à la fuite
de fon gros *Poëme fur les Sens*, annoncent en
lui une facilité peu commune, furtout à l'âge
où il eft ; mais en même tems le titre, la forme
de la plupart de fes ouvrages donnent une très
médiocre idée de fon goût, de fon imagination
& de fon jugement.

12 *Juillet* 1766. Mlle. Préville, qui avoit dif-
paru depuis longtems & dont on craignoit la perte
totale au théâtre, prend enfin le deffus fur la
malheureufe paffion dont nous avons parlé ; elle
s'eft trouvée en état de jouer depuis peu : elle a
fait deux rôles avec les applaudiffemens uni-
verfels, & a été accueillie d'une bienveillance
particuliere du public.

14 *Juillet*. Les détails qu'on a reçu jufqu'à préfent fur les plaintes que forme M. Hume
contre J. J. Rouffeau, ne font pas affez clairs
pour qu'on puiffe en inférer l'opinion que fes an-
tagoniftes veulent faire prendre fur fon compte,
& l'on doit fufpendre fon jugement fur cet homme fingulier, jufqu'à ce que cette difcuffion foit
éclaircie. La Cabale Encyclopédique jette les
hauts cris & met tout le tort du côté de M. Hume.
Cependant on réveille une anecdote fur le
compte de M. Rouffeau, qui rendroit tout croya-
ble de fa part.

On prétend qu'il a été autrefois colporteur
de Dentelles en Flandres, & que Mad. Boivin,
fameufe marchande en ce genre, fut chargée,
il y a déja long-tems, d'une Lettre de change
& Contrainte par corps contre lui. Il avoit enlevé la marchandife & l'argent. M. Rouffeau

demeuroit alors dans la rue de Grenelle Saint-Honoré. C'étoit dans le tems où son discours couronné par l'Académie de Dijon commençoit à le rendre célebre. Mad. Boivin s'en étant informé & ayant appris sa célébrité & la médiocrité de sa fortune, ne voulut point se charger de mettre à exécution contre lui les pouvoirs qu'elle avoit, & renvoya le tout à ses Correspondans.

15 *Juillet* 1766. Il est absolument décidé que les Comédiens François ne pourront jouer *Henri IV*, mais par une de ces contradictions si ordinaires en France, cette piece se réimprime. Il y en a déja eu deux Editions, & les Comédiens de campagne ne cessent de la représenter en Province.

16 *Juillet*. M. Lessing vient de publier à Berlin en Allemand la Premiere Partie d'un ouvrage, dont le titre se rend en françois par celui-ci : *Laocoon, ou Traité des limites qui séparent la Peinture & la Poésie*. L'auteur se propose dans cette excellente Dissertation de rectifier le faux goût dans ces deux arts, en posant de justes bornes entre la Poésie & la Peinture. Ce sujet n'est point ici traité avec une sécheresse méthodique, mais avec une philosophie lumineuse, puisée dans la contemplation & dans l'analyse des chefs-d'œuvres de l'antiquité, ces grands modeles du beau & du parfait dans les ~. L'auteur commence par comparer le *Laocoon* de Virgile avec le célebre Groupe du même nom qui est dans le Belvedere à Rome : c'est ce qui a donné lieu au titre de cette Dissertation.

17 *Juillet*. M. J. B. Robinet a donné une Suite à son livre *de la Nature*. Les tomes 3

& 4 paroiſſent. C'eſt par-tout même érudition, même étendue de connoiſſances, même profondeur de raiſonnement, & ſans doute mêmes erreurs. A la tête du 3e. eſt une préface, en date du 15 Janvier 1765, où l'auteur diſcute les différens Syſtémes des Philoſophes. Le 4e. eſt auſſi précédé d'un Diſcours, qui répond aux objections des ſceptiques, & où l'on établit très-bien que nous ne devons point nous laſſer de chercher la Vérité, duſſions-nous commencer par épuiſer toutes les erreurs. Ce petit exorde eſt daté d'Amſterdam, ce 20 Décembre 1765. On lit au frontiſpice les lettres initiales du nom de l'auteur.

18 *Juillet* 1766. Un Curé de campagne [d'Epiais] nommé l'abbé *Dubault*, s'eſt aviſé de mettre en vers françois le *Télémaque* de M. de Fenelon. On ſent combien il eſt ridicule d'entreprendre une pareille tâche. Ce laborieux auteur en eſt pourtant venu à bout. Il a enrichi le tout de Notes, de Préfaces, de Diſſertations, d'Avertiſſemens, & de tous les ingrédiens dont il étoit capable. Il eſt parvenu à en former cinq volumes, qu'il a copiés de ſa main. Il a fait relier le tout très-richement, & s'étant rendu à Louvres, au paſſage des Enfans de France, l'année derniere, il a préſenté ce ſingulier mélange au Duc de Berri. Comme cette anecdote n'a été conſignée nulle part, du moins de notre connoiſſance, nous en faiſons mention ici pour la rareté du fait. Ce Manuſcrit ſe trouvera quelque jour peut-être dans la Bibliotheque des Princes, ſans qu'on en ſache l'auteur ni l'origine.

20 *Juillet*. Le Spectacle *Pyri-pantomime*

du Sr. *Torré* se perfectionne de plus en plus, & donne à son auteur une sorte de consistance parmi les hommes de génie. Aujourd'hui il a donné une Représentation des *Forges de Vulcain sous le Mont Etna*. Elle a été précédée par différens Tableaux d'artifice détachés, qui ont fait le plus grand effet & le plus grand plaisir. Après quoi on a apperçu dans l'intérieur du mont, Vulcain & ses Cyclopes, tous vêtus selon le costume. On a vu descendre Vénus, qui venoit demander à son époux des armes pour Enée. Le Palais de Vulcain occupoit le fond de l'antre, & formoit une perspective des plus profondes & des plus riches.

Le travail des Cyclopes a produit des effets d'artifice très-heureux, & qui pourront encore être plus multipliés. Mais sur-tout le public a paru frappé des effets du Volcan, effets pris dans la nature même de la chose. On sent que le sujet ne peut être mieux choisi, qu'il est parfaitement analogue au genre, & que l'artifice paroît avoir été inventé exprès pour imiter ces sortes de phénomènes de la nature.

23 *Juillet* 1766. Les Comédiens Italiens ont donné aujourd'hui la première Représentation de *la Clochette*, comédie en un acte & en vers, mêlée d'Ariettes : paroles de M. *Anseaume*, musique de M. *Duni*.

Le Drame n'est autre chose que le Conte de la Fontaine, où l'auteur a introduit un Rival, pour former l'intrigue de sa piece, qui supplante le ravisseur des moutons. La piece est très-peu de chose : elle n'a ni les graces & la douceur d'une Pastorale, ni les saillies & la finesse de dialogue d'une Comédie.

C 4

La Mufique eft douce, agréable & d'un bon genre : les connoiffeurs la trouvent foible.

25 *Juillet* 1766. Si l'on en croit les Nouvelles de Londres fur la perfonne du célebre Genevois, fes torts font relatifs à la nature de fon caractere, dont l'orgueil & l'amour-propre font la bafe. M. Hume, qui l'a conduit en Angleterre, ayant cherché à lui être utile, avoit obtenu une penfion qui lui affuroit un bien être pour fa vie. M. Hume prétend n'avoir fait des démarches pour obtenir cette grace que de l'aveu de M. Rouffeau, qui loin d'en convenir, s'eft répandu en invectives fur ce qu'on cherchoit à le deshonorer, en lui prétant une avidité qu'il n'avoit pas, qu'il n'avoit befoin des bienfaits de perfonne, qu'il n'avoit jamais été à charge à qui que ce foit, qu'il ne prétendoit pas qu'on mendiàt fous fon nom des graces qu'il dédaignoit. M. Hume, juftement piqué de ces reproches, a rendu publiques des Lettres qui démontrent la fauffeté de Rouffeau ; ce cynique perfonnage lui témoignant fa reconnoiffance des foins qu'il vouloit bien fe donner pour lui ménager une Penfion du Roi d'Angleterre. Voilà le fond affez bien éclairci de la querelle, qui divife ces auteurs, d'après les Lettres venues de la Grande-Bretagne.

26 *Juillet.* Il paroît un livre intitulé : *de l'autorité du Clergé & du pouvoir du Magiftrat Politique fur l'exercice des fonctions du Miniftere Eccléfiaftique, par M...... Avocat au Parlement. Deux Parties.* Cet ouvrage fage, très-favant, très-redoutable au Clergé, n'eft qu'une extenfion d'une brochure que le même auteur fit paroître en 1766, contre la Réclamation de l'Affemblée de 1765.

Un Arrêt du Conseil du.... vient de proscrire ce livre, contre lequel les Evêques ont fulminé.

28 *Juillet* 1766. *Le Journal de Trévoux* passe en de nouvelles mains : ce n'est plus M. Mercier, le Bibliothécaire de Ste. Genevieve, qui en aura la direction ; c'est M. l'abbé Aubert, connu par des ouvrages d'agrément, mais dont les talens dans le genre de la critique ne sont pas encore développés : son ouvrage commence de ce mois-ci.

29 *Juillet.* On vient d'imprimer en Allemand *la Vie du fameux Anglois, Jean Wilkes.* Cet homme singulier, suivant l'anonyme, est fils d'un faiseur de brandevin d'Aylesbury : son génie le seconda dans l'étude des sciences, il y fit des progrès considérables, il voyagea en France & en Hollande : à son retour, il fut élu Membre du Parlement pour Aylesbury. Il épousa une fille très-riche, & hérita des biens considérables que lui laissa son pere. Mais sa grande dépense diminua en peu de tems ses richesses : il avoit pour maxime d'être toujours du parti contraire au parti de la Cour, & de donner constamment pour motif de son opposition le bien public. Il fut aimé de la Nation, &c. On connoît assez le reste de cette vie orageuse. On trouve à la suite de cette vie, ou plutôt de ces Mémoires, toutes les pieces traduites, relatives au procès qu'on a fait à M. Wilkes, concernant sa feuille, N°. 45, du *Nord Breton*.

30 *Juillet.* On parle beaucoup d'une *Lettre du Docteur Matti*, Médecin très-renommé de Londres, à M. de la Condamine, en date du 18 Juin, pour la communiquer à l'Académie des Sciences. Il y assure que l'Equipage entier d'un

des vaisseaux de guerre Anglois qui viennent de faire le tour du monde, a vu & examiné 5 ou 600 Patagons de 9 à 10 pieds de haut. Il en conclut l'existence des Géans en Corps de Peuple, & que ce ne sont point des variétés rares, individuelles & accidentelles dans l'espece humaine, comme l'ont soutenu nos plus célebres Naturalistes.

31 *Juillet* 1766. *La Religion Chrétienne prouvée par un seul fait, ou Dissertation où l'on démontre que des Catholiques à qui Huneric, Roi des Vandales, fit couper la langue, parlerent miraculeusement le reste de leur vie ; & où l'on déduit les conséquences de ce Miracle contre les Ariens, les Sociniens & les Déistes, & en particulier contre l'auteur d'Emile, en répondant à leurs principales difficultés ;* avec cette Epigraphe : *Ecce, ego admirationem faciam populo huic, miraculo grandi & stupendo.* Nous n'avons rien à ajouter à ce titre original : il indique suffisamment la nature de l'ouvrage & quel il peut être.

1er. *Août.* C'est très - clandestinement qu'il paroît dans le Public la Brochure in-12 de 80 pages d'impression, petit caractere, portant pour titre : *Mémoires de M. de la Chalotais, Procureur-Général au Parlement de Bretagne.* Le premier contient 39 pages, & ne paroît avoir été fait que sur des imputations vagues ; le prisonnier ignoroit alors sur quels chefs précis d'accusation on vouloit asseoir la procédure ; le second continue jusqu'à 68. Tous deux sont datés du château de St. Malo ; savoir, le premier du 13 Janvier 1766, & le second du 17 Février suivant. Celui-ci est plus direct & paroît

embraffer tous les griefs dont on charge cet illuftre Criminel. A la fuite eft une *Addition* de
même format, jufqu'à la page 80. C'eft une
petite Défenfe particuliere dirigée contre un
Magiftrat [M. de Calonne,] que l'accufé femble regarder comme fon ennemi perfonnel. Il
y eft peint fous des couleurs très-flétriffantes.
On lit entr'autres chofes dans ces Mémoires,
qu'ils ont été écrits avec une plume faite d'un
cure-dent, de l'encre compofée d'eau, de fuie
de cheminée, de vinaigre & de fucre, fur des
papiers d'enveloppe de fucre & de chocolat.
L'auteur débute ainfi : " je fuis dans les fers :
„ je trouve le moyen de former un Mémoire.
„ Je l'abandonne à la Providence. S'il peut
„ tomber entre les mains de quelque honnête
„ citoyen, je le prie de le faire paffer au Roi,
„ s'il eft poffible, & même de le rendre public
„ pour ma juftification & celle de mon fils „.
M. de la Chalotais prétend expofer, dans ces
écrits, la fource & l'origine de fa difgrace. Il s'y
plaint amerement de la rigueur de fa détention,
invoque la juftice du Roi, réclame l'exécution
des Loix, & protefte de fon innocence fur
tous les points qu'on veuille l'inculper. Ces
Mémoires intereffent la Littérature par fon auteur : on y reconnoît la même plume qui a
foudroyé fi éloquemment le fanatifme dans les
Conftitutions des Jéfuites. Il y a de la chaleur, beaucoup d'efprit, de la modération &
de l'énergie dans cet ouvrage précieux comme
difcours oratoire. Ce n'eft point à nous à tou-
cher au fond de la queftion.

2 *Août* 1766. Un des membres de l'Académie
Royale des Sciences a remis à cette Compagnie

une fomme de douze cent livres, deftinée à celui qui, au jugement de l'Académie, aura le mieux rempli l'objet qu'il propofe.

Cet objet eft de trouver la matiere la plus propre à former la compofition des objectifs, d'où il réfulteroit des Lunettes plus parfaites, inftrumens fi néceffaires aux progrès de l'Aftronomie & de la Navigation.

Il faut lire dans le Profpectus toutes les qualités requifes : ce qui demande un grand détail.

Tous les Savans & tous les Artiftes font invités à travailler fur ce fujet, même les Affociés étrangers de l'Académie.

L'Académie, à fon affemblée publique d'après Pâques 1768, proclamera la piece qui aura mérité le prix.

3 *Août* 1766. On a parlé dans divers ouvrages périodiques d'un fommeil périodique de 96 heures. On prétend que le malade, fujet à cette incommodité, eft encore à l'Hôtel-Dieu de Paris. Les Anglois, qui veulent nous furpaffer en tout, annoncent dans leurs papiers publics, qu'il y a à Oxford un Eccléfiaftique, qui végete, & dort dans fon fauteuil fix jours de la femaine. Ce dormeur extraordinaire s'éveille le dimanche matin, va remplir les devoirs de fon état à l'Eglife, revient chez lui faire un bon repas, fume fa pipe, & boit avec modération. Ces fonctions faites, *il foupire, étend les bras, ferme l'œil & s'endort vers le lundi jufqu'au dimanche fuivant.* Ceci a bien l'air d'une parodie ou d'une critique.

4 *Août. Fragmens d'une Lettre de M. de la Condamine aux auteurs du Journal Encyclopédique, inféré dans celui du 1 Août 1766.*

J'ai appris aujourd'hui que l'histoire de la Découverte des *Géans Patagons* est une fable, & que les Anglois ont fait courir ce bruit pour dissimuler le motif de l'armement de quatre vaisseaux qu'ils envoyent en ce pays, pour y exploiter une Mine qu'ils ont découverte. Je suis fâché que mon ami, le Docteur Maty, ait donné dans le panneau. M. de Brequigny, de l'Académie des Belles-Lettres, qui arrive de Londres, étoit au diner *Piquenique* hebdomadaire de la Société Royale, *à la Mître*, où se débita cette nouvelle, qu'il a cru trop légerement. Notre Ministre a rayé cet article, qu'on vouloit mettre dans la Gazette de France.... On a ajouté plusieurs choses à l'extrait de la Lettre de M. Maty, comme le nom du Capitaine, &c.

5 Août 1766. L'Impératrice de Russie appelle à sa Cour M. *Falconnet*, célebre Sculpteur François, pour travailler à la Statue Equestre de Pierre le Grand.

6 Août. Il court trois Lettres manuscrites, datées du 6 Juillet, sur l'affaire & l'exécution de M. de la Barre, Gentilhomme brûlé à Abbeville pour sacrilege. On attribue ces trois Epitres à M. de Voltaire : elles en sont dignes par ce cri de l'humanité qu'il fait entendre partout, & par ce sarcasme fin dont il assaisonne tout ce qu'il dit. Il cite entr'autres choses dans ces Lettres l'histoire d'un M. le Camus qui, étant jeune Prêtre, communia un cochon avec une hostie, & ne fut qu'exilé. Ce même Camus, parent de M. de la Barre, fut depuis Cardinal.

Le Parlement est furieux contre ces Lettres, & l'on assure que le premier Président en a porté des plaintes au Roi. On y semble rendre compte

de tout ce qui s'eſt paſſé à Abbeville, ainſi que
de la fermeté avec laquelle M. de la Barre a
ſouffert ſon ſupplice.

7 *Août* 1766. *La Rameide, Poëme.* On y lit
pour épigraphe :

> *Allez, mes vers, craignez peu les méchans,*
> *On ne les connoit pas chez les honnêtes gens.*

Et plus bas : *Inter Ramos* (une vignette) *Lilia*
fulgent. Cet ouvrage eſt de M. Rameau, neveu
du fameux Muſicien. Pour en ſentir tout l'original, le titre ſuffit : nous y allons ajouter ceux
des divers chants : Chant premier, *mes objec-*
tions ; Chant ſecond, *la défenſe du Goût* ; Chant
troiſieme, *ſuite de mes objections* ; Chant quatrieme, *Honneur aux Grands ; Hommage à l'A-*
mitié ; Chant cinquieme & dernier, *Réponſe à*
tout. Nous n'avons rien à ajouter pour donner
une plus haute idée du ridicule & du galimathias
d'une pareille œuvre.

8 *Août.* M. de Bouflers, officier, amateur plein de goût & de talens, a deſſiné tout
nouvellement au château de Ferney le portrait
de M. de Voltaire, & l'a gravé en profil dans
un ovale de huit pouces de hauteur ſur ſept de
largeur. Cette gravure paroît faite à l'eau-forte
& terminée à la pointe, dans la maniere de *Rem-*
brand, avec beaucoup d'art & d'eſprit. L'amateur habile a ſaiſi en quelque ſorte l'ame & le
feu de ſon modele ; il l'a repréſenté d'un air
penſif, mais animé, devant ſon bureau, ayant
une main poſée ſur un papier, & tenant de
l'autre une plume & prêt à écrire ce qu'il mé-
dite. La tête eſt coëffée d'un bonnet, ſur une
grande chevelure. Une reſſemblance parfaite

une attitude facile & intéreſſante, une exécution nette & brillante, un vrai qui ſe fait ſentir,
rendent cette Eſtampe très-précieuſe.

9 *Août* 1766. L'inoculation eſt un moyen propre à préſerver des dangers que la petite vérole
naturelle fait courir. Il s'agit de ſavoir : 1°. ſi,
quand on a été bien inoculé, on ne court com-
munement plus de riſques d'être attaqué de la
petite vérole ? 2°. Si la maladie donnée par
l'inoculation eſt beaucoup moins périlleuſe que
la petite vérole naturelle ?

Voilà ce qui eſt diſcuté à fonds & démontré
avec la derniere évidence, par le premier rapport en faveur de l'inoculation, lû dans l'aſſemblée de la Faculté de Médecine, par M. Antoine Petit, Médecin, Membre des Académies
des Sciences de Paris, de Stockolm, &c.

Dans ſon ſecond rapport, M. Petit examine,
combat, détruit d'une maniere victorieuſe, les
faits & les objections qui ont été oppoſés par Mrs.
les Commiſſaires de la Faculté contre la méthode de l'inoculation. Cet ouvrage, attendu
longtems, répond à l'opinion qu'on en avoit.
La cauſe ne pouvoit trouver un défenſeur plus
éclairé, plus éloquent. Ces deux rapports ſe font
lire avec beaucoup d'intérét. La matiere y eſt
traitée profondément. Quel ſera le jugement de
la Faculté ? *Adhuc ſuo Judice lis eſt.*

19 *Août.* M. *Huber* vient de donner au
Public un choix de Poéſie Allemande, en quatre
volumes : c'eſt une traduction des meilleurs
Poëtes allemands. Ce Recueil fait honneur à la
Littérature allemande, & peut être très-utile à
la nôtre. M. Huber nous a déja donné les tra-

ductions du Poëme d'*Abel*, des *Idylles* & du *Daphnis* de Geſſner.

On remarque que dans cet ouvrage-ci les fleurons qui occupent agréablement le frontiſpice de chaque volume, ſont gravés par M. *Watelet*, de l'Académie Françoiſe.

11 *Août* 1766. Le bruit ſe confirme de plus en plus des plaintes portées au Roi par le Parlement contre M. de Voltaire, & ſa licence à critiquer ſes Arrêts, ainſi qu'à écrire ſur des matieres dangereuſes & propres à répandre l'Athéiſme partout. On prétend que, pour en empêcher les ſuites fâcheuſes, ſes amis l'ont engagé à ſolliciter une retraite auprès du Roi de Pruſſe.

Il eſt queſtion d'une nouvelle *Lettre ſur le jugement de M. de Lally*, qu'on attribue à M. de Voltaire, où il fronde encore le jugement du Parlement, il voudroit le faire réhabiliter comme les *Calas*.

12 *Août.* *Pieces Poſthumes de l'auteur des cinq Années Littéraires*. Cet auteur, comme l'on ſait, eſt M. Clément. Il y a peu d'ouvrages périodiques écrits avec autant de feu, avec autant d'eſprit, de véhémence, que cette *Année Littéraire*. Cet ouvrage, où l'auteur avoit dit peut-être avec trop de liberté ſa penſée, lui occaſionna quelques chagrins. Une longue maladie lui fit diſcontinuer ſes travaux Littéraires. M. Clément donna une tragédie de *Merope*, dans des circonſtances qui en empécherent la repréſentation, mais dont la publication fut lûe avec plaiſir. Les pieces qu'on donne au public reſpirent encore le feu de ſes premieres années. Il y a pluſieurs Lettres en vers; quelques-unes,

font écrites de Charenton, où l'auteur avoit été mis. Elles ne fe reffentent point des accès de folie qui firent renfermer en pareil lieu ce nouveau *Taffe*.

13 *Août*. Un Arrêt du Confeil du 18 Juin dernier, & qui n'avoit été connu jufqu'ici que par la voie de la Gazette d'Hollande, vient d'être rendu public aujourd'hui & vendu dans les rues de Paris. Cet Arrêt fupprime un Mémoire attribué à M. de la Chalotais, fans défignation de format, ni citation de la premiere & derniere phrafe. Il y eft feulement dit qu'il eft imprimé fans nom d'Imprimeur ni permiffion, qu'il eft repréhenfible, comme contenant des faits calomnieux & injurieux à des perfonnes chargées d'exécuter les ordres de S. M. De forte qu'on ignore fi cet Arrêt regarde le Mémoire imputé à M. de la Chalotais dont on a parlé.

Ce Mémoire fait un bruit du diable, il eft recherché de tous les curieux, & forme une piece de Bibliotheque très-précieufe.

14 *Août* 1766. Les Comédiens François fe difpofent à donner férieufement l'*Artaxerxes* de M. le Mierre. Ce Drame eft tiré de Metaftafe, & a été traité déja par plufieurs auteurs François, qui ont échoué. On affure que l'auteur a fuivi exactement l'auteur Italien : imitation d'autant plus dangereufe que ce dernier étant en opéra, admet plus de merveilleux & de coups de théâtre frappans. D'ailleurs il n'eft qu'en trois actes.

L'auteur, d'une fécondité merveilleufe, outre le *Barnevelt*, dont on a parlé, a encore un *Guillaume Tell*, le reftaurateur de la liberté Helvétique.

15 *Août*. L'activité de l'efprit de M. de Vol-

taire n'eft pas ralentie fur fes vieux ans : on voit
naître chaque jour des productions de fa part ;
mais toujours conftant dans fes derniers principes, il femble particuliérement occupé à nour-
rir dans l'efprit de fes lecteurs ce fcepticifme
trop répandu depuis quelques années : tout ce
qui fort de fa plume aujourd'hui, tend à forti-
fier fes premieres affertions. Il vient de paroître
un ouvrage, qui a pour titre *le Philofophe igno-*
rant. On y reconnoît à chaque page l'auteur de
la *Philofophie de l'Hiftoire*, &c. Il a divifé fon
livre en *Doutes*, qu'il feroit bien difficile de ré-
foudre, à ne fuivre que les lumieres ordinaires
de la raifon, & qui fondent le Pyrrhonifme fi
dangereux pour les vérités reçues.

16 *Août* 1766. Nous avons annoncé, il y a
longtems, un ouvrage attribué au Roi de Pruffe,
intitulé *Abregé de l'Hiftoire Eccléfiaftique de*
Fleury, en deux volumes. Cet ouvrage perce
lentement dans le public : il eft précédé d'une
préface fortement écrite, & plus énergiquement
penfée. L'auteur y développe fon projet ; il prétend, d'après le récit même de la maniere dont
l'Eglife s'eft formée, démontrer que c'eft une
inftitution toute humaine ; en forte que cette
hiftoire eft la fatyre la plus forte & la plus dangereufe de la Religion. On y trouve des anecdotes les plus précieufes.

17 *Août.* Une rixe élevée entre deux hommes
qui fe piquent de bel efprit & qui tiennent un
rang dans la Littérature, & comme auteurs &
comme Mécenes, fait beaucoup de bruit : elle
intéreffe Mrs. de Lauraguais & de Villette. Elle
a donné lieu à des Epitres de part & d'autre,
peu dignes d'être rapportées. Elle eft née à l'oc-

eafion d'un pari prétendu fait entre les deux adverfaires, & que M. de Villette avoit perdu. Il étoit queſtion d'une courſe à exécuter par les chevaux & coureurs de M. de Lauraguais. Le premier n'a pas voulu donner le tableau en jeu, de la part du Marquis de Villette, foutenant qu'il n'avoit point parié. Ces deux champions étant fur le point d'entrer en lice, fe font trouvés arrêtés par les Gardes des Maréchaux de France, & l'affaire eſt au tribunal. Elle occupe beaucoup les gens de Lettres, qui prennent parti pour ou contre.

18 *Août* 1766. Nous avons oublié de faire mention de la mort de M. Bonneval, auteur Lyrique, mort il y a quelques mois. Un acte qu'on va donner de lui en rappelle la mémoire. Il avoit été Intendant des Menus, il étoit Tréſorier de la Reine, & eſt mort à foixante ans environ, de chagrins domeſtiques. Tous fes ouvrages n'ont eu aucun fuccès.

19 *Août*. On fait actuellement que la piece de vers qui fera couronnée la St. Louis prochaine, eſt une Epitre de M. de la Harpe, intitulée *le Poëte*. Quelques-unes ont balancé les fuffrages de l'Académie, entr'autres une *Epitre aux Malheureux*, de M. Gaillard.

20 *Août*. Les Comédiens François ont donné aujourd'hui la premiere repréſentation d'*Artaxerxes*. Le fecond acte a reçu des applaudiſſemens généraux, & a paru de la plus grande beauté; le troiſieme, bien loin de renchérir, ne s'eſt pas foutenu au même point; le quatrieme encore moins. Enfin, la Cataſtrophe eſt tout ce qu'il y a de plus ridicule & de plus abfurde, par la complication d'événemens qui fe raſſemblent

en un feul inftant, & qui tous formeroient autant de tragédies différentes. On voit que l'auteur, uniquement occupé d'étonner le fpecta-
teur par des coups de théâtre inattendus, n'entend en rien la marche des paffions, & ne fait
pas fouiller dans les replis du cœur.

La piece, qui s'ouvre par un Miniftre, qui
tient encore l'épée de fon maître teinte de fon
propre fang, a donné lieu à une plaifanterie.
Cette piece, a-t-on dit, n'eft pas échaffaudée
fur la pointe d'une éguille, mais fur celle d'une
épée. En effet, cet inftrument forme toute l'intrigue de la tragédie.

L'auteur, qui étoit au commencement de la
Repréfentation, s'étant imaginé que fa piece devoit être applaudie à tout rompre, dès le premier acte, n'a pu foutenir le fang-froid du fpec-
tateur; il eft forti, & eft allé au Luxembourg,
en laiffant un ami fidele pour l'inftruire de la
fuite. Celui-ci, après le fuccès du fecond acte,
eft couru à la promenade, le raffurer & l'engager à revenir. L'enthoufiafme étoit déja beaucoup rallenti à fon retour. Il eft reparti de nouveau, & ne s'eft point trouvé pour être traîné
fur le théâtre aux yeux des fpectateurs qui le
demandoient.

Mlle. Dubois eft l'héroïne de cette piece; elle
a joué quelques morceaux affez bien, mais on
voit qu'elle finge Mlle. Clairon, elle n'en a ni
le feu, ni les beaux geftes.

22 Août 1766. Par jugement du tribunal des
Maréchaux de France, Mrs. de Lauraguais & de
Villette, ont été condamnés à une prifon de fix
femaines. Le Roi a bien voulu accorder la Baftille au premier : le fecond eft à l'Abbaye. Cet

événement continue à occasionner beaucoup d'écrits en vers & en profe dans la Littérature.

33 *Août* 1766. *L'Examen critique des Apologistes de la Religion Chrétienne* paroit en effet imprimé. Nous n'y avons point trouvé de changement ; & c'est une copie exacte du manuscrit : le nom de M. Freret & fa qualité y font mis tout du long. Cet ouvrage peu agréable à lire n'est pas écrit avec plus de chaleur que les autres traités de ce Philosophe, mais cette modération même & ce calme, pour ainsi dire, des passions, sont fort dangereux. L'auteur y déploye la plus grande érudition, & une connoissance profonde de tous les Peres & de tous les livres canoniques & autres, depuis la naissance du Christianisme jusqu'à nos jours.

25 *Août*. L'Académie Françoise a fait aujourd'hui fa distribution du prix. La piece de M. de la Harpe a été lue par M. d'Alembert, & applaudie par toute l'assemblée. Outre *l'Epitre aux Malheureux*, le Poëme *fur la rapidité de la vie* a eu aussi un *Accessit*. On a lu encore les extraits de quelques pieces qui ont concouru. Ces pieces sont, *Marie Stuart, Reine d'Ecosse, à Jacques VI son fils & son successeur.* — *Epître aux Rois conquérans.* — Un Poëme, intitulé *le Génie.* — Un discours de *l'idée du Sage.* — Autre, *fur la Philosophie.* — *Epitre fur le danger d'être un grand homme.* — *Discours fur cette question : doit-on pleurer des personnes qu'on aime ?* — *Epitre à un ami fur le bonheur.* — Autre : *à une Dame qui allaite son enfant.* — Autre: *fur les avantages de la Médiocrité.* — *Poëme fur la nécessité de plaire.* — Enfin, une *Epitre à un jeune homme qui veut*

embraſſer la profeſſion des Lettres. M. Marmontel a lu tous ces extraits.

L'Académie a propoſé pour ſujet du prix d'éloquence de l'année prochaine *l'Eloge de Charles V, ſurnommé le Sage.*

·27 *Août* 1766. M. Du Belloi, cet auteur du *Siege de Calais*, dont la renommée s'étoit accrue ſi prodigieuſement, & s'eſt éclipſée encore plus vite, eſt depuis quelque tems dans l'état le plus déplorable. Il eſt attaqué de vapeurs & d'obſtructions, qu'on prétend être la ſuite de ſes débauches avec Mlle Clairon. Quoi qu'il en ſoit, elle l'a mis entre les mains de Tronchin, ſans ſuccès; il ſe plaint beaucoup de l'art des Médecins, & paroît ſe réſoudre à ne rien faire. Cet accident a bien éteint ſa ſoif de gloire : il montre peu d'activité pour faire jouer la piece de *Gabrielle de Vergy.*

28 *Août.* Extrait d'une Lettre de M. de Voltaire à un de ſes amis, au ſujet du bruit qui a couru qu'il alloit ſe fixer dans une ville des Etats du Roi de Pruſſe.

. . . Il eſt vrai que j'ai été ſaiſi de l'indignation la plus vive, & en même tems la plus durable, mais je n'ai point pris le parti qu'on ſuppoſe; j'en ſerois très-capable ſi j'étois plus jeune & plus vigoureux : mais il eſt trop difficile de ſe tranſplanter à mon âge & dans l'état de langueur où je ſuis. J'attendrai ſous les arbres que j'ai plantés le moment où je n'entendrai plus parler des horreurs qui font préférer les ours de nos montagnes à des ſinges & à des tigres déguiſés en hommes.

Ce qui a fait courir le bruit dont vous avez la bonté de me parler; c'eſt que le Roi de Pruſſe m'ayant mandé qu'il donneroit aux *Sirvens* (nom d'une famille proteftante, perfécutée comme les *Calas*] un afyle dans fes Etats, je lui ai fait un petit compliment, je lui ai dit que je voudrois les y conduire moi-même, & il a pris apparemment mon compliment pour une envie de voyager, &c.

On voit par cette Lettre, où il regne beaucoup d'humeur, que les bruits qui ont couru, & dont nous avons parlé, ne font pas tout-à-fait deftitués de fondement.

29 *Août* 1766. On vient d'imprimer à Londres *the celebrate Spreck*, &c. c'eft-à-dire *très-célebre harangue d'un très-célebre Commoner*. On eft tout étonné quand on fonge que c'eft le célebre M. *Pitt* qui a prononcé ce difcours, & que c'eft ce difoours qui a entraîné victorieufement la Révolution de l'Edit concernant le Timbre. Ce fuccès donne la plus haute idée du talent de M. Pitt pour la déclamation, car il n'eft pas vraifemblable que s'il eût donné cet ouvrage à lire ou à reciter, il eut fait la plus légere fenfation. Mais le difcours eft-il réellement celui que l'orateur a prononcé ? Tout le monde l'affure à Londres. Nous en doutons pourtant. Il eft rempli de faux principes & de conféquences encore plus fauffes : il eft mal écrit, mal penfé, fans chaleur, fans éloquence ; & ce ne font que des éloges fur le miniftere de l'orateur. Ce n'eft pas ainfi que les Démofthenes & les Cicérons plaidéfent les grands intérèts de leur patrie.

30 *Août*. C'eft une ftatue à cheval, que doit faire M. Falconnet. L'Impératrice le défraye de tout, ainfi que les perfonnes qui font à fa fuite. Elle lui affure en France & rendus à Paris, dix

mille écus par an, tout le tems qu'il reftera en Ruffie.

1 *Septembre* 1766. M. de la Condamine, de l'Académie des Sciences & de l'Académie Françoife, digne émule de feu M. de Maupertuis, vient de faire ériger aux mánes de ce Phyficien célebre un monument qui honore l'un & l'autre : il eft placé dans l'Eglife de St. Roch. Le fond eft une pyramide en marbre, de couleur lugubre. Sur cette pyramide eft adoffé le médaillon de M. de Maupertuis ; au-deffous de ce médaillon eft une épitaphe très-détaillée. La table eft furmontée du génie de l'Aftronomie, défigné par une flamme qui lui fort du front, & par une couronne d'Etoiles qu'il tient à la main. A l'autre côté de la table eft un autre Génie, qui montre d'une main le globe de la terre, applati vers fes poles. Deux volumes placés à côté du globe, défignent deux des principaux ouvrages de M. de Maupertuis. La compofition de ce monument eft noble & fimple, & l'exécution fait honneur aux talens de M. *d'Huez.* Le médaillon eft fort reffemblant, quoique M. *d'Huez* n'ait jamais vu le perfonnage : il l'a copié d'après un bufte de M. *Le Moine.*

3 *Septembre.* Extrait d'une Lettre de M. de Voltaire...... J'ai reçu & lu le Mémoire de l'infortuné M. de la Chalotais. Malheur à toute ame fenfible qui ne fent pas le frémiffement de la fievre en le lifant ! Son cure-dent grâve pour l'immortalité.... Les Parifiens font lâches, gémiffent, foupent & oublient tout. . . .

Pour mieux entendre ceci, il faut fe rappeler ce que nous avons dit & cité du Mémoire.

4 *Septembre.* Le Pere *Fidele de Pau,* fi
célebre

célebre par fon Oraifon funebre du Dauphin , a mis au jour depuis quelque tems un livre non moins curieux par le fond & par la forme. Le titre feul annonce le ton original de l'auteur ; c'eft *Philofophe Dithyrambique*. Il attaque dans cet écrit les grands Philofophes de nos jours. C'eft par l'ironie que le Capucin fe propofe de combattre leurs erreurs. " Les Dithyrambes, ,, dit-il , étoient des ouvrages faits en l'ho ineur ,, de Bacchus : productions d'ailleurs d'un ftyle ,, emphatique, obfcur, vrai galimathias. Arifto- ,, phane appeloit les auteurs Dithyrambiques ,, des charlatans ,,.

L'ouvrage eft divifé en deux parties : dans la premiere , l'auteur examine quelles font les qualités néceffaires à un Ecrivain en matiere de Religion , & prouve que les Déiftes n'ont aucune de ces qualités. Dans la feconde , il parcourt les maux que les livres philofophiques qu'il appelle libelles, ont caufés , &c. C'eft partout une imagination déréglée , une érudition indigefte , une diction burlefque , un ton de bouffonnerie , qui amufe d'abord , mais qui ennuye à la fin.

5 *Septembre* 1766. M. le Fevre, prêtre de la Doctrine Chrétienne , a fait imprimer dans Fréron [N°. 14] une longue Lettre apologéti- que de M. de Thou , contre les affertions de M. de Bury. Ce favant homme ne manie pas le farcafme comme M. de Voltaire , mais il atta- que avec force & d'une façon victorieufe le nouvel hiftorien d'*Henri IV* , & démontre l'in- juftice des reproches qu'il fait à M. de Thou.

6 *Septembre* 1766. Vers adreffés à M. de Vol- taire par M. *François de Neuchateau* en Lor-

raine, âgé de 14 ans, affocié des Académies de
Dijon, Marfeille, Lyon & Nancy, en lui envoyant un exemplaire de fes ouvrages.

Rival d'Anacréon, de Sophocle, & d'Homere,
. O toi, dont le génie a franchi tour à tour,
 De tous les arts l'épineufe carriere,
Toi qui chantes les Dieux, les Héros & l'Amour,
Pardonne à mon audace, ô fublime Voltaire!
Et permets qu'aujourd'hui ma mufe téméraire
 T'ofe offrir fes fimples accords;
Daigne accepter cette offrande légere,
Daigne fourire à mes premiers transports.
 Je fais que c'eft un foible hommage:
Mais fi ton indulgence approuve mes efforts,
Un fuccès fi flatteur excitant mon courage,
 M'infpirera de plus dignes accens.
Il fçaura m'élever au-deffus de mon âge...
Un coup d'œil de Voltaire enfante les talens.
A Neufchâteau, le 15 Juillet 1766.

8 Septembre 1766. Nous recueillons avec foin
la Réponfe de M. de Voltaire à M. François.

 Si vous brillez à votre Aurore,
 Quand je me tiens à mon Couchant,
 Si dans votre fertile champ
 Tant de fleurs s'empreffent d'éclore,
 Lorfque mon terrein languiffant
 Eft dégarni des dons de Flore;
 Si votre voix jeune & fonore,
 Prélude d'un ton fi touchant,

Quand je fredonne à peine encore
Les reftes d'un lugubre chant ;
Si des Graces qu'envain j'implore,
Vous devenez l'heureux amant,
Et fi ma vieilleffe déplore
La perte de cet art charmant,
Dont le Dieu des vers vous honore ;
Tout cela peut m'humilier ;
Mais je n'y vois point de remede,
Il faut bien que l'on me fuccède
Et j'aime en vous mon héritier.

Au château de Ferney, le 6 Août 1766.

9 *Septembre* 1766. Outre le Mémoire de M. de
la Chalotais dont nous avons parlé, on vient
d'imprimer deux Lettres de lui, plus éloquentes
encore : la première adreffée au Roi, en deux
pages in-12, petit caractere, comme le Mémoire, eft du mois d'Avril. Il y demande juftice & protefte de fon innocence. La feconde,
du même format & caractere, a 22 pages ; elle
eft datée du 7 Juin. Elle contient les mêmes Réclamations, qui font dépofées dans le Mémoire :
il s'éleve fortement contre fes ennemis, & donne
pour principe de fes difgraces la haine du parti
jéfuitique, & l'inimitié du Commandant de la
Province.

10 *Septembre.* On vient d'imprimer le
Difcours qui a remporté le Prix de l'Académie
Royale des Belles-Lettres de Caen, le 5 Septembre 1765. Le fujet étoit des plus utiles & des
plus curieux : *quelles font les Diftinctions que
l'on peut accorder aux riches Laboureurs, tant*

propriétaires que fermiers, pour fixer & multiplier les familles dans cet état utile & respectable, sans en ôter la simplicité qui en est la base essentielle ? C'est celui de M. *Dornay*, qui a été couronné ; il portoit pour épigraphe : *honores mutant mores.* Il est traité avec toute l'éloquence & toute la vérité possible. Rien de plus philosophique que ce morceau digne d'un excellent citoyen.

11 *Septembre* 1766. *Vers à M. le Chevalier de* ***
sur une indigestion de l'auteur (*M. Dorat*)

> Vous avez tout, graces, talens ;
> Vous buvez des eaux d'hipocrêne :
> Du bon Horace & de Turenne
> Vous suivez les Drapeaux brillans.
> Digérez-vous ? voilà l'affaire ;
> L'homme n'a rien s'il ne digere,
> Car sans cela plaisirs & jeux
> S'envolent au pays des fables.
> L'Esprit fait les mortels aimables :
> Mais l'Estomac fait les heureux.

12 *Septembre.* M. *de Calonne* se trouvant fortement attaqué dans l'éloquent Mémoire de M. de la Chalotais, vient d'en présenter un au Roi, dans lequel il met sous les yeux de S. M. tout ce qui s'est passé entre lui & M. de la Chalotais. Cette réponse fort détaillée contient 3 pages d'impression in-4°, qu'il n'est pas possible d'analyser. On lit à la fin, que le Roi a eu la bonté d'écrire de sa main ce qui suit :

„ Je vous autorife à faire imprimer ce Mé-
„ moire ; vous n'avez pas befoin de juftification
„ auprès de moi , je rends juftice à vos talens &
„ à la droiture de votre conduite : comptez fur
„ toute ma protection „.

Sur cette apoftille de S. M. ce Mémoire a été
imprimé à l'imprimerie Royale. On a mis à la
fuite une Lettre de M. de la Chalotais , relative à
cette difcuffion.

L'ouvrage , comme Littéraire, eft d'une logique très-foible , fans énergie , fans fineffe. Le
ftyle en eft médiocre, & donne une fort petite
idée de l'orateur & de fon génie.

13 *Septembre* 1766. Si l'on en croit des Lettres
venues de bonne part , les prétendus torts de
J. J. Rouffeau ne font pas fi bien conftatés ,
qu'on ne puiffe les révoquer en doute. Un tiers
paroît avoir cherché à aigrir les efprits , en
rapportant à chacun d'eux féparément des con-
fidences faites pour les indifpofer réciproquement ; de-là un mal entendu de part & d'autre ,
qui a occafionné une brouillerie , au-delà des
bornes de l'honnêteté. On affure que les parties
fe font rapprochées , & que fur l'explication
qu'elles ont eue entr'elles , elles fe font ré-
conciliées.

13 *Septembre. Recherches fur l'origine des
Découvertes attribuées aux Modernes , &c.
par M. Dutens* 2. *Vol.* Le but de cet ouvrage
eft de prouver que les différens fyftêmes qu'on
annonce tous les jours comme des Découvertes,
ont été connus des anciens. Cet ouvrage eft
plein d'érudition , mais peu confolant.

15 *Septembre.* On a vu avec quelle cha-

leur M. de Voltaire a soutenu la cause des *Calas*, les écrits sortis de sa plume à ce sujet, son *traité sur la tolérance* : il vient d'y ajouter un *Avis au public sur les Parricides imputés aux Calas & aux Sirvens*, *qui peut servir de Supplément*. Il y rappelle l'Arrêt du Parlement de Toulouse, la sentence rendue à Majamet dans le Pays de Castres, contre les *Sirvens*, & rapporte à cette occasion différens exemples du fanatisme, qui dans tous les tems a tyrannisé certains esprits & a produit des excès qui font frémir l'humanité. L'auteur continue à se servir de l'ironie & à traiter, en plaisantant, des matieres qui paroissent mériter un ton plus sérieux.

17 *Septembre* 1766. M. Smolet, Docteur en Médecine, & connu par une *Histoire d'Angleterre*, vient de faire imprimer *Travels through France and Italy*, &c. M. Smolet déclare qu'il n'a entrepris ce voyage que pour se guérir d'une consomption qui le minoit, d'une bile noire dont il étoit dévoré. Le Lecteur s'en appercevra facilèment : tout son ouvrage est imprégné de cette humeur âcre & mordicante : il n'a rien vu qu'à travers la vapeur lugubre qui absorboit toutes ses facultés intellectuelles, & il a très-mal vu conséquemment. Il faut lui pardonner toutes les injures qu'il dit à notre Nation, en faveur de sa maladie. Cet ouvrage a deux vol. d'erreurs, d'injures, plus que d'observations vraies & historiques.

18. *Septembre*. Nous avons parlé de la querelle suscitée à M. Saverien, pour n'avoir pas donné à M. Clairaut toutes les louanges dont M. du Séjour, & M. Gondin vouloient le décorer....

Cet historien vient de faire paroître une réponse à ces critiques, où, après avoir relevé différentes erreurs de fait & de goût, il se justifie d'une façon satisfaisante. Il n'y a pas d'apparence qu'on lui replique. Cette Lettre est dans divers Ouvrages périodiques.

19 *Septembre* 1766. L'*Artaxerxes* de M. le Mierre, chu en quelque sorte dès la premiere Représentation, s'est trainé pendant plusieurs Représentations, il en a eu dix très-médiocres, & n'est fini que depuis quelques jours.

19 *Septembre*. Par des Nouvelles de Varsovie du 16 Août 1766, on écrit que Madame Geoffrin qui est encore en Pologne, ne pouvant se refuser à l'invitation de l'Impératrice de Russie, se dispose à partir pour Petersbourg.

20 *Septembre*. On parle beaucoup d'une Réponse de M. de la Chalotais au Mémoire de M. de Calonne : la rareté de cet ouvrage fait qu'on n'est pas encore en état d'en rendre compte.

20 *Septembre*. On croit qu'on vient d'imprimer en France une nouvelle édition Italienne du livre *dei Delitti & delle Pene* : elle est intitulée Cinquieme Edition. Celle-ci est augmentée du jugement d'un célebre Professeur sur ce livre, & d'une replique de l'auteur à des observations injurieuses, remplies de personalités & d'une satyre amere contre lui. On ne se contente pas pour l'attaquer de cacher ses armes sous le manteau de la Religion, on l'accuse d'avoir manqué au respect qu'il doit aux Souverains & d'avoir excité les Peuples à la révolte. L'auteur se défend avec beaucoup de modé-

D 4

ration, répond aux objections & méprise la Satyre.

21 *Septembre* 1766. Le terme du jugement rendu par Mrs. les Maréchaux de France contre M. de Villette étant expiré, il eft forti avant-hier de la prifon de l'Abbaye de St. Germain des Prez, où il avoit été conduit. Quant à M. de Lauraguais, il eft toujours à la Baftille, moins pour cette affaire que pour d'autres, dans lefquelles fa légéreté, pour ne rien dire de plus, l'a fait compromettre.

21 *Septembre.* On écrit de Pologne que le nouveau Roi fe propofe d'établir inceffam-ment à Varfovie une Académie, à l'imitation de l'Académie Françoife, & dont l'objet eft de per-fectionner la Langue Polonoife. On ne doute pas que Madame Geoffrin n'ait beaucoup con-tribué à fuggérer ce projet à S. M.

22 *Septembre.* On a arrêté au commence-ment de ce mois plufieurs ballots d'un ouvrage fait en faveur des ci-devant foi-difant Jéfuites, par lequel on prétend prouver la néceffité de les rappeler en France, & de les maintenir dans l'exercice de l'inftruction de la jeuneffe. Pour juftifier ces affertions, l'auteur d'un ton apoftolique prétend refuter tous les écrits qui ont préparé & occafionné leur Profcription. L'Edition entiere étoit deftinée pour l'Efpagne, & avoit été imprimée à Bayonne, aux fraix, à ce qu'on affure, de M. l'Archevêque de Paris. Tout a été faifi, & l'imprimeur amené ici.

23 *Septembre.* On mande de Stockholm qu'on a joué la Comédie pour la premiere fois fur le nouveau théâtre que le Roi a fait bâtir pour remplacer celui qui a été brûlé, il y a

quelques années. On ajoute que cette falle de fpectacle eft fort belle & fort bien diftribuée.

23 *Septembre* 1766. M. le Comte de Lauraguais, en fortant de la Baftille, a été conduit au château de Dijon.

24 *Septembre*. Les ouvrages faifis à Bayonne, dont on a parlé, font les Mandemens & Inftructions de M. l'Archevêque de Paris & des autres Evêques qui ont écrit dans le même efprit en faveur des ci-devant foi-difant Jéfuites, dont on a fait un Recueil : on les avoit traduits en efpagnol, avec une préface, un difcours raifonné, & le tout étoit deftiné pour l'Efpagne.

25 *Septembre*. Le Roi a établi par Arrêt de fon Confeil du 4 Juillet 1750, une Ecole Publique pour les Eleves qui fe deftinent à la Chirurgie ; & par un autre Arrêt du 29 Mars 1760, S. M. a fait différens Réglemens fur l'admiffion des éleves, &c.

M. Houftel, ancien Directeur de l'Académie de Chirurgie, chargé de l'infpection des Ecoles, vient de fonder à perpétuité quatre Médailles d'or de la valeur de 100 Livres chacune, pour être diftribuées annuellement aux 4 Eleves qui auront le plus profité, &c. La legende de ces Médailles porte : *Studiorum & Peritiæ Præmium in Schola Chirurgica Practicâ in perpetuum affignabat M. Fr. Houftel 1765.*

26 *Septembre*. On mande d'Efpagne que le pere Poyant, Recteur des Jéfuites, ci-devant Secrétaire de l'Ambaffadeur de Ruffie, a été arrêté par ordre du Miniftre Efpagnol ; que l'on a trouvé chez lui une édition d'environ 3000 exemplaires d'une brochure très-féditieufe en

D 5

faveur des Jéfuites de France, où le Roi même eft très-peu refpecté. On ajoute que cette brochure, quoique imprimée à Saragoffe, portoit le titre de Paris, que c'eft fur la plainte du Miniftere de France, que le Pere Poyant a été arrêté & mis dans les prifons.

27 *Septembre* 1766. Il ne paroît pas qu'on foit parvenu à réunir les efprits de M. Hume & de J. J. Rouffeau, quoiqu'on ait fait pour les reconcilier : l'aigreur du dernier a forcé le caractere pacifique de l'autre, & l'on affure qu'ils vont rendre le Public juge de leur différend, en faifant imprimer ce qui l'a occafionné. La fingularité de Rouffeau n'a fait nulle fenfation en Angleterre, & fes ouvrages n'y font pas accueillis avec la même fureur qu'en France. L'énergie de fon ftyle, principal mérite de fes ouvrages, ôte beaucoup de leur prix aux gens qui n'entendent pas parfaitement notre langue.

28 *Septembre*. Mlle. Duranci, meilleure actrice que chanteufe, ayant eu des différends avec les Directeurs de l'Opéra, & ne trouvant pas qu'ils mettent à fes talens tout le prix qui leur eft dû, fe difpofe férieufement à débuter à la Comédie Françoife; elle doit commencer par le rôle de *Pulcherie* dans *Heraclius*.

29 *Septembre*. Nous avons annoncé un Prix extraordinaire propofé au jugement de l'Académie Royale des Sciences, lequel fera décerné à une perfonne qui trouvera une méthode fûre de faire l'efpece de verre néceffaire pour la fabrication des lunettes achromatiques. La fomme deftinée à ce Prix avoit été dépofée par un citoyen auffi diftingué par fon zele pour le progrès des Sciences que par la place qu'il occupe.

Auffi-tôt que le Roi eût connoiffance de ces circonftances, S. M. ordonna que les fonds def-tinés à un fi noble emploi feroient fournis par fon Tréfor Royal. Ces ordres ont été exécutés par M. le Comte de St. Florentin. Dans une des dernieres affemblées de l'Académie, ce Minif-tre eft venu lui notifier cet ordre du Roi.

30 *Septembre* 1766. M. Piron, toujours ori-ginal, vient de publier un Poëme fingulier; il a pour titre: *Feu M. le Dauphin à la Nation en deuil depuis fix mois.* Il débute ainfi:

France! rofier du monde, agréable contrée,
Qui ne m'a, dans les tems, qu'à peine été montrée,
Amour des Nations, fociables François,
Peuple chéri du Ciel, & chériffant vos Rois;
Egalement aimé de votre Augufte Maître,
Qui fit tout pour me rendre un jour digne de l'être,
Tandis que je tremblois, l'adorant comme vous,
D'hériter d'un pouvoir pour vous & moi fi doux:
Chers amis, que ma voix touchante & fraternelle
Parvienne à vous du haut de la voûte éternelle,
Et ne vous parlant plus que de félicité
Après un deuil fi long vous rendre à la gaîté.

Qui croiroit ces vers fortis de la main qui a crayonné la *Métromanie*?

1er. *Octobre.* Le jeune *Molé*, Comédien très-agréable au théâtre françois, a une fluxion de poitrine, avec la fievre maligne. Le public témoigne beaucoup d'intérêt à fa fanté & de-mande de fes nouvelles tous les jours à l'acteur qui vient annoncer. C'eft un fujet cher à fes

D 6

plaifirs, & dont la perte feroit un vuide à ce
fpectacle dans les circonftances actuelles.

2 *Octobre* 1766. On a donné aujourd'hui au
théâtre Italien une nouveauté inattendue : c'eft
une petite piece, intitulée : *la Fête du Château*.
Elle eft dans le genre des anciens Opéra-Comi-
ques, c'eft-à-dire que tous les airs en font parodiés.
Mais rien de mieux choifi que ces airs ni de
mieux adapté aux paroles. Le fond de ce Divertiffement paroît avoir été compofé à l'occafion
d'une fête particuliere. Il s'agit de célébrer la
convalefcence d'une jeune Demoifelle qui a été
inoculée. Il y a des Couplets relatifs à l'Inoculation très-agréables. Le fond, peu riche par
lui-même, eft embelli par des détails ingénieux,
piquans & délicats : il nous rappelle à un genre
qu'il étoit fâcheux d'avoir totalement aban-
donné : il a fort bien repris.

3 *Octobre*. M. *Hardion*, de l'Académie
Françoife & de celle des Infcriptions & Belles-
Lettres, Garde des Livres & Antiques du Cabinet du Roi, Inftituteur de Mefdames, eft mort
hier.

5 *Octobre*. Le Public continue de témoigner
fa bienveillance à Molé & la part qu'il prend
à fa maladie. L'efpérance renaît fur fon compte,
mais il eft à craindre que fa convalefcence ne
foit très-longue. Le vin lui ayant été confeillé
pour ranimer fon exiftence, dans l'épuifement
total où il eft, il a reçu en un jour plus de 2000
bouteilles de vins de toutes efpeces, des différentes Dames de la Cour.

Ce même acteur témoignant à Mlle. Clairon
que fa maladie lui coûtoit beaucoup & le rui-
neroit, fi l'on ne faifoit quelque chofe pour lui,

Il fut queſtion de demander aux Gentilshommes de la Chambre une Repréſentation ou deux *gratis* pour lui : Mlle. Clairon lui dit qu'elle ſe chargeoit volontiers de cette ſollicitation , & même de jouer, ſi cela pouvoit attirer du monde.

6 *Octobre* 1766. Sr. Freron , dans ſa feuille Littéraire [N°. 16] rend compte d'un portrait de Mlle. Clairon, d'après le modele en cire qui a ſervi pour graver la Médaille, que des amis ont fait frapper en l'honneur de cette Actrice célebre. Il rapporte des vers de M. de Voltaire qu'on lit au bas de cette eſtampe, tirés, dit-il, apparemment d'une Epître de cet auteur à la Comédienne en queſtion :

Une Médaille eſt dans nos mœurs
Ce que jadis étoit un temple.

Il critique cette belle ſentence, & fait voir que cette Médaille n'eſt autre choſe qu'une adulation des partiſans de Mlle. Clairon, dont ſon amour-propre auroit tort de s'enorgueillir.

M. l'abbé Gayot, Aumônier de M. le Duc d'Orléans, vient de nous donner une Edition des Œuvres du feu Pere André, déjà connu par ſon *Eſſai ſur le Beau.* Ces Œuvres contiennent 19 Diſcours, compoſant un *Traité de l'homme ſelon les différentes merveilles qui le compoſent.* Tout cela eſt très-bien écrit & nous annonce l'auteur comme étant à la fois Théologien, Philoſophe, Mathématicien, Orateur & Poëte. Il y a, ſans contredit, beaucoup de paradoxes, car quel ouvrage de Métaphyſique en eſt exempt !

L'éditeur a mis en tête un *Eloge hiſtorique* de l'Auteur : il en réſulte que ce Jéſuite, né en Baffe-Bretagne en 1675, fut reçu au Noviciat en 1693 : qu'en 1726 il fut nommé à la chaire de Profeffeur Royal de Mathématiques au College de Caën, remplit cette place avec la plus grande diftinction jufqu'en 1759, qu'il fut obligé d'obéir aux ordres de fes Supérieurs, & de fe repofer, déja âgé de 48 ans.

Les Philofophes qu'il goûtoit le plus, dit-on, étoient Platon, Defcartes, Mallebranche. De tous les Poëtes François, Corneille lui paroiffoit le plus grand, & Boileau le plus fenfé. Il regardoit Rouffeau comme le dernier de nos Poëtes, non dans le fens que pourroit l'entendre M. de Voltaire [ajoute Freron dans fon Extrait,] mais comme on difoit de Caton, que c'étoit le dernier des Romains.

Le Pere André étoit en relation avec Mallebranche, fon ami, & Fontenelle, qui ne le connoiffoit que par Lettres.

Après la diffolution du College de Caën, il choifit fa retraite à l'Hôtel-Dieu de cette ville, où le Parlement de Rouen pourvut à fa fubfiftance, au-delà de fes defirs, en ordonnant de lui accorder abfolument & fans aucune condition ce qu'il demanderoit. Il eft mort en 1764.

8 *Octobre* 1766. Freron, dans fa feuille, N°. 17, en rendant compte d'une nouvelle Conjuration de l'abbé de la Porte, intitulée : *le Voyageur François*, s'exprime ainfi.

,, Il n'y a rien de neuf dans cet ouvrage....
,, L'Editeur aime les anecdotes fingulieres, peu
,, lui importe qu'elles foient vraifemblables.
,, C'eft un inconvénient attaché à tous les
,, Voyages, qu'on fait fans fortir de fa cham-
,, bre..... M. l'abbé de la Porte plaifante en-

" core volontiers fur toutes fortes de fujets,
" même fur ceux qui ne font pas. fufceptibles
" de plaifanterie..... Son ftyle eft par-tout
" négligé. Il y a quelquefois des longueurs.
" Peut-être pour garder la vraifemblance a-t-il
" exprès affecté d'écrire comme le feroit un
" Voyageur au milieu des embarras & des fati-
" gues d'une route pénible. Si tel a été fon
" deffein, il faut convenir qu'il a parfaitement
" réuffi..... Cette Collection eft dans la Claffe
" des ouvrages qui font beaucoup de plaifir
" au Lecteur, affez de profit au Libraire, peu
" d'honneur à l'Ecrivain ".

9 *Octobre* 1766. M. Poinfinet, Poëte attaché
depuis quelque tems au Prince de Condé, vient
de faire imprimer un Divertiffement fait à l'occafion de l'arrivée de ce Prince pour la tenue
des Etats de Bourgogne : il eft intitulé : *Le
Choix des Dieux, ou les Fêtes de Bourgogne.*
Il eft en un acte, & a été exécuté à Dijon le
13 Juillet dernier.

L'auteur n'a fans doute pas prétendu donner
une piece réguliere : s'il a eu deffein de faire
des fcenes agréables, quoique peu liées entr'elles, des complimens fpirituels, & flatteurs, il a
parfaitement réuffi.

10 Octobre 1766.

Soupirer près de ce qu'on aime
Eft un plaifir doux & flatteur,
Ainfi d'un objet enchanteur
On fait preffer l'aveu fuprême
Et s'avancer vers le bonheur :
Touchés d'une égale tendreffe
Et confumés des mêmes feux,

Bientôt on foupire tous deux :
L'inftant qui fuit produit l'ivreffe,
L'Amour triomphe.... on eft heureux !

Cette Chanfon eft de M. le Marquis de Saint-
Aignan.

13 *Oétobre* 1766. Le début de Mlle. Duranci a
été des plus brillans aujourd'hui, par l'affluence des fpeétateurs. Quoique le rôle de
Pulcherie ne foit pas le plus avantageux qu'elle
ait pu choifir, cette aétrice nouvelle a fait la
plus grande fenfation, & ne dément point le
jugement que fes partifans en portoient à l'opéra.

14 *Oétobre*. Les Egyptiens ont été les premiers qui ont eu des Mufées : c'étoit chez eux
un lieu de la ville où l'on entretenoit, aux dépens du public, un certain nombre de gens de
Lettres diftingués par leur mérite, & dans lequel
on raffembloit tout ce qui avoit un rapport im-
médiat aux Sciences & aux Arts. A l'exemple
de la ville d'Oxford, qui a un Mufée des plus
confidérables, il y a plufieurs années qu'on en
a établi un à Londres, où non-feulement on
raffemble tous les tréfors des Sciences & des
Arts, mais encore qu'on enrichit des portraits
& des buftes de tous ceux qui ont illuftré l'Angleterre par leurs écrits ou par leurs découvertes. La garde de ce Sanétuaire des Mufes eft
confiée à M. Maty, Secrétaire perpétuel de
l'Académie Royale de Londres. Ce Savant a
demandé permiffion à Madame du Bocage de
placer dans ce Mufée le bufte de cette illuftre
Françoife. Voici des vers qu'il lui a adreffés à
cette occafion :

D'un Phidias ton buste anime le ciseau,

Ciseau fait pour les Dieux, les Muses & les Graces;

Du Bocage, le Dieu du Beau

Au Temple d'Albion t'offre le choix des places.

Entre Locke & Platon, Chesterfield & Boileau,

Près de Milton que ton pinceau

Fit admirer, en le faisant connoître,

Eleve de Minerve, hâte-toi de paroître,

Et qu'en voyant cet ouvrage nouveau

Nos Anglois étonnés doutent qui tu peux être,

D'Athenaïs, de Laure ou de Sapho.

17 *Octobre* 1766. M. Bouchaud, Censeur Royal & Docteur agrégé de la Faculté de Droit de Paris, vient de publier des *Essais historiques*, ils font intitulés : *De l'Impôt du Vingtieme sur les Successions, & de l'Impôt sur les Marchandises chez les Romains.* Ils ne font que les fragmens d'un Traité beaucoup plus étendu de l'*Impôt*. Cet ouvrage savant & bien discuté est dédié à Mrs. de l'Académie des Belles-Lettres; c'est un compliment prématuré, qui le désigne pour remplacer à cette Académie M. Hardion.

18 *Octobre*. Mlle. Duranci, qui avoit continué son début avec succès dans *Heraclius*, ne s'est pas soutenue aujourd'hui dans celui d'*Aménaïde*; soit qu'elle ait été intimidée de la cabale formidable liguée contr'elle, soit que ce rôle ne soit pas dans son genre, elle a presqu'été sifflée. Cet événement cause un schisme très-grand parmi les amateurs du théâtre, dont un certain nombre est porté pour elle.

19 *Octobre*. L'Académie Françoise, ou-

tre les deux Pieces qui ont eu l'*Accessit* au mois d'Août, a fait imprimer un extrait de douze Pieces, avec un court Avertissement, où elle déclare qu'elle a vu, par le choix des sujets, que les Poëtes aspiroient au solide honneur d'être utiles.

La 1e. est l'Héroïde de *Marie Stuart, Reine d'Ecosse, écrite du château de Foderingac, à Jacques VI, son fils & son successeur.*

La 2e. est adressée aux *Rois Conquérans.*

La 3e. est intitulée le *Génie.*

La 4e. l'*Idée du Sage.*

Le *Discours sur la Philosophie,* 5e. Piece, est de M. Fontaine, auteur d'une autre Piece qui a eu l'*Accessit.*

La 6e. *sur le danger d'être un grand homme,* est de M. le Prieur.

La 7e. a pour titre *Doit-on pleurer la mort des personnes qu'on aime ?*

La 8e. *Epitre à un ami sur le bonheur.*

La 9e. est une *Epitre* que M. L. B. D. adresse *à une mere qui allaite son enfant.*

La 10e. roule sur les *avantages de la Médiocrité.*

La derniere Piece est une Epitre adressée à un jeune homme, qui veut embrasser la profession des Lettres, qui, dévoré du besoin de la gloire, brûle d'illustrer sa mémoire & sa vie, & qui enfin, obscur par ses ayeux, cherche à s'annoblir par lui-même.

20 *Octobre* 1766. On vient enfin de publier l'exposé de la contestation qui s'est élevée entre M. Hume & M. Rousseau, avec les pieces justificatives. Cette brochure de plus de cent pages ne laisse aucun doute sur le fond de la guerre. Il paroit

que la premiere cause est la Lettre supposée du
Roi de Prusse à Rousseau, écrite & avouée par
M. Horace Walpole, imprimée dans tous les
Journaux, & particuliérement dans les papiers
anglois. M. Rousseau, d'un caractere inquiet &
peu commun par sa bisarrerie, a cru voir l'auteur de cette plaisanterie dans la personne de
M. Hume, & dès-lors l'a regardé comme un
traître & le plus méchant des hommes. Il lui a
écrit dans cette idée avec toute la chaleur qu'on
connoît au Démosthene moderne. Vainement
M. Hume lui a opposé le sang-froid que donne
la défense d'une bonne cause, & cherché à le
ramener par la douceur & les bons procédés,
M. Rousseau n'y a répondu que par une réponse
encore plus outrageante; il a forcé le caractere
de M. Hume, & celui-ci s'est cru obligé de
rendre publique la nature de ses liaisons avec
Rousseau, les motifs qui l'ont porté à l'obliger,
& l'injustice, pour ne rien dire de plus, de
Jean Jacques Rousseau.

21 *Octobre* 1766. Mlle Duranci a repris hier
plus fortement que jamais, & cette actrice presque
sifflée a reçu le lundi les plus grands applaudissemens & les plus flatteurs. Cette facilité à changer son jeu, à reprendre la vérité de son rôle,
& à forcer les suffrages en quelque sorte, est
l'éloge le plus complet qu'on en puisse faire.

22 *Octobre*. M. de la Lande, qui avoit
approuvé l'ouvrage de M. Saverien, où il parle
de M. Clairaut avec moins de vénération que
n'en exigent les enthousiastes de ce Savant, vient
d'être obligé, pour se réconcilier avec ses puis-
fans adversaires, d'insérer une Lettre dans les
Journaux, en date du 26 Septembre 1766, à

Bourg en Bresse, où il fait sa profession de foi
sur le Géometre déifié par ces Messieurs, & convient humblement n'avoir pas assez réfléchi sur
l'ouvrage approuvé.

23 *Octobre* 1766. L'exposé succint publié par
M. Hume contre Jean Jacques Rousseau, n'a pas
le suffrage général. On reproche à M. Hume de
n'avoir pas conservé le noble dédain qu'il avoit
témoigné d'abord, & qu'une ame plus philosophique eût montré jusqu'au bout. On y lit des
reproches sur des objets de reconnoissance qu'il
eut été plus honnête de taire. M. d'Alembert y
figure par une Lettre de sa façon, qui lui fait
honneur. Rousseau l'inculpoit dans cette querelle comme un des coopérateurs de la Lettre.
Il se justifie, ou plutôt il s'explique avec tout
le flegme du vrai Philosophe. La Lettre de M.
de M. Walpole est ce qu'il y a de plus remarquable pour la fierté, & peut-être l'insolence
avec laquelle il traite Rousseau.

24 *Octobre.* Madame la Dauphine n'ayant
pas été contente des différentes oraisons fune-
bres de M. le Dauphin, elle a chargé le Pere
Elysée, fameux Prédicateur, d'en composer une
sur les Mémoires qu'elle lui a fait remettre. Elle
sera prononcée dans un service qu'elle fera célébrer à Versailles.

26 *Octobre.* M. Torré perfectionne de jour
en jour son Spectacle, il n'est plus Pyrrique sim-
plement, il est *Pantomi-Pyrrique.* La piece ac-
tuelle a pour titre : *Orphée & Euridice aux
Enfers.* Tout concourt au mérite de l'exécution
d'un sujet aussi bien choisi. Le local est d'une
vérité qui en impose aux regards : on voit sur
le devant de la scene le fleuve de Phlegeton,

avec la Barque du vieux Nautonnier des Enfers :
d'un côté est une caverne, d'où paroît sortir le
fleuve : de l'autre est l'antre des Gorgones. Cer-
bere paroît un peu plus loin, & plus loin encore
on découvre le Palais de Pluton. Les Champs
Elyfées font dans la perspective, fur la droite
du Palais. Sur la gauche est le Tartare. Tous ces
objets font parfaitement figurés. Orphée paroît
muni de fa Lyre. Elle lui fert d'abord à fléchir
Caron, qui refufoit de l'admettre dans fa Barque. Il paffe le fleuve. A l'inftant il est entouré
par les Furies armées de flambeaux, & par une
troupe de Démons qui le conduifent au trône
de Pluton. Orphée lui expofe fa demande &
l'appuye des fons de fa Lyre : ils fléchiffent le
dur Pluton. Il ordonne aux Juges des enfers
d'aller chercher Euridice dans les Champs Elyfées, pour la rendre à Orphée, fon époux. Elle
lui est amenée couverte d'un voile ; mais Pluton
a mis une condition à cette grace, c'est qu'Orphée ne regardera Euridice qu'après avoir paffé
le fleuve. Il accepte cette condition, mais il ne
peut la remplir ; il leve le voile, & à l'inftant
les Furies & les Démons s'emparent de nouveau
d'Euridice. On précipite Orphée dans la Barque : les tourmens des Damnés redoublent ; ce
qui produit alors dans le Tartare différens effets
d'artifice très frappans & très variés.

Dans ce nouveau fujet le Sr. Torré a fait
ufage de prefque toutes les reffources de fon art.
Il y prodigue la dépenfe : les perfonnages font
vraiment animés, & vêtus felon le cofthume.
L'Artifice offre différens tableaux, & ces tableaux offrent diverfes nuances.

27 *Octobre* 1766. *Les plus fecrets Myfteres des*

hauts Grades de la Maçonnerie dévoilés, où *le Rofe-croix*, traduit de *l'Anglois* : fuivi du *Noachite* ; traduit de *l'Allemand*. Les hauts grades de la Maçonnerie, fuivant ce livre, font au nombre de fix, & le dernier eft celui du *Chevalier de l'Epée de Rofe-croix*. La formule de réception eft toute militaire : c'eft, dit-on, en mémoire de la maniere dont les Juifs rebâtirent leur temple & les murs de la ville fous la conduite de *Zorobabel*.

Le *Noachite* ou *Chevalier Pruffien* eft un grade particulier, ou plutôt un Ordre à part, qui regarde le Roi de Pruffe comme fon protecteur. Cet Ordre-ci prétend rebâtir la Tour de Babel : il date de 4658 ans. On en trouve dans cet ouvrage toute la filiation ; il eft même queftion de monumens qui l'atteftent.

28 Octobre 1766. *Pieces fugitives de M. François de Neufchâteau en Lorraine*, *âgé de* 14 *ans*. Ce jeune auteur a débuté à 13 ans, & depuis a été reçu de quatre Académies. Il regne une facilité étonnante, des graces & de l'harmonie dans prefque toutes les pieces de M. François. Ses ouvrages font quelquefois vuides de penfées, & fon goût n'eft pas encore fûr.

29 Octobre. L'Académie de Dijon, dans les annonces qu'elle avoit faites du Prix de 1767 fur les Antifeptiques, en avoit fixé la valeur à la fomme de 300 Livres ; mais M. le Marquis du Terrail, Maréchal des Camps & Armées du Roi, Académicien honoraire non réfident, ayant fait, conjointement avec fa femme, une donation à l'Académie de Dijon, de la fomme de 10000 Livres, pour fonder à perpétuité un Prix de la valeur de 400 Livres, par acte du 9 Avril

1760, l'Académie de Dijon annonce en conséquence au Public que son Prix de 1767 & tous ceux qu'elle donnera dans la suite, seront une Médaille d'or de la valeur de 400 Livres.

1er Novembre 1766. L'Académie Françoise procédera jeudi prochain, 6 de ce mois, à l'élection du successeur de feu M. Hardion : il paroît que M. Thomas est le seul aspirant, à l'exception d'un Président du Parlement de Bourgogne.

2 Novembre. On ne peut assez s'étonner de l'audace de certains barbouilleurs de papier, qui ont le front de donner au public des prétendues *Lettres* sous le nom du *Chevalier Robert Talbot.* Elles roulent sur la France, sur les divers Départemens, avec nombre de particularités intéressantes, est-il dit, touchant ses hommes en place. Le tout prétendu traduit de l'anglois. Cet ouvrage en deux volumes est une rapsodie misérable d'anecdotes tronquées, de portraits mal dessinés : le tout écrit d'un style pitoyable. Si les Lecteurs Etrangers prétendoient connoître ce pays sur de tels garants, ils le connoîtroient bien mal.

4 Novembre. Aujourd'hui, jour de St. Charles Borromée, fête de M. le Président Haynault, Madame la *** sa niece, lui ayant présenté un Ananas, on a fait le quatrain suivant :

> Lorsqu'en l'Inde je pris naissance,
> Je ne me flattois pas qu'un jour,
> Je dus être offert par l'Amour
> A l'Anacréon de la France.

6 Novembre. M. Thomas a été élu aujourd'hui pour successeur de M. Hardion.

8 *Novembre* 1766. M. Colardeau, pour satisfaire
ses critiques, vient de faire réimprimer sa Lettre amoureuse d'Héloïse à Abaillard, avec la
traduction de divers morceaux qu'on lui reprochoit d'avoir élagués. Nous croyons qu'il auroit
pu être moins docile : le goût est la premiere
qualité d'un traducteur, surtout Anglois. On a
ajouté une vie d'Abaillard de-la plume de M.
Marin, Censeur Royal.

11 *Novembre.* On parle beaucoup d'un
ouvrage nouvellement imprimé & fort rare, il a
pour titre *le Christianisme dévoilé.* On le fait
paroître sous le nom de Boulanger, mort il y a
quelques années; mais le style est plus énergi-
que, & l'on présume qu'il n'est pas de lui. Au
reste, c'est, à ce qu'on prétend, un des livres
les plus terribles contre la Religion. Le Gouvernement s'oppose autant qu'il peut à son introduction.

12 *Novembre.* L'Académie Royale des
Sciences a tenu aujourd'hui son assemblée publique de rentrée. La séance a commencé par la lecture du Programme pour le prix du *Verre Acro-
matique*, dont nous avons déja parlé.

M. l'Abbé Nollet a lu un Mémoire sur le spectacle que l'on peut tirer de l'Electricité, il a donné les moyens de présenter aux yeux différens
dessins & tableaux en feux électriques, & même
de produire des feux électriques mouvans en
forme d'aigrette, & d'autres feux tournans à peu
près comme dans l'artifice.

M. Buache a exposé des Cartes, & développé
dans un Mémoire le résultat d'un travail qui a
pour but de représenter & de calculer la quantité d'eau courante dans ce qu'il nomme le bas-
sin

ün de chaque riviere, c'eſt-à-dire l'eſpace compris entre toutes les hauteurs d'où coulent les
ſources, tant de la riviere principale que des
moindres rivieres & des ruiſſeaux qui viennent
s'y rendre. Il a principalement appliqué ſes recherches au cours de la riviere de Seine.

M. de Parcieux a rendu compte dans un ſecond Mémoire ſur l'eau de la riviere d'Yvette,
qu'il propoſe d'amener à Paris, de l'examen ou
plutôt de l'analyſe faite de cette eau par des
Commiſſaires, qu'à ſa requiſition la Faculté de
Medécine avoit nommés, & de la comparaiſon
très exacte, très détaillée de cette eau avec
celles qui ont le plus de réputation, telles que
celles de Seine, d'Arcueil, de Viludavray, de
Sainte Reine, & de Briſtol en Angleterre. Il réſulte que l'eau d'Yvette eſt preſque parfaitement égale pour la pureté & la ſalubrité à l'eau
de la Seine, priſe au deſſus de Paris, & beaucoup ſupérieure à toutes les autres eaux qu'on
vient de nommer.

M. Heriſſant a fait connoître dans ſon Mémoire, d'après des expériences, la ſtructure &
l'organiſation des coquilles, des animaux, tant
terreſtres qu'aquatiques.

La ſéance a été terminée par M. de Fouge-
naux, qui a détaillé les procédés par leſquels il
a analyſé chymiquement la couleur connue ſous
le nom de *Jeaune de Naples*, & eſt parvenu à
en compoſer un tout-à-fait ſemblable pour la
beauté, & auſſi parfait pour l'uſage qu'on en
fait dans tous les genres de peinture.

13 *Novembre* 1766. Il paroît une brochure in-
12, de 106 pages d'impreſſion, petit caractere,
avec des Notes, ayant pour titre: *Des Commiſ-*

Tome III.   E

fions extraordinaires en matiere criminelle. L'a-
nonyme differte avec beaucoup de favoir fur les
abus des Commiffions, fait l'analyfe des plus
connues de l'hiftoire ; d'où il infere qu'on ne
doit pas mettre en queftion qu'une Commiffion
extraordinaire en matiere criminelle puiffe jamais être licitement établie. Il eft facile de voir
le but de l'auteur , & quoiqu'il tende toujours
à fon objet principal , il ne fe démafque point,
& traite cette matiere avec difcrétion & fentiment. Cet ouvrage eft certainement de quelqu'un fort inftruit, & dans les circonftances il
fait une grande fenfation.

14 *Novembre* 1766. L'Académie des Belles Lettres a fait aujourd'hui fa rentrée publique.

M. le Beau a ouvert la Séance, en annonçant
que le Prix avoit été adjugé au Sr. Jerome Za-
neti, attaché à la Bibliothéque de St. Marc à
Venife, & que le fujet de celui qui doit être
diftribué à Pâques de l'année 1768, confifte à
examiner *quel fut l'état des perfonnes en France
fous la premiere & la feconde Race de nos
Rois ?*

Enfuite M. l'Abbé Garnier lut l'Eloge hiftorique de M. le Beau *Junior.*

L'Abbé Ameilhon lut enfuite une Differtation Préliminaire fur la Phyfique des Anciens.

M. de Burigny, une Differtation fur les Ef-
claves des Romains.

L'Abbé Mignot, un 6e. Mémoire fur les Phé-
niciens.

Enfin l'Abbé Belley fit part de fes Obfervations fous le titre de *Salutaris,* donné à plufieurs perfonnes de l'Empire Romain.

15 *Novembre,* Le Docteur Panfophe , ou

Lettre de M. de Voltaire. Ce Docteur Pansophe eſt l'oppoſé du Docteur Panglos. Celui-ci affirme que tout eſt bien, l'autre nous crie depuis douze ans que tout eſt mal ; & ce Docteur Panſophe, comme on le devine aiſément, eſt J. J. Rouſſeau.

Ces Lettres ſont au nombre de deux. Dans la premiere, adreſſée à M. Hume, M. de Voltaire parle ſurtout du démêlé actuel de cet Anglois avec le Philoſophe Genevois : il prétend que ce dernier a d'autant plus de tort de l'accuſer comme le plus cruel de ſes perſécuteurs, qu'il prouve avoir été le premier à lui offrir un aſyle. La ſeconde Lettre paroît être adreſſée à M. Rouſſeau lui-même : elle renferme de bonnes plaiſanteries & de meilleures raiſons, de la gaieté & nulle aigreur.

16 *Novembre* 1766. Madame Geoffrin, cette femme rare, dont on a eu occaſion de parler, lors de ſon voyage en Pologne, eſt de retour depuis quelques jours à Paris. En paſſant par Vienne elle a reçu de la part de l'Impératrice Reine & de l'Empereur toutes les marques de bonté, auxquelles des particuliers ne doivent point s'attendre. On y a fait trêve d'étiquette, & elle a eu l'honneur de voir ces têtes couronnées avec les diſtinctions les plus flatteuſes. Quant au Roi de Pologne, le motif de l'objet de ce Voyage, on ne peut rendre juſqu'où ce Monarque a porté les attentions & les petits ſoins.

16 *Novembre.* Il paroît une Juſtification de J. J. Rouſſeau, dans la conteſtation qui lui eſt ſurvenue avec M. Hume. Il eſt aiſé de voir qu'elle eſt l'ouvrage de l'amitié. Le défenſeur ne produit aucun fait nouveau, ni aucune piece nouvelle.

17 *Novembre* 1766. On a traduit de l'Anglois une brochure qui a pour titre *Mémoire de Lord Williams Pitt, Comte de Chatam, ou Examen de la conduite d'un ci-devant Député à la Chambre des Communes.* Cet ouvrage, qui a dû fort intéreſſer à Londres, perd la plus grande partie de ſon effet en France, où les perſonnages maltraités ſont inconnus au nombre des lecteurs. C'eſt d'ailleurs un libelle, qui répugne par la groſſiéreté avec laquelle l'auteur ſe permet de dévoiler des Myſteres qu'il prétend être venus à ſa connoiſſance. M. Pitt y eſt extrêmement maltraité, & tout roule ſur lui.

20 *Novembre.* M. Richer vient de donner une vie de Mecénas, favori d'Auguſte, enrichie de Notes Hiſtoriques & Critiques.

Mécenas fut le Miniſtre & le favori d'Auguſte, mais ſon plus beau titre aujourd'hui eſt d'avoir été le protecteur & l'ami de Virgile & d'Horace : ils ont payé ſes bienfaits par l'immortalité. Cette hiſtoire eſt bien faite.

21 *Novembre.* M. de la Harpe & ſa femme ſont partis, il y a déja quelque tems, pour ſe rendre auprès de M. de Voltaire & paſſer l'hiver chez lui, ſuivant l'invitation de ce Protecteur Littéraire.

21 *Novembre.* M. Maret, Secrétaire perpétuel de l'Académie de Dijon, vient de faire imprimer *l'Eloge hiſtorique de M. Rameau*, qu'il avoit lu à la Séance publique de cette Académie le 25 Août 1765. On rencontre dans cet écrit quelques faits curieux qui ne ſe trouvent point dans les autres Eloges. Rameau étoit aſſocié à l'Académie de Dijon.

22 *Novembre. L'Orphéline*, Piece nouvelle

en vers, en un acte. Cette Comédie, imprimée récemment, n'a été jouée qu'en société. Elle étoit faite avant que *l'Orpheline léguée* parut au théâtre françois. L'auteur convient qu'elle doit son origine à la sensibilité que lui inspirerent *Le Pere de famille*, & *le Fils naturel*, de M. Diderot. Cette Piece a du *pathos*.

23 *Novembre* 1766. M. le Comte de Lauraguais, qui étoit par ordre du Roi au château de Dijon, s'est sauvé avec son valet-de-chambre : on le soupçonne retiré en Suisse.

24 *Novembre*. M. D. A. vient de faire imprimer *Arménide, ou el triomphe de la Constance*, Poëme Dramati-tragi-comique, en cinq actes, en vers Alexandrins. Le sujet de la Piece est pris d'un ouvrage Espagnol, intitulé *Historia d'Armenida*, ou *le Padre barbaro* : pour ne pas s'écarter de l'histoire, l'auteur qui vouloit s'assujettir aux regles du théâtre, en a fait un Drame mêlé de tragique & de comique. Il a été joué en société, & l'on assure qu'il a produit de très grands effets. Il ressemble à beaucoup d'autres, & surtout pour le dénouement à celui du *Duc de Foix*; mais l'Auteur a prévenu la critique : ainsi on ne peut lui reprocher aucun plagiat. Au reste, le sujet est intéressant.

25 *Novembre*. On a remis à l'Académie Françoise une Médaille d'or de la valeur de 200 Livres, pour être adjugée à l'auteur du meilleur discours *sur l'utilité de l'établissement des Ecoles gratuites de Dessin en faveur des Arts & Métiers*. L'Académie a accepté d'en être juge, & a fait distribuer un Programme en consequence. Le Prix doit être distribué dans l'assemblée du 27 Avril prochain.

E 3

26 *Novembre* 1766. *Journal des événemens qui ont suivi l'acte des Démissions des Officiers du Parlement de Bretagne*, *souscrit le 22 Mai* 1765. Tel eſt le titre d'une brochure de 156 pages in-12, petit caractere, ſuivie d'un Supplément de 31 pages, qui paroît depuis quelques jours furtivement. L'Editeur y rend compte de tout ce qui s'eſt paſſé juſqu'au 30 *Novembre* dernier, concernant M. de la Chalotais & les autres priſonniers, & de tout ce qui a trait à cette affaire : elle contient les anecdotes les plus étonnantes. On peut juger dans quel eſprit ce Journal eſt rédigé, par ces mots qu'on y lit en tête.

"La terreur générale que les actes du pou-
,, voir abſolu ont répandu dans la province de
,, Bretagne & dans tout le Royaume, a empê-
,, ché ce Journal de paroître plutôt : ce n'eſt
,, qu'après avoir éprouvé des contradictions ,
,, dont le détail étonneroit, que l'on eſt par-
,, venu à l'imprimer.

,, Le Lecteur verra en frémiſſant les moyens
,, que l'orgueil jaloux , la haine implacable , la
,, vengeance cruelle , ont réuni pour étouffer
,, le cri de l'innocence , & lui ravir les ſecours
,, que la juſtice , le ſang , l'amitié , l'humanité
,, s'efforcent de lui offrir. ,,

27 *Novembre*. C'eſt bien M. de la Conda-mine qui , réſidant à Paris , a été chargé de diriger l'exécution du monument en faveur de M. de Maupertuis ; mais ce ſont les proches, les alliés & les amis du défunt qui ſe ſont diſputé l'honneur de payer ce tribut à ſa mémoire. Quelques-uns des parens & compatriotes de cet homme illuſtre deſiroient que le monument fut placé

à St. Malo, pour l'avoir fous leurs yeux ; mais l'artifte, M. d'Huez, de l'Académie de peinture & de fculpture, a bien voulu fe relâcher fur le prix de fon travail, pourvu que le monument fût élevé dans une Eglife de Paris. On a choifi celle de St. Roch, Paroiffe du défunt, & lieu de la fépulture de fon pere.

27 *Novembre* 1766. On a célébré aujourd'hui à Notre Dame un fervice pour la Reine Douairiere d'Efpagne. M. Poncet de la Riviere, ancien Evêque de Troye, devoit faire l'oraifon funebre ; mais s'étant trouvé indifpofé au moment où il alloit monter en chaire, il n'a pu la prononcer.

28 *Novembre.* Le Pere Huffon, Religieux Cordelier, Définiteur Général de l'Ordre de St. François, reconnu par un *Traité fort utile fur la parfaite Oraifon, ou la maniere de méditer ou de prier avec fruit,* vient de faire imprimer un *Éloge hiftorique de Callot, noble Lorrain, célebre Graveur,* &c. On y voit toutes les difficultés qu'effuya de la part de fa famille ce grand homme, & combien il eft difficile de réfifter à l'impulfion du génie. Louis XIII ayant propofé à cet artifte qu'il vouloit féduire par les promeffes les plus flatteufes, de graver le fiege par lequel ce Prince venoit de foumettre Nancy : *Je fuis Lorrain,* dit Callot ; *j'aime mes Souverains & ma patrie ; je ne veux rien faire de contraire à leur bonheur ; je me couperois plutôt le pouce.* Quelques courtifans follicitoient le Monarque d'employer la contrainte : *que le Duc de Lorraine eft heureux,* dit Louis le jufte, *d'avoir des fujets fi affectionnés & fi*

E 4

fideles ! Callot mourut en 1635, âgé de qua-
rante-trois ans.

L'Auteur parle des ouvrages de cet artiste en
homme instruit & intelligent, il y a ajouté des
notes très-curieuses.

29 *Novembre* 1766. *The life of John Buncle.*
Nos traducteurs affamés ne manqueront pas de
nous donner en François ce nouveau Roman
Anglois, mélange informe de faits burlesques &
sérieux, de réflexions grotesques & philosophiques, de Dissertations très-savantes sur la Théologie sur la Géométrie, sur la médecine, la philosophie & l'histoire. C'est une Encyclopédie vivan-
te que ce M. Buncle, Ecuyer & personnage très-
existant, mais dont l'ouvrage est aussi fol que lui :
au reste, ce n'est pas un homme sans mérite, il
s'est déjà fait connoître par ses *Mémoires sur les
Dames savantes d'Angleterre.*

30 *Novembre.* On trouve dans la *Gazette Littéraire* de Berlin, du 9 *Octobre*, l'article suivant.

Déclaration de M. le Professeur Toussaint.
Dans un ouvrage François, intitulé Supplément
aux diverses Remarques faites sur les Actes de
l'assemblée du Clergé de 1763, le supplémen-
teur fait d'abord de vifs reproches au rédacteur
des Actes, d'avoir interverti un passage de l'Epitre de St. Paul aux Romains, où on lit dans la
Vulgate : *non est enim potestas nisi a Deo, quæ
autem sunt, a Deo ordinatæ sunt.* Ce qui signi-
fie que *toute Puissance bien réglée vient de
Dieu.* Après quoi il raconte qu'un grand Magistrat a communiqué au Parlement une découverte
qu'il a faite dans l'Encyclopédie, à savoir,
que c'est le trop fameux Toussaint qui a ima-

giné le premier cette interverfion du texte de
St. Paul, & l'a employé dans l'article *Autorité* ;
& là-deffus prenant le ton ironique & faifant le
badin, il raille théologiquement le Clergé de
France d'être allé prendre ce trop fameux Touffaint pour fon Docteur & fon guide. Mais ce
même Touffaint, fameyx ou non, fans entrer
dans cette difcuffion grammatico-théologique,
déclare & protefte à l'auteur des *Remarques*, à
fon grand Magiftrat & au public, avec toute la
fincérité d'un honnéte homme, qu'il n'eft l'auteur ni de cette interprétation, ni de l'article
Autorité. Il ajoute, qu'il n'a tenu qu'au fupplé-
menteur & à fon grand Magiftrat de le favoir,
puifqu'au commencement du premier volume
de l'Encyclopédie, lit qui veut, l'explication
des lettres, par où font défignés, dans le courant de l'ouvrage, les auteurs des divers articles ; & pour que l'hommage qui eft dû à la vérité foit d'autant plus notoire & plus répandu,
il prie tous les auteurs des Ecrits périodiques,
de vouloir bien tranfcrire & notifier à tous leurs
Lecteurs fa préfente Déclaration.

1 *Décembre* 1766. M. de Voltaire, dont le
zele infatigable s'eft manifefté fi utilement en
faveur des *Calas*, ne ceffe d'agiter toute l'Europe pour une famille prefque auffi infortunée,
celle des *Sirvens*. Il fe répand une Lettre de ce
grand homme, à Madame Geoffrin, où il la
follicite d'exciter la commifération du Roi de
Pologne pour ces Proteftans perfécutés : elle eft
datée du 5 Juillet 1766.

" Vous êtes, Madame, avec un Roi, qui feul
„ de tous les Rois doit fa Couronne à fon mé-
„ rite. Votre voyage vous fait honneur à tous.

E 5

„ deux. Si j'avois de la santé, je me serois pré-
„ senté sur votre route, j'aurois voulu paroître
„ à votre suite. Je ne peux mieux faire ma
„ cour à S. M. & à vous Madame, qu'en vous
„ proposant une bonne cause ; daignez lire &
„ faire lire au Roi le petit écrit ci-joint. [*Mé-*
„ *moire en faveur des Sirvens.*]

„ Ceux qui sécourent les *Sirvens*, & qui pren-
„ nent en main leur cause, ont besoin d'être
„ appuyés par des noms respectés & chéris.
„ Nous ne demandons qu'à voir notre liste ho-
„ norée par ces noms qui encouragent le pu-
„ blic. L'aide la plus légere suffira. La gloire de
„ protéger l'innocence vaut le centuple de ce
„ que l'on donne. L'affaire dont il s'agit, inté-
„ resse le genre humain, & c'est en son nom
„ qu'on s'adresse à vous, Madame. Nous vous
„ devrons l'honneur & le plaisir de voir un bon
„ Roi sécourir la vertu contre un juge de vil-
„ lage, & contribuer à extirper la plus horrible
„ superstition. „

2 *Décembre* 1766. On lit dans l'*Avant-Cou-
reur* du 1 *Décembre*, qu'un de Mrs. de l'Académie Royale des Sciences a reçu une Lettre de
M. Ray, Docteur en Théologie à St. Dié, qui
a rapporté comme témoin oculaire un prodige
de science plus rare encore que ceux de Mrs.
Pascal & Clairaut : c'est un enfant de six ans, du
pays des Vosges en Lorraine, fils d'un pauvre
paysan. Il a été livré à des occupations agrestes,
& n'a reçu du côté de l'esprit aucune espece
de culture ; mais par les seules forces de son
génie, calculateur & inventeur, il est parvenu
à acquérir les connoissances d'arithmétique les
plus profondes. Par les diverses épreuves qu'on

lui a fait fubir ici, on a reconnu que les méthodes d'opérer qu'il s'eft faites, font les plus
abrégées, les plus fimples ; & par conféquent
les meilleures & les plus ingénieufes.

3 *Décembre* 1766. *The Coach drivers*, &c. c'eft-
à-dire *les Cochers*, *Opéra Comico-Politique.* Si
cette piece de théâtre parvient jamais à la poftérité, à la lecture de cet Opéra Comique, on
croira que l'Angleterre, comme l'ancienne Athe-
nes, eft un Etat purement Démocratique, &
que la conduite du Roi, de fes Miniftres & des
Grands, y eft foumife à la cenfure du peuple.
Pour connoître le génie de ce Drame, il fuffira
d'en nommer les perfonnages allégoriques : ce
font *Hayes* & *Sawhey*, Cochers (ou Mylord
P.... & Mylord B.... Miniftres) *Blosmbury*,
Jack, *Gentle*, *Sheperd*, amis ou partifans de
Sawhey ; quatre villageoifes, ou le peuple anglois ; trois jeunes Dames de la ville, ou les
Seigneurs de la Cour. La fcene eft fur le grand
chemin de Londres. Il y a des fcenes très-di-
vertiffantes, enrichies d'épigrammes vives & fan-
glantes. Le Peuple Anglois s'y amufe beaucoup.

4 *Décembre.* On attribue le livre des
Communions extraordinaires à M. le Paige,
Avocat Bailli du Temple. Le Miniftre l'a envoyé
chercher, pour lui faire des reproches d'avoir
fait imprimer ce livre fans permiffion. L'auteur
s'eft très-bien défendu, en répliquant qu'il n'y
avoit rien de nouveau dans ce livre, où il avoit
feulement raproché les textes les plus forts &
les plus précis des Ordonnances, ainfi que les
faits hiftoriques les plus propres à accréditer fon
fyftême & fes principes.

4 *Décembre.* Mlle. Arnoux n'a point brillé

E 6

dans l'Opéra de *Sylvie*, fa voix a paru totalement éteinte ; elle a été obligée de quitter fon
rôle à la troifieme repréfentation.

5 *Décembre* 1766. Madame Geoffrin n'eft
point reftée en arriere, elle a répondu à M. de
Voltaire par une Lettre que nous venons de re-
couvrer , en date du 28 Juillet.

" Dans l'inftant même que j'ai reçu votre let-
,, tre , je l'ai envoyée au Roi , avec les Cahiers
,, qui l'accompagnoient. S. M. me fit l'honneur
,, de m'écrire fur le champ le billet que voici en
,, original. Comme c'eft à vous Mr. que je le
,, dois, je vous en fais l'hommage & le facrifice.
,, S. M. me fit dire que nous lirions enfemble la
,, brochure. S. M. me la lut, comme le Roi lit,
,, auffi parfaitement que vous écrivez, Monfieur.
,, Le Lecteur & l'Auteur m'ont fait paffer une
,, journée délicieufe. S. M. a été bien touchée
,, du fort des malheureux pour qui vous vous in-
,, téreffez. Elle m'a donné de fa poche 200 Du-
,, cats. Le Roi a foupiré en lifant, Monfieur,
,, l'endroit de votre Lettre, où vous paroiffez
,, regretter de n'avoir pu m'accompagner. Vous
,, avez vu des Rois : eh bien ! l'ame, le cœur ,
,, l'efprit & les agrémens de celui - ci auroient
,, été pour votre philofophie & votre humanité
,, un fpectacle intéreffant, touchant , agréable,
,, & peut-être nouveau. Je payerai bien cher le
,, plaifir de voir un Roi, qui étoit celui de mon
,, cœur, avant d'être celui de Pologne. La pré-
,, fence réelle de fes vertus , de fa fenfibilité ,
,, des charmes de fa fociété & de fa perfonne ,
,, remuent mon cœur, bien plus vivement que
,, ne faifoit le fouvenir que j'en avois confervé ,
,, quoiqu'il me fût toujours préfent & affez fort

„ pour me faire entreprendre un grand voyage.
„ Cette douce nourriture que je fuis venu cher-
„ cher pour mon fentiment, va fe changer en
„ amertume pour le refte de ma vie, quand il
„ me faudra, en quittant ces lieux, prononcer
„ le mot *jamais*. Je ferai de retour chez moi
„ à la fin d'Octobre. Vous aurez la bonté, Mon-
„ fieur, de me faire favóir à qui je dois remet-
„ tre l'aumône du Roi, j'y joindrai le denier
„ de la veuve. Soyez perfuadé que j'ai la même
„ horreur que vous pour le fanatifme & fes ef-
„ froyables effets. Votre humanité, votre zele,
„ m'infpirent une auffi grande vénération, que
„ la beauté de votre efprit, fon étendue, l'im-
„ menfité de vos connoiffances me caufent d'ad-
„ miration. La réunion de ces fentimens me
„ rend digne, Monfieur, de vous louer & de
„ vous refpecter. S. M. a voulu garder la Lettre
„ que vous m'avez fait l'honneur de m'écrire.
„ Par ce facrifice que je fais au Roi, & par ce-
„ lui que je vous fais de fon billet, vous devez
„ connoitre mon cœur : vous voyez qu'il préfere
„ fes amis à lui-même. „

Copie du Billet de S. M. Polonoife.

„ J'ai cru voir dans la Lettre que Voltaire
„ vous écrit, la raifon qui s'adreffe à l'amitié
„ en faveur de la juftice. Quand je ferai une
„ ftatue de l'amitié, je lui donnerai vos traits.
„ Cette Divinité eft mere de la bienfaifance :
„ vous êtes la mienne depuis longtems, &
„ votre fils ne vous refuferoit pas quand même
„ ce que Voltaire me demande ne l'honoreroit
„ pas autant „.

7 *Décembre* 1766. Quoique la piece ci-jointe

foit ancienne, fa rareté & fon genre qui ne lui permet pas un plus grand jour, nous autorife à la configner ici : c'eft une Lettre de M. de Voltaire à M. le Duc de Choifeuil, fur ce que, dans le tems de fa querelle avec M. le Franc, un des freres de ce dernier qui eft au fervice, annonçoit qu'il vouloit donner des coups de bâton à ce grand Poëte.

„ Je ne fais, M. le Duc, ce que j'ai fait à „ Mrs. le Franc : l'un m'écorche tous les jours „ les oreilles, l'autre menace de me les cou- „ per. Je me charge du rimailleur, je vous „ abandonne le fpadaffin, car j'ai befoin de mes „ oreilles pour entendre ce que la renommée „ publie de vous „.

8 *Décembre* 1766. Mlle. Arnoux a été remplacée dans le rôle de *Sylvie* par une jeune débutante, [Mlle. *Beaumefnil*] qui a étonné les fpectateurs dès fon premier coup d'effai : elle n'a jamais paru fur aucun théâtre, & on la croiroit en poffeffion de s'y exercer depuis longtems. Elle a beaucoup de graces, une grande aifance dans le jeu, une taille fvelte & théâtrale, une figure des plus intéreffantes, une voix de 17 ans, mais que l'âge doit perfectionner. Il faut convenir pourtant qu'à tant de qualités réunies, il manque une certaine nobleffe ; ce qui la rend plus propre aux rôles de Soubrette qu'à ceux de Mlle. Arnoux, qu'elle n'effacera jamais en ce genre-là.

9 *Décembre*. Il a paru en Italie un livre *de Tormentis*, ou *de la Queftion*, par un anonyme. Il eft bien digne de figurer à côté du livre *des Délits & des Peines*. Cet auteur plaide la caufe de l'humanité avec la même force, la

même logique & le même intérêt. Il s'autorife du fuffrage de l'auteur de *l'Efprit des Loix*, qui a déjà profcrit avec horreur cette barbare coutume.

10 *Décembre* 1766. Les Lettres d'Angleterre continuent à nous apprendre le profond oubli dans lequel M. Rouffeau de Genève eft plongé malgré lui, ajoute-t-on. " Cet homme, eft-il ,, dit, Philofophe en France, a fait chez nous ,, tout ce qui a dépendu de lui pour s'attirer les ,, regards du public, mais fes efforts philofophi- ,, ques, ni fa mauvaife humeur n'ont eu aucun ,, effet : il vit fort ténébreufement à *Sommer-* ,, *sethshire*, dans une retraite ignorée & dans ,, l'obfcurité. Sa querelle avec M. Hume a un ,, peu reveillé l'attention fur fon compte, plus ,, encore par rapport à M. Hume que par rap- ,, port à lui ,,.

11 *Décembre*. Extrait d'une Lettre de M. Philips, Théol. de Dublin, en date du 8 Novembre 1766, où il apprend la funefte ca- taftrophe du Docteur *Brown*. " Cet homme ,, doux & tranquille, écrivain eftimable, connu ,, par d'excellens ouvrages, qui faifoit à tous ,, égards l'ornement de la Littérature Angloife, ,, devoit partir pour Londres, pour fe rendre à ,, Pétersbourg, où il étoit attendu par S. M. ,, l'Impératrice Cathérine II, qui l'avoit invité ,, à venir fe charger de la Direction des Ecoles ,, de Ruffie. Ce Savant, quoique légérement ,, indifpofé, s'étoit livré à la plus fombre mé- ,, lancolie, fentiment pénible, & dont il avoit ,, paru jufqu'alors tout-à-fait éloigné. . . . Enfin ,, il a eu l'intrépide foibleffe de fe couper la ,, gorge. Il a été inhumé dans l'Eglife de *St.*

„ Jacques.... Parmi ſes papiers, on a trouvé un
„ manuſcrit aſſez conſidérable qui a pour titre:
„ *Mémoire aux Puiſſances Européennes en*
„ *faveur des Corſes.*

12 *Décembre* 1766. La protection que l'Impératrice de Ruſſie accorde aux Lettres & aux g ens
qui les cultivent, n'eſt point une protection
ſtérile ; elle s'étend juſques ſur ceux mêmes
qui ne ſont pas nés ſes ſujets. On a vu avec
quelle généroſité elle ſaiſit, il y a quelque tems,
la circonſtance où M. Diderot s'eſt trouvé forcé,
par des raiſons domeſtiques, à faire le ſacrifice
de ſa Bibliotheque : aujourd'hui ayant appris
qu'on avoit négligé de lui payer la penſion
qu'elle y a attachée, elle a ordonné que pour
prévenir déſormais cet obſtacle, il lui fut payé
50 années d'avance, ce qui fait un objet de
25000 Livres.

13 *Décembre.* M. de Voltaire, dont la
manie eſt d'écrire toujours, de toujours imprimer, & de déſavouer enſuite ce qu'il a fait,
vient d'inſérer dans les Ouvrages périodiques,
un *Appel au Public* contre les prétendues Lettres de M. de Voltaire, intitulées *Lettres de M.*
de Voltaire à ſes amis du Parnaſſe, avec des
Notes hiſtoriques, critiques, &c. Il joint à
cette réclamation des certificats de M. d'Amila-
ville, de M. Déodat, de M. Tovazzi, de M. le
Duc de la Valliere, & du Sieur Wagniere,
Secrétaire de ce grand Poëte, qui nous atteſtant
des interpollations, des infidélités, aſſurent
qu'ils ont en main les originaux. M. de Voltaire
broche enſuite ſur le tout, réitere ſes plaintes
tant de fois répétées contre les Editions clan-
deſtines de ſes Oeuvres. Il s'aſſocie à Montes-

quieu , il infinue que le *Dictionnaire Philofo-phique* n'eft pas tout entier de lui , & recom-mence par une nouvelle fortie contre fes Edi-teurs qu'il appelle calomniateurs , &c. Il vou-droit intéreffer les Puiffances à le venger. Rien de plus plaifant que tous ces défaveux , & de plus propre à en impofer à ceux qui ne con-noiffent pas le deffous des cartes.

14 *Décembre* 1766. *Vers de M. de La Condamine.*

> J'ai lu que Daphné devint arbre,
> Et que par un plus trifte fort
> Niobé fut changée en arbre ;
> Sans être l'un ni l'autre encor,
> Déjà mes fibres fe roidiffent,
> Je fens que mes pieds & mes mains.
> Infenfiblement s'engourdiffent,
> En dépit de l'art des Tronchins.
> D'un corps jadis fain & robufte,
> Qui bravoit faifons & climats,
> Les vents brûlans & les frimats,
> Il ne me refte que le bufte.
> Malgré mes nerfs demi perclus,
> (Deftin auquel je me réfigne)
> De la fanté que je n'ai plus,
> Je conferve encore le figne.
> Mais, las ! je le conferve en vain,
> On me défend d'en faire ufage:
> Ma moitié vertueufe & fage,
> Au lieu de s'en plaindre me plaint.
> Ma fœur, la Platonicienne,
> Dit qu'eft-ce que cela vous fait ?
> N'avez-vous pas la tête faine ?

A quoi donc avez-vous regret ?
Hélas! à cette triste épreuve
Sitôt je ne m'attendois pas,
Ni que ma femme entre mes bras
De mon vivant deviendroit veuve.

15 *Décembre* 1766. *Esope à Cythere.* On a
déja introduit Esope à la Cour, à la Ville, au
Parnasse ; on le mene à Cythere, & il doit sans
doute être étonné de s'y trouver & du rôle
qu'on lui fait jouer. Quoi qu'il en soit, tel est
le titre d'une Piece à tiroir, jouée aujourd'hui
pour la premiere fois aux Italiens. Le théâtre
représente le Temple de l'Amour. Les Dieux
ont envoyé Esope pour enseigner la Morale aux
hommes, & l'Amour s'associe à sa mission. Des
amoureux mécontens se plaignent à Esope : le
fabuliste leur donne des leçons à sa maniere.
Un jaloux vient, & est condamné par une fable. Thalie paroît en veuve de Moliere, &
l'Opéra en vieillard décrépit se présente aussi à
Esope, qui renvoie le vieillard à son Machi-
niste, comme à son soutien. Une débutante de
Terpsicore semble rajeunir l'Opéra. Cette piece
n'est que le cadre d'une critique sanglante des
deux autres Spectacles, elle n'a d'autre mérite
que des ordures assez grossieres, & des épigrammes vives qui font sourire la malignité. Il
y a des ariettes vives, mises en musique par
MM. Trial & Vachon. Le prête-nom est M.
Dancourt. En général, la piece est de société,
& l'abbé de Voisenon y a beaucoup de part.

16 *Décembre.* La piece d'hier fait un
bruit de tous les diables ; on étoit déjà prévenu
que c'étoit une satyre, mais on ne s'attendoit

pas à quelque chofe d'auffi vif. Les partifans de l'Opéra jettent les hauts cris ; M. Marin , le Cenfeur de la Police , a penfé perdre fa place pour avoir par une infidélité manifefte communiqué le manufcrit à Rebel & Francœur, qui ont fait tout au monde pour empêcher la repréfentation de la piece.

17 *Décembre* 1766. M. l'abbé de Voifenon a remis fon Abbaye du Jard & un petit Prieuré qu'il avoit dans le Diocefe de Chartres : on lui donne 8000 Livres de penfion fur les Economats, franches & quittes , & le Roi fe charge des réparations.

17 *Décembre.* C'eft aujourd'hui la repréfentation de *Guillaume Tell*, Piece Suiffe. L'auteur croit devoir faire fa fortune par ce fujet : outre la reconnoiffance qu'il attend dès Cantons Helvétiques , on lui a confeillé de faire une fpéculation de commerce , qui lui peut être fort avantageufe : c'eft de faire imprimer un très-grand nombre d'exemplaires de fa piece , avec la date du jour de la premiere repréfentation à Paris, d'en faire des Ballots pour la Suiffe & de s'arranger fi bien qu'elle foit mife en vente là-bas le jour même où elle fera jouée ici.

18 *Décembre.* La premiere repréfentation de *Guillaume Tell* n'a pas eu la fortune que s'en promettoit M. le Mierre. Cette tragédie eft abfolument calquée fur l'hiftoire, il y a plus de récit que d'action , plus de traits philofophiques que d'expreffions de mœurs , & plus de vrai que de vraifemblance. L'attention eft foutenue par l'intérêt de curiofité , mais le cœur eft rarement ému par l'intérêt du fentiment. La poéfie en eft foible & fouvent dure. Le Sr. le

Kain s'eſt ſurpaſſé par la force, l'intelligence, le feu, qu'il a mis dans le rôle de *Tell*. Les autres acteurs ont très-mal joué.

La décoration de la ſcene a été admirée, par l'illuſion qu'elle faiſoit aux yeux. Elle figuroit un lac, dans l'enceinte duquel on voyoit des rochers entaſſés juſqu'aux nues. Les habillemens étoient ſuivant le coſtume & pittoreſques. Tous ces acceſſoires eſſentiels n'ont pas empêché de trouver cette tragédie pitoyable.

19 *Décembre* 1766. *Tableau de l'hiſtoire moderne, depuis la chûte de l'Empire d'Occident juſqu'à la paix de Weſtphalie.* Cet ouvrage poſthume de M. le Chevalier de Mehegan, donne lieu à la déclaration ſuivante, dans le premier volume du *Journal Encyclopédique* de Novembre.

,, Cet ouvrage, auquel le Public paroît avoir ,, fait quelqu'accueil, ne nous eſt point parvenu. ,, Quelque mal que l'auteur ait tenté de nous ,, faire, quelque légitime que dût être notre ,, reſſentiment, nous rendrons compte de cette ,, hiſtoire avec la plus grande impartialité : ſi ,, l'auteur vivoit encore, nous ne nous venge- ,, rions de lui que par le ſilence ; mais comme ,, ce qui s'eſt paſſé entre lui & nous, n'étoit ,, point relatif à ſes talens, l'analyſe que nous ,, ferons de ſon livre ne doit avoir rien de com- ,, mun avec ſa cendre ,,.

Ceci a trait à une tentative qu'avoit faite M. le Chevalier de Mehegan pour s'emparer de ce *Journal*, ainſi que nous l'avons rapporté autrefois.

Le Sr. Fréron, dans ſa feuille 25, s'exprime ainſi ſur le même ouvrage.

„ Cet ouvrage n'eſt gueres qu'une imitation
„ de la plupart des compilations de ce genre.
„ Ce qui diſtingue M. Mehegan de la foule des
„ copiſtes , c'eſt la hardieſſe portée à l'excès
„ dans ſes jugemens , dans ſon eſpece d'a-
„ charnement à nous montrer tous les abus
„ de la religion , ſans en faire voir les avan-
„ tages , & ſurtout le mauvais goût de ſon ſtyle
„ figuré , qui fatigue autant par ſa monotonie
„ continue que par un ton révoltant de dé-
„ clamation , qui eſt bien éloigné d'être celui
„ de l'hiſtoire „.

On conçoit facilement que MM. ehegan n'étoit
pas l'ami du Sr. Freron.

20 Décembre 1766. *An account of the Geants,*
&c. c'eſt-à-dire, *Lettre ſur les Géants, récem-*
ment découverts, &c. Cette Satyre a eu à Londres un ſuccès prodigieux , & les périodiſtes anglois diſent modeſtement qu'elle ne ſeroit pas
indigne d'un Voltaire ni d'un Fielding. Quoiqu'il
en ſoit de cette aſſertion , doublement trop
forte , la piece eſt ingénieuſe & plaiſante. L'auteur commence par railler ſa Nation ſur ſa crédulité au récit du Capitaine Byron ſur l'exiſtence des Patagons. Enſuite il entre dans une
déclamation ironique & très-amere ſur l'eſprit
du Gouvernement , relativement à ſes nouvelles conquêtes.

21 *Décembre.* M. La Grange , célebre
Géometre , que le Roi de Pruſſe vient d'appeler de Turin , à la recommandation de M. d'A-
lembert , pour remplir la place de M. Euler pere ,
ayant été reçu de l'Académie Royale des Sciences & Belles-Lettres de Pruſſe , y a prononcé le
diſcours ſuivant.

MESSIEURS,

Je ne vous ferai point un Difcours en forme
pour vous témoigner ma reconnoiffance de l'honneur que je reçois. La fatigue du voyage, & les
occupations que j'ai eues depuis mon arrivée,
ne m'ont encore permis aucune forte d'application ; & d'ailleurs il me femble qu'on n'eft
gueres en droit d'exiger une piece d'éloquence
d'un Géometre. Je me contenterai donc, Mrs.
de vous exprimer de la maniere la plus fimple &
en même tems la plus vraie, les fentimens dont
je fuis pénétré à la vue de vos bontés, & je
tâcherai de mériter ces bontés par mon attachement pour vous & par mon zele pour la gloire
des Sciences & des Lettres que vous cultivez avec
tant de fuccès.

22 *Décembre* 1766. On écrit de Geneve qu'on
vient d'y donner l'Opéra-Comique d'*Ifabelle &
Gertrude*, mis en nouvelle mufique par le Sieur
Grétry, maître de Chapelle de l'Ecole Romaine.
On ne peut rien ajouter aux applaudiffemens
qu'a reçus à jufte titre le Compofiteur. Sa Mufique eft remplie d'idées neuves, d'un genre noble
& relevé, & les accompagnemens font brillans
& variés. Cette piece a été bien exécutée par
les acteurs de la troupe actuellement dans cette
ville. Le Sr. Gretry a augmenté le Poëme de quelques ariettes, pour faire briller le talent de fa
Demoifelle Gorion, qui a joué avec fuccès le
rôle de *Gertrude*. L'auteur encouragé par le
plaifir qu'a fait fon ouvrage à de très-habiles
gens, travaille à un nouvel Opéra, que l'on
attend avec une vive impatience.

23 *Décembre.* On vient d'imprimer des
Notes fur la Lettre de M. de Voltaire à M. Hume.

Elles font curieufes & piquantes : elles ferviront de nouveaux Mémoires pour faire connoître le caractere & l'efprit des ouvrages du fameux ci-toyen de Geneve.

Ces Notes font accompagnées d'une petite Lettre de M. de Voltaire, où il défavoue la Lettre au Docteur Panfophe : on la croit de l'abbé Coyer.

24 *Décembre* 1766. Il paroit une tragédie qui n'a point été jouée fur la fcene françoife, quoi-qu'elle paffe pour être d'un grand maître : elle eft intitulée : *Octave & le jeune Pompée ; ou le Triumvirat.* On y voit une peinture énergi-que des mœurs des Romains & du caractere des trois tyrans. L'ordonnance de cette tragédie eft impofante ; le ftyle en eft fort & foutenu ; la verfification belle & majeftueufe. On y trouve beaucoup de vers heureux & faciles ; en un mot on la juge de M. de Voltaire.

Le *Triumvirat* eft fuivi de Notes hiftoriques & critiques fur les Romains ; elles font très-in-téreffantes & très-inftructives. On traite enfuite de ce Gouvernement & de la Divinité d'Augufte. Enfin il y a un grand morceau hiftorique fur les confpirations contre les Peuples , ou fur les *Profcriptions.* L'efprit philofophique, le gé-nie de l'humanité, une connoiffance profonde de l'hiftoire & du cœur des hommes, ont dicté ces Obfervations.

27 *Décembre.* Les Srs. Rebel & Francœur, Direc-teurs actuels de l'Académie Royale de Mufique, abdiquent cette adminiftration & quittent à Pâ-ques prochain. Plufieurs gens à talens font fur les rangs pour leur fuccéder. La ville, qui a la fuperintendance de ce fpectacle, exige avec le

mérite perfonnel une caution confidérable. Cette
affaire très-bonne en elle-même a befoin d'être
régie par des perfonnes intelligentes & qui veil-
lent à un détail immenfe. Rebel & Francœur
avoient un Bail de trente ans avec la ville; il
fe réfilie par cet arrangement nouveau; ils auront une penfion fur la chofe même. Le public
voit à regret la retraite de ces deux Directeurs:
ils feront remplacés difficilement, & l'on ne
peut leur refufer la juftice que ce fpectacle n'a
jamais été mieux régi que fous leur adminiftration.

28 *Decembre* 1766. On annonce aux François
une Comédie larmoyante, intitulée : *Eugénie ou
la vertu malheureufe*. Cette piece, toute romanefque, eft prônée avec beaucoup d'emphâfe :
elle eft d'un homme fort répandu, fans avoir
aucune confidération ; c'eft un nommé *Caron de
Beaumarchais*, peu connu dans la Littérature.
Ses premiers ans ont été employés à acquérir
des talens mécaniques. Fils de Caron horloger,
il avoit fuivi l'état de fon pere avec fuccès. Mais
né avec une certaine portion d'efprit & des difpofitions naturelles pour des arts aimables, fon
goût pour la mufique l'a mis à même de fran-
chir la diftance qui le féparoit d'un certain monde : il eft parvenu à s'approcher de la Cour, il a
été affez heureux pour y plaire par fes talens,
& d'en profiter pour fe ménager des graces qui
l'ont mis en état de faire une fortune confidérable. Les morts fucceffives du mari d'une femme
qu'il aimoit & qu'il a époufée enfuite, ainfi que
que de cette même femme, après lui avoir fait
une donation de tout fon bien, jettent fur fa
réputation un vernis peu favorable ; il a été refufé

fufé dans diverfes charges dont il vouloit fe pourvoir.

29 *Décembre* 1766. Plufieurs Compagnies fe font préfentées pour avoir la Direction de l'Opéra. Tous les acteurs & actrices fe font mis en corps pour faire un fonds & demander que l'Adminiftration leur foit confiée, & de fe régir comme les Comédiens. Ils ont préfenté un Mémoire fort détaillé à M. le Comte de St. Florentin & dépofé 600,000 Livres pour caution ; mais on fent trop les inconvéniens de la Régie de la Comédie, pour que cette demande puiffe être acceptée : ils ont même reçu défenfes de faire imprimer leur Mémoire.

30 *Décembre*. Nous apprenons la mort de M. Reboucher, Confeiller en la Cour Souveraine de Lorraine. Ce galant fucceffeur de Chaulieu faifoit des Poéfies anacréontiques très-agréables. Il eft l'auteur d'un joli Madrigal à une Dame, en lui préfentant une violette :

Modefte en ma couleur, modefte en mon féjour,

Franche d'ambition, je me cache fous l'herbe ;

Mais fi fur votre front je puis me voir un jour,

La plus humble des fleurs fera la plus fuperbe.

31 *Décembre*. Le Mémoire des acteurs de l'Opéra a été imprimé à Rouen malgré les défenfes du Miniftere. On y trouve après un préambule très-pathétique le *Profpectus* fuivant.

Profpectus de l'établiffement de l'Opéra, tel qu'il doit être pour la fatisfaction publique, la gloire de ce Spectacle, & le bien des acteurs qui le compofent.

Mrs. *Le Breton* & *Trial* en chef, pour conduire généralement la Mufique, faire les chan-

Tome III.   F

gemens néceffaires aux anciens Opéras, ayant
fous eux des gens pour faire chanter les nouveaux fujets, les former dans le goût du chant,
diriger enfin tout ce qui concerne cette partie
tant vocale qu'inftrumentale.

Mrs. *Laffy* & *Laval*, Maîtres des Ballets,
ayant le Département de la Danfe, avec la même
étendue.

Ces quatre chefs rendront compte de leurs
opérations à leurs camarades fuivans.

Mrs. *Gelin*, *Larrivée*, *Pilot*, *Durand*, le
Gros, & une place vacante.

Mlles. *Larrivée*, *Dubois*, *Arnoux*, *Beaumefnil*, *Duplan*, & une place vacante.

Danfeurs reçus.

Mrs. *Veftris*, *Lyonnois*, *Gardel*, *Dauberval.*
Mlles. *Allard*, *Lyonnois*, *Guimard*, *Peslin.*
Les 24 fujets feront reçus à Part, trois quarts
de Part, demi-Part, felon leur mérite, ainfi qu'il
plairoit à M. le Comte de St. Florentin.

Ces mêmes fujets feront les fonds de 400,000
Livres, comme l'exige la ville, pour affurer les
penfions des Acteurs retirés, les appointemens
de l'Orcheftre, des Chœurs, des Figurans & autres fujets, lefquels feront penfionnés comme
ils font aujourd'hui, au bout de leurs 15 années
de fervice.

Les autres fujets de l'Opéra doublans feront
reçus aux appointemens, jufqu'à ce que par leurs
travaux ils puiffent être admis à la réception de
demi-part ou de part.

Pour maintenir l'ordre, M. le Comte de Saint-
Florentin nommera une perfonne qui lui rendra
compte de toutes les opérations de la fociété,
laquelle perfonne travaillera de concert avec

cette même société, jouiffant, ainfi que les premiers fujets, d'une part entiere ou de deux milie
écus d'appointemens. On imagine que ce choix ne
pourroit regarder que M. Joliveau.

Suit un détail des Recettes & des Dépenfes de
l'Opéra, où l'on prouve qu'il eft plus que fuffifant
à fes charges.

Loges à l'année	120,000 Livres.
Comédie Italienne . : . .	30,000
Bals, fraix prélevés	40,000
Concert Spirituel	8,000
Cafés, boutiques louées . . .	4,000
La Recette va toujours à 300,000 Livres, & peut monter facilement dans la nouvelle Salle à 350 ou 400,000 Livres; on fe borne ici à	350,000
	552,000 Livres.

Dépenfe. Pour les Penfions des fujets retirés, ci	70,000 Livres.
Pour la retraite de Mrs. Rebel & Francœur	17,000
Pour la Recette de la Ville . .	20,000
Pour ¼ des Pauvres, fuivant l'Abonnement..	80,000
Pour cinq Opéras par an, à 20,000 Livres l'un portant l'autre	100,000
Les fraix journaliers de garde & d'illuminations, ci	40,000
Appointemens de tous les fujets, montant par mois à 12,000 Livres, ci	144,000
	471,000 Livres.

F 2

Il résulte de cette Balance un bénéfice de 81,000 Livres, qui, joint aux 44,000 Livres en Note [*], forme une somme de 125,000 Livres; laquelle somme se partagera en 24 parts égales, à distribuer dans les proportions établies aux autres Spectacles, & si les parts ne sont pas remplies, les vacantes retourneront dans un séquestre, qui, à la fin de chaque année, sera distribué en gratifications, &c.

---

[*] Ceux qui composeront la Société des 24 sujets, emporteront avec eux 60,000 Livres : reste donc 64,000 Livres à payer.

Mais cependant on laisse subsister une somme plus considérable pour les appointemens de MM. les anciens de l'Orchestre, des conducteurs des Décorations à Machines, Chœurs, Ballets, Gagistes, Ouvriers de ce Théâtre. On porte le tout à 100,000 Livres; ainsi sur cet article 44,000 Livres de bénéfice.

ANNÉE M. DCC. LXVII.

1er. *Janvier*. M. le Duc de Choiseul ayant été
élu premier Marguillier d'honneur de St. Eustache, M. le Chevalier de Boufflers lui a adressé
ces vers pour Etrennes, au nom du Curé de
cette Paroisse.

Toi, que je n'ose encor inviter à confesse
  Et que pourtant dans quatre mois
  Je dois attendre à ma grand'messe,
Choiseuil, de ton Curé daigne écouter la voix,
  Et reçois les vœux qu'il t'adresse.
  Quoique tu sois grand ouvrier,
Puissé-je ne te voir que rarement à l'œuvre !
  De Laverdy le sage dévancier,
  Dont l'écu porte une couleuvre,
Et qui fut, comme toi, grand homme & Marguillier,
Et Colbert, qu'aujourd'hui le Peuple canonise,
  Et qu'autrefois il osa déchirer,
  Fit peu d'ordure en mon Eglise,
  Avant de s'y faire enterrer.
  Je sais fort bien que tes confreres
  De St. Eustache & de la Cour,
Aimeroient mieux qu'ici tu fisses ton séjour;
Je sais que maint dévot offre au ciel ses prieres
  Pour ton salut qui ne t'occupe gueres.
Ton vieux Curé consent à ne te voir jamais,
  Et s'il forme quelques souhaits
  C'est que tu restes à Versailles,

      F 3

Où par toi le Dieu des batailles
Serve longtems le Dieu de Paix,
Amen ! Ainſi ſoit-il. Si pourtant chaque année,
Choiſeuil, tu pouvois une fois
Quitter le plus chéri des Rois
Qui t'a fait ſon ame damnée,
Viens te montrer en ces ſaints lieux,
Viens un peu changer d'eau bénite,
Mais ſurtout retourne bien vîte
Exorciſer tes envieux !

2 *Janvier* 1767. L'Eloquence & la Poéſie ont célébré les vertus de *Louis*, Dauphin de France. La gravure vient de lui rendre les mêmes hommages dans une eſtampe allégorique, de la compoſition du célebre M. Cochin. Cette eſtampe eſt gravée en maniere de crayon par Demarteau, Graveur du Roi : deux vers d'Auſone rapportés au bas lui ſervent d'épigraphe :

Nempe quod injecit ſecreta modeſtia velum,
Scinditur & vitæ gloria morte patet.

La mort eſt repréſentée déchirant le voile dont la modeſtie de Monſeigneur le Dauphin cherchoit à couvrir ſes vertus. La ſageſſe, la vigilance, la juſtice & les autres vertus de ce Prince, occupent le devant de cette compoſition ingénieuſe. L'hiſtoire s'applique à les décrire, & le tems que l'on apperçoit ſans ſa faulx, & ayant les mains enchaînées, indique que ces vertus ſeront toujours préſentes à notre mémoire. Sur un plan plus élevé l'artiſte a exprimé dans les figures allégoriques de la France & de la Tendreſſe, les vifs regrets de la famille royale & de la Nation à la mort de ce Prince. M. le Dauphin paroît dans cette forte d'Apothéofe : fon vifage eft d'une teinte claire, mais foible ; c'eft fon ame en quelque forte, fon ombre bienheureufe. Il embraffe le Dauphin fon fils, & femble l'infpirer. Toute l'ordonnance eft éclairée par des rayons de lumiere, qui partent d'une gloire, dont les armes du Dauphin occupent le centre. Cette Gravure eft eftimée des connoiffeurs.

3 Janvier 1767. Il paroît conftant que Le Breton & Trial auront la Direction de l'Opéra. L'un eft connu pour battre la mefure, & par quelques morceaux de Mufique affez eftimés ; le fecond, Muficien affez médiocre, eft vivement porté par M. le Prince de Conti, de la mufique duquel il eft. Tous deux font foutenus par un certain *Corbie*, autrefois décroteur, puis laquais, puis valet-de-chambre, puis colporteur de livres, & infenfiblement le favori de M. le Duc de Choifeuil, à qui ce Miniftre voudroit faire obtenir cette bonne affaire. Rebel & Francœur ont 15000 Livres de penfion ; favoir, le premier 9000 Livres, & 6000 Livres pour le fecond : une partie eft reverfible fur leurs enfans.

6 Janvier. Tout Paris s'intéreffe à la nouvelle révolution qui va fe faire dans l'adminiftration de l'Opéra ; il y a grand fchifme dans le Miniftere à cette occafion : voici l'anecdote. Rebel & Francœur ayant donné leurs démiffions à M. le Prévôt des Marchands, celui-ci en rendit compte à la ville, qui a la fuperintendance de l'Opera, & leur propofa fur le champ M. Dauvergne, qui étoit convenu avec icelui Prévôt des Marchands de fe fubroger au lieu & place des démettans, & en conféquence avoit fait un dépôt de 300,000 Livres, felon le vœu de ce chef. Le Bureau de la ville affemblé a accepté le Sr. Dauvergne, & arrêté la Délibération *ad hoc*. Le lendemain, M. le Prévôt des Marchands en a rendu compte à M. de Saint-Florentin, qui a agréé ladite Délibération. Les chofes *in Statu quo*, M. le Prince de Conti, M. le Duc de Choifeuil font venus à la traverfe propofer Mrs. Breton & Trial : ils en parlent au Miniftre, qui dit que tout eft bien : voilà ces deux Meneftriers courant, volant & dépofant aux autres 100,000 écus.

Cette nouvelle fait bruit à la Cour & à la ville : fur ce M. le Prévôt des Marchands va voir M. le Duc de Choifeuil, & on affure qu'il ne lui a pas caché que dans tous les cas le Sr. *Corbie* dont il étoit queftion pour la premiere place, n'eft point agréable à la ville ; qu'au refte le Bureau a accepté par une Délibération les offres & conditions du Sr. Dauvergne, que l'on ne peut le changer, & que S. M. en décidera.

Par une négligence ordinaire à la ville, leur Délibération n'a pas été fignée, quoique portée fur les Regiftres, & c'eft là-deffus que M. le Prince de Conti & M. le Duc de Choifeuil argumentent.

7 *Janvier* 1767. Le Sr. Molé commence à fe flatter de pouvoir reparoître dans peu fur la fcene. Mlle. Clairon, toujours zélée pour l'honneur du théâtre & des hiftrions, a imaginé de propofer des foufcriptions en faveur de cet acteur convalefcent ; elle a la manie de vouloir reparoître, elle s'offre de jouer une ou deux fois

fur un théâtre particulier, quand on aura raffem-
blé une quantité d'amateurs fuffifante. Les billets
feront d'un Louis. Ce projet fait la plus grande
fenfation à la cour & à la ville, & c'eft un em-
preffement à qui foufcrira.

8 *Janvier* 1767. Un nouvel auteur fe mêle de
la querelle de M M. Hume & Rouffeau : il répand
des *Réflexions pofthumes fur le procès de Jean-
Jacques & de David.* Tel eft le titre de fa brochure, qui n'eft rien moins que d'un juge impartial, & qui diftile l'amertume la plus forte
contre les Philofophes.

„ Qu'importoit, [dit l'auteur de cette Bro-
„ chure], à l'hiftorien de la Maifon de Tudor,
„ que l'on crût à Paris pendant quelques jours
„ qu'il s'étoit moqué d'un Suiffe en Angle-
„ terre ? Un homme fi fage, fi bon & fi con-
„ fidérable, devoit-il s'acharner après un mal-
„ heureux, pauvre, infirme & profcrit, qui n'a
„ que fon orgueil & fa renommée. „

9 *Janvier.* Les Comédiens François ont reçu
de M. de Voltaire une nouvelle tragédie, qu'ils
fe difpofent à donner après *Eugenie*, elle a
pour titre *les Scythes.*

16 *Janvier.* On fait que c'eft M. de la Harpe
qui doit être couronné dans l'affemblée publique de l'Académie Françoife le 22 de ce mois :
c'eft lui qui, au jugement de cette Compagnie,
a fait le meilleur difcours fur le fujet propofé
par le Particulier d'Amfterdam, ayant pour objet, comme nous l'avons dit, d'expofer les
avantages de la Paix, d'infpirer de l'horreur pour
les ravages de la guerre, & d'inviter toutes les
nations à fe réunir pour affurer la tranquillité
générale.

M. Gaillard a balancé longtems les suffrages, & l'Académie le voit avec regret rester sans récompense.

11 *Janvier* 1767. M. de Voltaire toujours universel & toujours jaloux de briller dans tous les genres, a engagé M. de la Borde à mettre son Opéra de *Pandore* en musique.

13 *Janvier*. Les souscriptions proposées par Mlle. Clairon prennent la plus grande faveur : on ne se contente pas de donner un Louis, il est ignoble de ne prendre qu'un billet. Quatre Prélats se sont mis au rang de ces amateurs, M. le Prince Louis, Archevêque de Lyon, &c.

Il est question d'imprimer & de rendre publique la Liste des Souscripteurs.

16 *Janvier. Almanach Philosophique en quatre parties, suivant la division naturelle de l'Espèce humaine en quatre classes, à l'usage de la Nation des Philosophes, du Peuple des Sots, du petit nombre des Savans, & du Vulgaire des Curieux, par un auteur très philosophe. A Goa 1767.*

On l'attribue à M. de Voltaire. Il est de M. de Castillon. C'est un Philosophe enjoué qui s'est égayé à prodiguer dans ce petit ouvrage sous le titre d'Almanach, beaucoup d'érudition, de critique, de philosophie, de morale & de bonne plaisanterie. Il se fait auteur d'Almanach pour tourner en ridicule le goût du public pour ces petits livrets, & pour attaquer la sotte crédulité de ceux qui en consultent les prédictions. Il plaisante avec esprit les paradoxes de langages & de conduite des prétendus Philosophes, qui ne veulent parler, penser ni agir suivant les lumieres ordinaires de la saine raison. On trouve

dans cet ouvrage beaucoup de faillies, des anecdotes, des differtations fingulieres, un mêlange
agréable de férieux & de comique.

18 *Janvier* 1767. On chanfonne tout : on a établi depuis peu une Caiffe d'Efcompte, fur laquelle
s'égaye la malignité du public. Nous confignons
ici la chanfon fuivante, moins comme une piece
littéraire, que comme une piece hiftorique &
faifant anecdote :

Sur l'air : *L'avez-vous vu, mon bel ami ?*

 Arrêt pour l'établiffement
 D'une Chambre d'Efcompte,
 Qui produira par chacun an
 Cinq Millions de bon compte ;
 C'eft pour remplacer un Banquier (*)
 Qui voudroit fes fonds retirer,
   Qu'on établit
   Et qu'on bâtit
   Une fi belle affaire :
 Par fes biens jugez du profit
  Que le Public va faire.
   Le Contrôleur
   Toujours docteur
 Et furtout grand calculateur,
   A dit au Roi,
   Sire, je croi
 Qu'en formant nombre d'Actionnaires
  Vous ferez de bonnes affaires.

 Dans ma place j'ai fçu gagner

(*) M. de la Borde.

Du public la confiance,
A la Caiffe on ira verfer
L'argent en abondance ;
Directeurs je faurai nommer
Pour fagement adminiftrer
L'argent qu'on fera fabriquer
A Pau, comme à Bayonne.
Chaque mois je veux tout cotter,
Parapher en perfonne ;
Je veux auffi pour conftater
Des profits la totalité,
Des balances en forme arrêter :
Au moyen defdites balances
On n'aura pas de défiance.

Quinze richards il faut charger
De cette grande affaire,
Tous les ans il faut leur donner
Vingt mille livres d'honoraires ;
Surtout qu'ils ne foient pas garans
De banqueroutes & d'accidens,
Car j'y ai mis
Tous mes amis
Et auffi mon beau-pere ;
Ainfi, s'ils étoient pourfuivis
J'en payerois l'enchere.
Réfervez-vous vingt mille actions
Dont la Ferme fera les fonds,
Qu'elle payera quand elle pourra.
Ce trait de fine politique
A tous fera la nique.

Il faut lire l'Arrêt du Conseil qui établit cette Caisse d'Escompte, pour entendre ce Vaudeville.

19 *Janvier* 1767. M. de Belloy vient d'être célébré de nouveau par la Gravure. M. l'Empereur a gravé d'après les desfins de M. N. R. Jollain, le Médaillon de M. de Belloy, qu'un Génie présente à la ville de Calais, en lui montrant en même tems la tragédie naguere si célebre du *Siege de Calais*. La ville personifiée par une femme reçoit le Médaillon, qu'elle couronne de Lauriers. Un chien, symbole de la fidélité & de l'attachement, est à ses pieds : un enfant soutient d'une main les armes de la ville de Calais, & tient de l'autre les clefs. Dans le fond est une pyramide, sur laquelle font écrits les noms des généreux citoyens de Calais, & l'on y voit un bas-relief où l'action principale de ces patriotes est représentée.

20 *Janvier*. Le bruit s'étant répandu du regret de l'Académie Françoise de n'avoir qu'une Médaille à donner, un généreux Citoyen lui a fait remettre le prix d'une seconde Médaille : ainsi M. Gaillard ne restera pas sans couronne.

22 *Janvier*. M. Thomas a prononcé aujourd'hui dans une assemblée publique de l'Académie Françoise son discours de réception, qui a été fort applaudi. Il y a ménagé une épisode où il fait entrer le portrait de l'homme de Lettres, & il paroît le regarder comme plus utile aux Etats que l'homme d'Etat, le législateur même. Cette assertion paradoxale ne pouvoit manquer de recevoir un accueil distingué dans une pareille cérémonie.

Monseigneur le Comte de Clermont, Prince du sang, étoit Directeur, mais n'ayant pu se rendre, à caufe de fa fanté, à l'Académie, il a été remplacé par le Prince de Rohan Guemené, qui a répondu au Récipiendaire avec moins d'emphafe & de prétentions, mais avec plus de nobleffe & d'un ftyle plus Académique.

M. Thomas a lu enfuite le Chant d'un Poëme Epique, auquel il travaille depuis longtems, la *Petreiade*. C'eft l'Eloge de *Pierre le Grand.* Ce chant renferme fon voyage en France, avec les licences que tolere la poëfie. Le Public a parut fort fatisfait de cette lecture rapide. L'affemblée étoit très nombreufe : la célébrité du Récipiendaire avoit attiré beaucoup de monde.

C'eft dans cette même affemblée que Mrs. de la Harpe & Gaillard ont été couronnés.

24 Janvier 1767. M. de Silhoüette vient de mourir à fa terre. Nous laiffons de côté l'Ex-Contrôleur général, pour regretter le Philofophe, homme de Lettres & d'efprit.

25 Janvier. M. Tercier, ci-devant l'un des premiers Commis des Affaires Etrangeres, de l'Académie des Belles Lettres, vient de mourir. On peut fe rappeler qu'il fut la victime de fa coupable indulgence d'avoir approuvé le trop fameux Livre *de l'Efprit* de M. Helvetius, & pour lequel l'auteur a eu tant de chagrin.

25 Janvier. Il y a plufieurs femaines que M. le Comte de Lauraguais eft revenu en France fe conftituer prifonnier lui-même : on ne doute pas que ce retour & cette foumiffion aux ordres du Roi ne lui faffent bientôt fon élargiffement. Il eft à la Citadelle de Strasbourg.

27 Janvier. Il paroît depuis quelques jours très clandeftinement un nouveau Mémoire de la Chalotais, imprimé avec le même fecret &

tendant au même but que les précédens. Il paroit avoir été fait avant sa translation à la Bastille. Même force, même énergie, même cri de
l'innocence. Il attaque ici formellement M. le
Comte de St. Florentin, & met dans le plus
grand jour la conduite inique & barbare de ce
Ministre.

27 *Janvier* 1757. Clairval, acteur de la Comédie
Italienne, vivoit depuis longtems avec Madame
de Stainville : son mari, indigné du goût dé-
pravé de sa femme, a obtenu un ordre du Roi,
& vient de l'enlever & de la conduire lui-même
à Nancy. On a fait une descente chez l'histrion
pour enlever lettres & portraits, si aucuns y
étoient. On assure que la veille de son départ M.
de Stainville avoit trouvé Mlle. de Beaumesnil,
de l'Opéra, sa Maîtresse, entre les bras d'un
jeune Danseur, d'autres disent d'un Officier aux
Gardes.

A propos de cette anecdote, on cite un bon
mot de Caillaud, camarade de Clairval. Ce dernier assez inquiet de sa position consultoit l'autre sur ce qu'il devoit faire : ,, M. de Stain-
,, ville, [lui disoit-il], me menace de cent
,, coups de bâton, si je vais chez sa femme.
,, Madame m'en offre deux cent, si je ne me
,, rends pas à ses ordres. Que faire ? ,, Obéir à la
,, femme [répond Caillaud] il y a cent pour
,, cent à gagner. ,,

28 *Janvier*. Il est parlé dans les Journaux
& surtout dans le Journal Encyclopédique du 1er
Septembre, d'un Eloge de Louis de Bourbon,
Prince de Condé, surnommé le Grand, mis en
paralelle avec Scipion l'Africain. Ce discours a
été prononcé le jour de St. Louis à la Pension

Militaire de M. l'Abbé Chocquart, par M. le Comte de Mirabeau, fils de l'auteur de *l'Ami des hommes*.

On voit que ce jeune aiglon vole déja fur les traces de fon illuftre pere, & l'anecdote devient précieufe par cette circonftance. Le fils a plus de netteté, plus d'élégance dans fon ftyle, & fon difcours eft fort bien écrit.

29 *Janvier* 1767. *Eugénie*, ce Drame tant prôné, a été donné aujourd'hui & n'a pas eu le fuccès dont l'auteur fe flattoit. Les trois premiers actes ont été reçus avec affez de bienveillance, mais les deux derniers ont révolté, & l'on peut regarder cela comme une chûte.

30 *Janvier.* Un certain *Ramponeau* qui tenoit un bouchon à la Courtille, fut gravé il y a quelques années, chanté, colporté comme un perfonnage illuftre. Un homme d'un genre plus utile, mais peu fait pour la célébrité, propofe auffi fon portrait au public : c'eft le Sr. Rabiqueau. Ce portrait, de format in-8°. peint par M. Naudin & gravé par M. Poletnick, eft deftiné à être mis à la tète d'un ouvrage de M. Rabiqueau, qui porte pour titre *Spectacle Méchanique du feu & de l'air, feuls agens & refforts du Méchanifme de l'Univers*. Voici le vers qu'on a mis au bas :

Pour fe mettre à la mode on veut un Rabiqueau. (*)
Cet auteur fait le mieux propager la lumiere,
En génie inventif par fon traité nouveau
Il éclaire auffi bien l'efprit que la matiere.

_____

(*) Lampes optiques, fupérieures à toutes les autres, qui ont pris le nom de l'auteur.

1er *Février* 1767. Le Sr. Pierre, Houreaftre-
mé de Navarrins en Béarn, a eu l'honneur de
préfenter au Roi le 16 Janvier une nouvelle
démonftration des principes de l'écriture & des
deffins à la plume, de fa compofition. Cet ouvrage étoit accompagné des vers fuivans :

Un citoyen des Pyrenées
Qui fans intrigue & fans appui,
Dans le plus doux repos voit couler fes années
Ofe, grand Roi, vous offrir aujourd'hui
De fon amour pour vous ce foible & fimple gage.
L'art n'a point orné cet hommage,
De la feule nature, hélas ! il eft le fruit :
C'eft toujours elle qui conduit
Sa main, fon cœur & fon ouvrage.

2 *Février*. Couplets attribués à M. le Duc
d'Ayen, dont un du Roi, à ce qu'on prétend.

Que l'on goûte ici (*) de plaifirs.
Où pourrions-nous mieux être ?
Tout y fatisfait nos defirs,
Tout auffi les fait naître.

N'eft-ce pas ici le jardin
Où notre premier pere,
Trouvoit fans ceffe fous fa main
De quoi fe fatisfaire ?

Ne fommes-nous pas encor mieux
Qu'Adam dans fon boccage ?

―――――――――――――――――――――

(*) A Choify.

Il n'y voyoit que deux beaux yeux,
J'en vois bien davantage.

Dans ce féjour délicieux
Je vois auffi des pommes,
Faites pour charmer tous les yeux
Et dammer tous les hommes.

Amis! en voyant tant d'appas
Quels plaifirs font les nôtres;
Sans le péché d'Adam, hélas!
Nous en verrions bien d'autres.

Il n'eut qu'une Femme avec lui;
Encor c'étoit la fienne :
Ici je vois celle d'autrui,
Et ne vois pas la mienne. (*)

Il buvoit de l'eau triftement
Auprès de fa Compagne,
Nous autres nous chantons gaîment
En fablant le Champagne.

Si l'on eût fait dans un repas
Cette chere au bon homme,
Le gourmand ne nous auroit pas
Damné pour une pomme.

3 *Février* 1767. On doit faire inceffamment
fur le théâtre des Menus une répétition de l'O-
péra de *Pandore*, par M. de la Borde.

(*) Ce couplet eft attribué au Roi.

6 *Février* 1767. Chanson sur *Molé* & Mlle.
    Clairon, sur l'air *du Maréchal.*

Le grand bruit de Paris, dit-on,
Est que mainte femme de nom
Quête pour une tragédie,
Où doit jouer la Frétillon
Pour enrichir un histrion.
Tous les jours nouvelle folie.
      Le faquin,
      La catin,
      Intéresse
Baronne, Marquise & Duchesse.

Pour un fat, pour un poliçon
Toutes nos Dames du bon ton
Vont cherchant dans le voisinage.
Vainement les refuse-t-on.
Pour revoir encore Clairon
Dans Paris elles font tapage.
      La santé
      De Molé
      Les engage,
Elles ont grand cœur à l'ouvrage.

Par un excès de vanité
La Clairon nous avoit quitté,
Et depuis ce tems elle enrage
Et sent son inutilité;
Comptant sur la frivolité,
Elle recherche le suffrage

Du Plumet,
Du Valet,
Pour un auffi grand perfonnage !

Le goût dominant aujourd'hui
Eft de fe déclarer l'appui,
De toute la plus vile efpece
Dont notre théâtre eft rempli.
Par de faux talens ébloui
A les fervir chacun s'empreffe.
Le faquin,
La catin
Intéreffe
Baronne, Marquife & Ducheffe.

Molé plus brillant que jamais
Donne des foupers à grands fraix,
Prend des caroffes de remife,
Entretient filles & valets.
Les femmes vuident les gouffets
Même des Princes de l'Eglife, (*)
Pour fervir
Son plaifir.
La fottife !
Elles fe mettroient en chemife.

Affignons par cette chanfon
De chacun la punition ;
Pour fes airs & fon indécence,

(*) Le Prince Louis, l'Archevêque de Lyon, l'E-
vêque de Blois & l'Evêque de Brieux ont foufcrit.

D'abord à Molé le bâton,
Enfuite pour bonne raifon
Comme une digne récompenfe
A Clairon
La maifon
Ou la cage
Que l'on doit au libertinage.

7 Février 1767. M. du Rofoy fe difpofe à faire repréfenter à Clichy, chez M. le Duc de Grammont fon *Siege de Calais*, & il doit jouer dans cette tragédie.

7 Février. M. Gautier de Sibert, auteur des *Variations de la Monarchie Françoife*, doit être élu de l'Académie des Belles Lettres à la place de M. Tercier. M. de Rochefort a les fecondes voix.

8 Février. M. Fleury, poëte connu par une imagination vafte & noire, vient de publier un Poëme, intitulé *les Ruines*. Le génie de la Deftruction perfonifiée eft l'ame de cette Piece, où l'on trouve de très beaux vers.

10 Février. Le Sr. Molé a fait aujourd'hui fa rentrée au théâtre françois dans la *Gouvernante*. L'affluence a été des plus nombreufes. Cet acteur eft entré en fcene, incertain s'il feroit un compliment ou non. Le public l'ayant accueilli par les applaudiffemens les plus nombreux & les plus réitérés, il a cru pouvoir partir de-là, il s'eft avancé fur le bord du théâtre & a harangué le public en deux ou trois phrafes, dites à voix baffe & du ton le plus entrecoupé & le plus modefte : les battemens de mains ont recommencé, & il a joué très bien.

On critique beaucoup cette impudence à la face de Madame la Princeſſe de Lamballe, qui étoit venue au Spectacle *in fiochi*, & avoit été annoncée.

11 *Février* 1767. La Littérature vient de perdre l'Abbé Goujet, fameux par ſes *Compilations*, ſon Supplément au *Dictionnaire de Moreri* & ſa *Bibliotheque Françoiſe*, ſans compter une immenſité d'ouvrages de piété dont le détail ſeroit fort long. Il étoit plus érudit que bon écrivain.

12 *Février*. La fameuſe repréſentation tant annoncée en faveur de Molé doit s'exécuter ſur le théâtre de M. le Baron d'Eſclapon, au fauxbourg St. Germain. Les deux pieces qu'on jouera, ſont *Zelmire* & *l'Epoux par ſupercherie*. On compte ſur 600 billets. Cette ſouſcription a reçu beaucoup de contradictions. Il eſt incroyable avec quelle fureur quelques femmes de la cour font une affaire capitale de cette miſere, & forcent tous leurs amis à bourſiller.

13 *Février*. M. de Marmontel a jugé à propos de faire imprimer l'ouvrage dont il lut quelque choſe à l'aſſemblée extraordinaire de l'Académie Françoiſe, tenue l'année derniere en faveur du Prince héréditaire de Brunswick. Il s'appelle *Béliſaire* & eſt intitulé *Conte*. Quoique ce ne ſoit qu'une diſſertation très-froide, très longue, très rebattue ſur des objets de morale & de politique, quelques aſſertions hardies, lâchées dans le 15e chapitre, ont échauffé le public, & l'ouvrage a eu une célébrité éphémere qui ſe paſſera bientôt. Il ne peut être que très médiocre, quand on le compare à *Télé-*

maque , où les mêmes principes font traités d'une façon plus animée , plus onctueufe & plus intéreffante , & d'ailleurs avec les graces faciles & touchantes d'un ftyle auquel ne peut atteindre la roideur du nouvel Académicien.

14 *Février* 1767. Le fameux Dufrefne, tant regretté au théâtre françois , & dont on avoit peine à oublier la perte , eft mort ces jours-ci.

15 *Février.* On a fait aux Menus la répétition de l'Opéra de *Pandore* de M. de Voltaire, remis en mufique par M. de la Borde, l'un des premiers valets-de-chambre du Roi. On n'a point trouvé que le Muficien eût répondu à la magnificence & à la beauté du Poëme , vraiment lyrique.

16 *Février.* M. Antoine Petit , Médecin toujours prêt à rompre des lances en faveur de l'Inoculation , vient d'écrire une Lettre adreffée à M. le Doyen de la faculté , à l'occafion de la petite vérole furvenue à deux jeunes Demoifelles inoculées par M. Gatti. En convenant des faits , il attribue le retour de la petite vérole à l'infuffifance de la Méthode de l'inoculateur , qui, cherchant à donner à fes malades la plus petite maladie poffible , quelquefois ne leur donne rien. Cette Lettre eft pleine d'une logique adroite & infinuante.

17 *Février.* M. Gazon Dourxigné vient de faire imprimer *l'Ami de la vérité* , ou *Lettres impartiales , femées d'Anecdotes curieufes fur toutes les Pieces de théâtre de M. de Voltaire.* On y trouve quelques anecdotes curieufes en effet.

19 *Février.* Jamais affemblée n'a été plus brillante que celle d'hier , à la repréfentation

de *Zelmire* & de *l'Epoux par supercherie* , au profit de Molé. Cet acteur n'a pas eu les suffrages auquel il s'attendoit , & Mlle. Clairon n'a pas été enivrée d'encens autant qu'elle devoit l'espérer. On compte que l'histrion aura eu 24000 Livres de bénéfice.

20 Février 1767. On parle depuis quelque tems d'un nouvel ouvrage très-rare , intitulé *la Sabbatine*. C'est une Satyre contre Madame Sabbatin , Maîtresse de M. de St. Florentin , aujourd'hui Marquise de Langeac : bien des gens révoquent en doute l'existence de ce livre.

21 Février. Le Roman Moral & Politique de M. de Marmontel , intitulé *Bélisaire* , a excité du tumulte. La Sorbonne a cru devoir s'élever contre le Chapitre XV , qui parle de la Tolérance. Sur ses vives représentations le livre vient d'être arrêté. Le privilége dont il étoit revêtu , doit être cassé. L'Archevêque de Paris se dispose à tonner contre les Maximes de l'auteur par un Mandement , & la Faculté de Théologie va les proscrire par une Censure publique. Moins d'éclat eut peut-être produit un meilleur effet , & le plus méchant livre proscrit en devient plus recherché.

22 Février. On parle beaucoup du luxe généreux du Sr. Molé. Il a employé les 24000 Livres de bénéfice que lui a rendu la représentation tant annoncée , à acheter des diamants à sa maîtresse.

22 Février. Précis pour M. J. J. Rousseau en réponse à l'exposé succint de M. Hume suivi d'une Lettre de Madame D. [d'Epinay] *à l'auteur de la Justification.* On attaque fortement dans ce Précis les Editeurs de *l'Exposé succint*.

uccint & les ennemis de M. Rousseau. Il y a
de l'esprit & une poésie fine dans la Lettre de
Madame D. & encore plus de générosité , si
est Madame d'Epinay qui parle en faveur
l'un homme dont elle a lieu de se plaindre
mérement. Malheureusement dans toutes ces
uerelles le Public aime à rire & se moque des
eux adversaires , sans examiner qui a tort ou
aison.

23 *Février* 1767. Le Singe de Nicolet est tou-
ours à la mode : on vient de lui faire parodier
ort ingénieusement la maladie de Molé , &
ous les ridicules qui s'en sont suivis. Il paroît
ur le théâtre en bonnet de nuit & en pantou-
es , joue le moribond , & cherche à exciter la
ommisération publique.

23 *Février*. On répete les *Scythes* de M.
e Voltaire , & les Comédiens se disposent à
es jouer incessamment. La piece est déja toute
mprimée , & prête à voir la lumiere.

26 *Février*. La tempête contre M. de
Marmontel commence à se calmer de la part de
M. l'Archevêque , auquel ce disciple très-docile
promis telle rétractation qu'il voudroit , de
ire la profession de foi la plus caractérisée ,
e signer la Constitution , le Formulaire , &c.
M. *Bret* , le Censeur de cet ouvrage , n'en a
as moins perdu sa place & sa pension.

27 *Février*. M. le Duc de Choiseuil a voulu
u'on reprit la *Reine de Golconde* à l'Opéra :
e qui s'est exécuté hier jeudi. La tendre affec-
ion qu'a ce grand Seigneur pour ce Drame ,
onfirme le bruit qu'il en est le pere. Les pa-
oles sont assez mauvaises pour être de lui.

28 *Février*. Un grand schisme s'éleve à l'O-

péra , & l'importance des perfonages exige
qu'on fafle regiftre de cette anecdote.

Mde. Larrivée , toujours amoureufe de fon
mari , s'eft trouvée furprife d'une galanterie
qu'elle n'avoit pas lieu d'efpérer de fa part.
Furieufe , elle l'accable des plus fanglans reproches , veut remonter à la fource de cette
perfidie. Larrivée fe trouve d'autant plus confondu qu'il eft obligé d'avouer une infidélité :
il convient qu'il a eu les faveurs de Mlle. Fontenet , autre Dame de l'Opéra très-refpectable
& appartenant à M. le Duc de Grammont :
d'ailleurs amie très-intime de Madame Larrivée.
La colere de celle-ci redouble , elle fe voit
également dupe de l'amour & de l'amitié ; elle
va à l'Opéra. Mlle. Fontenet vient à elle pour
la careffer ; elle la repouffe avec horreur , l'a-
poftrophe des épithetes les plus infâmes. Mlle.
Fontenet témoigne fon étonnement , demande
une explication : on redouble les injures , on
lui dit de s'examiner & on la laiffe en proye à
fa douleur & à fes remords. Après le Spectacle
Mlle. Fontenet pénétrée n'a rien de plus preffé
que d'écrire à fon amie , de lui demander raifon d'un procédé fi nouveau , & de déclarer
l'innocence la plus complette. Le mari étoit
préfent à la réception de cette Lettre. L'offen-
fée la lui donne à lire : “ qu'avez-vous à ré-
„ pondre , dit-elle ? Je vais le faire de la bonne
„ encre , replique-t-il „. En effet il ripofte de
la façon la plus outrageante à Mlle. Fontenet.
Celle-ci a recours à M. le Duc de Grammont.
Ils vont trouver les Directeurs du Concert
Mlle. Fontenet expofe fes griefs : elle prétend
avoir à fe plaindre non - feulement de la ca

lomnie de M. Larrivée , relativement à fa pré-
tention d'avoir couché avec elle , mais de
pouffer l'infamie jufqu'à l'accufer d'une maladie
honteufe, qu'elle n'a jamais connue. Son amant
appuye fortement fes plaintes : il y ajoute les
fiennes. Les Directeurs trouvent le cas des plus
importans , ils font d'avis d'en référer au Miniftre. L'affaire portée devant lui , M. le Comte
de St. Florentin ordonne que , conformément
à la demande de Mlle. de Fontenet , le Sieur
Pibrac & fon confrere fe tranfporteront chez
cette Demoifelle pour en faire la vifite ; ce
qui a dû être exécuté aujourd'hui. La Dlle.
attend une vengeance éclatante, & ne demande
rien moins qu'une réparation authentique de
la part du calomniateur. Sur ces entrefaites
Madame Larrivée , dans l'aveuglement de fa
fureur, a écrit une Lettre fort finguliere à Madame la Ducheffe de Grammont , dans laquelle
elle lui marque qu'elle n'ignore pas qu'il y a
peu de commerce entre Madame la Ducheffe
& M. le Duc ; que cependant il fe trouve quelquefois dans les ménages les moins amoureux
de ces momens où l'on fe rapproche fans s'y
attendre ; qu'elle eft bien aife de la prévenir
de ne point fe livrer à fa tendreffe pour fon
mari, fi les circonftances la lui rappeloient ;
qu'il doit être dans l'état le plus déplorable, &c.

28 *Février* 1767. Il paroît un *Effai fur l'origine & l'antiquité des langues* , où l'auteur
difcute férieufement fi Adam & Eve , dans le
jardin d'Eden , avant leur chûte , fe parloient
par fignes , ou bien s'ils employoient leur lan-
gage particulier. .... Il prétend qu'il eft évident
qu'ils fe font entretenus par fignes.

1 *Mars* 1767. Il eſt des auteurs qui mettent tout à profit. M. Roger, Ex-Jéſuite, ayant eu une diſpute avec le Receveur de la Capitation, a jugé à propos de donner au Public cette conteſtation. Il en a fait une brochure, ſous le titre de *Dialogue entre un Auteur & un Receveur de la Capitation, par Madame D. L. R.*

2 *Mars*. M. le Chevalier de Boufiers s'eſt égayé ſur le compte de Molé, par les Couplets ſuivans.

Quel eſt ce gentil Animal,
Qui dans ces jours de Carnaval
Tourne à Paris toutes les têtes,
Et pour qui l'on donne des fêtes?
Ce ne peut être que Molet,
Ou le Singe de Nicolet.

Vous eûtes, éternels badauds,
Vos Pantins & vos Ramponaux:
François, vous ſerez toujours dupe.
Quel autre joujou vous occupe?
Ce ne peut être que Molet,
Ou le Singe de Nicolet.

De ſa nature cependant
Cet animal eſt impudent.
Mais dans ce ſiecle de licence
La fortune ſuit l'inſolence,
Et court du logis de Molet
Chez le Singe de Nicolet.

Il faut le voir ſur les genoux
De quelques belles aux yeux doux,

Les charmer par fa gentilleffe,
Leur faire cent tours de foupleffe.
Ce ne peut être que Molet
Ou le Singe de Nicolet.

L'Animal un peu libertin
Tombe malade un beau matin,
Voilà tout Paris dans la peine,
On crut voir la mort de Turenne,
Ce n'étoit pourtant que Molet
Ou le Singe de Nicolet.

La digne & fublime Clairon
De la fille d'Agamemnon
A changé l'urne en tirelire,
Et dans la pitié qu'elle infpire
Va partout quêtant pour Molet,
A la Cour, & chez Nicolet.

Généraux, Catins, Magiftrats,
Grands Ecrivains, pieux Prélats,
Femmes de Cour bien affligées,
Vont tous lui porter des dragées.
Ce ne peut être que Molet
Ou le Singe de Nicolet.

Si la mort étendoit fon denil
Ou fur Voltaire, ou fur Choifenil,
Paris feroit moins en allarmes
Et répandroit bien moins de larmes
Que n'en feroit verfer Molet
Ou le Singe de Nicolet.

G 3

Peuple, ami des quolifichets,
Qui porte toujours des hochets,
Rends graces à la Providence
Qui pour amufer ton enfance
Te conferve aujourd'hui Molet
Et le Singe de Nicolet.

3 *Mars* 1767. Dans l'affemblée de la Faculté
de Théologie tenue avant-hier , le Syndic de la
Faculté a rendu compte du Roman politique &
moral de *Belifaire* de M. de Marmontel. Après
avoir parlé avec éloge des talens & du ftyle,
ainfi que de la réputation de l'auteur, il a relevé
les écarts qu'il s'eft permis contre la Foi Catholique dans le 15e Chapitre de cet Ouvrage.
Le Syndic a fait enfuite lecture de la Lettre
écrite par M. de Marmontel à M. l'Archevêque, pour lui déclarer qu'il fignera la profeffion de foi qui lui fera propofée , & qu'il
donnera toutes les explications qu'on voudra
exiger.

La Faculté qui a éprouvé par le paffé que les
explications données en pareil cas par M. de
Montefquieu au fujet du livre de *l'Efprit des*
Loix & par M. de Buffon fur *l'Hiftoire Natu-*
relle, &c. avoient été infuffifantes pour réparer le fcandale donné, infifte fur la Cenfure de
Bélifaire : en conféquence elle a nommé des
Commiffaires pour faire agréer à M. l'Archevêque le defir de la faculté , & lui faire connoître la néceffité de la Cenfure, pour, fur la
réponfe de M. l'Archevêque, prendre une dé-
termination.

4 *Mars.* M. de Voltaire, dans une let-

tre au Chevalier de Pezay, du 5 Janvier 1767, rend compte des menées de M. J. J. Rousseau contre lui.

" Vous savez que ma mauvaise santé m'avoit conduit à Geneve auprès de M. Tronchin, le médecin, qui alors étoit ami de M. Rousseau. Je trouvai les environs de cette ville si agréables, que j'achetai d'un magistrat, 78000 livres, une maison de campagne, à condition qu'on m'en rendroit 38000 livres lorsque je la quitterois. M. Rousseau dès-lors conçut le dessein de soulever le peuple de Geneve contre les magistrats. „

„ Il écrivit d'abord à M. Tronchin, qu'il ne remettroit jamais les pieds dans Geneve, tant que j'y serois.... „

„ Vous connoissez le goût de madame Denis, ma niece, pour les spectacles : elle en donnoit dans le château de Tournay & dans celui de Ferney, qui sont sur la frontiere de France, & les Genevois y accouroient en foule. M. Rousseau se servit de ce prétexte pour exciter contre moi le parti qui est celui des représentans, & quelques prédicans qu'on nomme ministres.... Il ne s'en tint pas là : il suscita plusieurs citoyens ennemis de la magistrature, il les engagea à rendre le Conseil de Geneve odieux, & à lui faire des reproches de ce qu'il souffroit, malgré la loi, un catholique domicilié sur leur territoire...

„ M. Tronchin entendit lui-même un citoyen dire, qu'il falloit absolument exécuter ce que M. Rousseau vouloit, & me faire sortir de ma maison des *Délices*, qui est aux portes de Geneve....„

„ Je prévis alors les troubles qui s'excite-

G 4

rôient bientôt dans la petite République de Geneve. Je réfiliai mon Bail à vie des *Délices*
je reçus 38000 liv. & j'en perdis 40000 livres
outre environ 30000 livres que j'avois employées
à bâtir dans cet enclos.

„ Je ne vous parlerai point des calomnies
dont il m'a chargé auprès de Mgr. le Prince de
Conti & de Madame la Ducheſſe de Luxembourg.... Vous pouvez d'ailleurs vous informer
de quelle ingratitude il a payé les ſervices de
M. Grim, de M. Helvétius, de M. Diderot...

„ Le miniſtere eſt auſſi inſtruit de ſes projets
criminels, que les véritables gens de Lettres
le ſont de tous ſes procédés ; je vous ſupplie de
remarquer que la ſuite continuelle des perſécu-
tions qu'il m'a ſuſcitées pendant quatre années
ont été le prix de l'offre que je lui avois faite
de lui donner en pur don une maiſon de campagne, nommée *l'Hermitage*, que vous avez vû
entre Tournay & Ferney.....„

„ Que M. Dorat juge à préſent s'il a eu
raiſon de me confondre avec un homme tel
que M. Rouſſeau, & de regarder comme une
querelle de bouffons les offenſes perſonelles que
M. Hume, M. d'Alembert & moi avons été
obligés de repouſſer, &c. „

5 *Mars* 1767. Les Comédiens Italiens ont
donné aujourd'hui la premiere repréſentation de
l'Aveugle de Palmyre, avec des morceaux de
muſique par M. Rodolphe. La piece eſt en vers
& en deux actes. M. Desfontaines en eſt l'Auteur. Ce ſujet eſt pris dans quelque Roman de
féerie. Il eſt fort mal traité, ſans goût, ſans dé-
licateſſe : beaucoup de groſſiéretés & de très-

mauvaifes plaifanteries ont revolté le parterre,
&c. La mufique a eu quelques fuccès.

6 Mars 1767. Vers fur Bélifaire.

Bélifaire profcrit, aveugle, infortuné,
Ferme dans le malheur, fimple, fublime & fage,
Inftruifant l'Empereur qui l'avoit comdamné,
De la terre attendrie eut mérité l'hommage ;
    Oui, fans doute, chez des Payens,
    Mais parmi nous, chez des Chrétiens,
Peindre Dieu bienfaifant, exalter fa clémence,
Pour nous unir à lui par les plus doux liens.....
Jufqu'où pourroit conduire une telle morale ?
Que ce blafphémateur foit puni par le feu ;
N'a-t-il pas dû favoir qu'il caufoit du fcandale,
Quand, malgré la Sorbonne, il faifoit aimer Dieu.

*7 Mars 1767. Nouveau Dictionnaire hiftorique
portatif, ou Hiftoire abrégée de tous les hommes qui fe font fait un nom par des talens,
des vertus, des forfaits, des erreurs, &c. depuis le commencement du monde jufqu'à nos
jours : ouvrage dans lequel on expofe fans fla-
terie & fans amertume, ce que les Ecrivains
les plus impartiaux ont penfé fur le génie, le
caractere, & les mœurs des hommes célebres
dans tous les genres, &c. par une Société de
gens de Lettres.*

On ne pourroit qu'applaudir à ce projet, s'il
étoit bien exécuté, mais il eft fait avec la plus
grande négligence. On attribue à un auteur les
ouvrages d'un autre, on tranfpofe les anecdotes,
on les altere, on les controuve ; en un mot,

on donne pour morts des gens pleins de vie, &
qui fourniſſent tous les jours des preuves de leur
exiſtence.

8 *Mars* 1767. M. de Voltaire s'occupe actuellement de la famille des Sirvens. Ces infortunés, dans un cas à peu près ſemblable à celui
des Calas, ſont depuis quelques années ſous ſa
protection. En attendant qu'il ait armé les Loix
en leur faveur, il écrit à toutes les Puiſſances,
pour en obtenir des ſecours. Le Roi de Danne-
marck lui ayant envoyé pour eux 400 ducats,
notre Poëte y a répondu par ces beaux vers :

Pourquoi, généreux Prince, ame tendre & ſublime,
Pourquoi vas-tu chercher dans nos lointains climats
Des cœurs infortunés que l'injuſtice opprime ?
C'eſt qu'on n'en peut trouver au ſein de tes Etats.
Tes vertus ont franchi par ce bienfait auguſte
Les bornes des pays gouvernés par tes mains,
Et partout où le ciel a placé des humains,
Tu veux qu'on ſoit heureux, & tu veux qu'on ſoit juſte.
Hélas ! aſſez de Rois que l'hiſtoire a fait grands,
Chez leurs triſtes voiſins ont porté les allarmes :
Tes bienfaits vont plus loin que n'ont été leurs armes.
Ceux qui font des heureux ſont les vrais conquérans !

9 *Mars*. Les prieres de quarante heures
ayant commencé aujourd'hui pour Madame la
Dauphine, les ſpectacles ont été interrompus.

9 *Mars*. M. le Comte de Lauraguais eſt depuis pluſieurs jours de retour à Paris ; il a paru
à la Cour, a vu le Roi & la famille Royale,
ainſi que les miniſtres.

11 *Mars* 1767. M. Araignon, Avocat, vient de faire imprimer une Comédie en cinq actes & en profe : c'eft un Drame Romanefque, qui offre le tableau toujours attendriffant de l'innocence perfécutée & triomphante. Il a pour titre *le vrai Philofophe*. Cette Comédie eft dédiée à Mrs. les Maire, Echevins, &c. de St. Malo, comme un témoignage de la reconnoiffance de l'auteur, gratifié par ces magiftrats d'un brevet de citoyen malouin, ainfi que d'une médaille d'or, au fujet de fa Tragédie du *Siege de Beauvais*.

12 *Mars*. On débite une Lettre de M. de Voltaire à l'Abbé d'Olivet fur la nouvelle Edition de fa Profodie. Cette Lettre, datée du château de Ferney le 5 Janvier 1767, releve différentes élocutions vicieufes devenues à la mode. En général, M. de Voltaire y paroît peu content du ftyle de nos auteurs modernes, & furtout du nouveau genre d'éloquence qu'on a introduit : il critique plufieurs mots ufités dans ce qu'on appelle *la bonne compagnie*. Dites-moi fi Racine a *perfiflé* Boileau, &c. Si l'un & l'autre ont *miftifié* la Fontaine, &c ? On lit cette phrafe remarquable, en parlant de M. de la Harpe : *un jeune homme d'un rare mérite, déjà célèbre par les prix qu'il a remportés à notre Académie, & par une Tragédie qui a mérité fon grand fuccès*..... Il nous apprend enfin qu'il reçoit quelquefois des Lettres du *Philofophe de fans fouci* [le Roi de Pruffe,] qu'il a l'honneur d'être encore dans fes bonnes graces, & que c'eft une des confolations de fa vieilleffe.

13 *Mars*. Les fpectacles ont repris hier.

13 *Mars*. On débite une comédie en un acte & en profe, intitulée *le Galant Efcroc*, de

M. Collé, précédée des *Adieux de la Parade*,
Prologue en vers libres. Cette Comédie fait partie du *Théâtre de Société*, & ne peut être
jouée qu'en société. C'est la peinture malheureusement trop vraie de mœurs qui ne pourroient être représentées sur un Théâtre public.
La fable en est plaisante, & l'effet en doit être
très-heureux.

14 *Mars* 1767. L'interruption des spectacles
recommence aujourd'hui, à cause de la mort de
Madame la Dauphine.

15 *Mars*. Suivant la délibération de la Faculté
de Théologie, le Doyen, le Syndic & les huit
Commissaires se sont rendus chez M. l'Archevêque, il y a quelques jours. Ce Prélat leur a
déclaré, que dans l'affaire de M. de Marmontel
il ne cherchoit que le plus grand bien de la Religion, & qu'il s'en rapportoit entiérement au
jugement de la Faculté.

En conséquence, la Faculté a mis en délibération s'il convenoit, pour parvenir au plus grand
bien, de faire une Censure en forme, ou de se
contenter d'explications ? Il a été décidé que
ce dernier étoit le parti le plus expédient, &
qu'on pourroit joindre au vingt-cinquieme Chapitre une explication très-Théologique, qui
corrigeroit ce qui se trouveroit de contraire à
la Religion dans le Chapitre.

Les Commissaires doivent s'assembler pour
concerter & faire le projet de cette explication
Théologique, qui, après qu'elle aura été acceptée par M. de Marmontel, sera présentée à l'assemblée de la Faculté du *primâ mensis*.

Nous allons donner un échantillon du style
de M. Tronchin, ce médecin si célebre : c'est

une Lettre qu'il a écrite de Versailles le 8 Février de cette année, à M. le Pasteur Pictet, à l'occasion *des troubles de la République de Genève*. Il étoit alors auprès de Madame la Dauphine.

M.... J'ai besoin de cette presse de travail, pour n'être pas sans cesse occupé des malheurs de ma patrie. A portée, comme je le suis, de connoître les intentions du Roi, instruit d'ailleurs du délire opiniâtre de mes insensés concitoyens, je vois avec la plus grande douleur les malheurs qu'ils se préparent. En faisant semblant de courir après la liberté, ces malheureux vont perdre leur patrie. Les extrêmes se touchent. Ils étoient trop heureux. La démarche qu'ils ont faite vis-à-vis M. le Résident, a paru ici un persiflage. J'ai reçu de M. Vernet une Lettre qui lui ressemble fort. Aussi ne lui ai-je pas répondu : c'est se mocquer, que de parler de dévouement & de respect, quand on manque si solemnellement au respect & au dévouement qu'on doit à un Monarque qui joue le rôle de pere, & qui n'a cessé de faire ressentir les effets de sa bienveillance & de sa protection. L'orgueil ira toujours devant l'écrasement, de quelque maniere qu'il se masque ; vous le voyez, mon cher Monsieur, sous bien des formes. Ils feront périr ma pauvre patrie, car quand l'orgueilleux délire du jour finiroit, à moins qu'il ne finisse incessamment, les playes qu'il a déja portées à la prospérité & au commerce, laisseront après elles des cicatrices profondes. Que sera-ce, si par un abandon du ciel ces playes subsistoient encore plusieurs mois ! Le commerce & la prospérité, semblables aux ri-

vieres qui changent de lit, n'y rentrent point:
la fin du délire & la mifere entraînent ordinairement le défefpoir après elles. Les auteurs de
tant de maux en feront les victimes. Le Roi
n'en démordra pas, ie le tiens de fa bouche.
Tout ce que je prévois, brife jour & nuit mon
ame. Je ne goûte pas un moment de repos,
car j'aime avec paffion ma patrie. Dites ceci à
qui voudra l'entendre : au moins n'aurai - je rien
à me reprocher. Souvenez-vous fouvent, mon
cher Monfieur, que je vous l'ai dit ; je vous ap-
pellerai en témoignage. En attendant je ferai
des vœux, & je gémirai en filence.

17 *Mars* 1767. Mlle. Clairon fe propofe de
fe rendre aux invitations de S. M. Polonoife :
elle doit partir inceffamment ; elle fera défrayée
de tout par ce Monarque.

19 *Mars*. Un plaifant a répondu à M. Tronchin au nom de M. Pictet. On attribue même
cette facétie à un grand Poëte, fi bien accou-
tumé à tourner tout en ridicule.

,, Mr. nous étions occupés, mon fils & moi,
à relire les difcours que je fis à St. Pierre aux
dernieres Elections, & nous méditions fur le
peu d'effet qu'ils ont produit, lorfque votre
Lettre nous eft parvenue. Comme le travail ne
nous enivre gueres, mon fils ni moi, mon cher
Monfieur, nous avons tout le loifir poffible
pour fonger aux maux de l'Etat. Les bruits qui
courent fur la fufpenfion des rentes nous les font
fentir vivement, & le ton pitoyable de votre
Lettre ajoute encore à notre affliction.

Nous avons furtout été touchés de ces phrafes
où vous dites que vous avez l'ame brifée jour
& nuit, que l'orgueil va devant l'écrafement,

que vous gémiffez en filence ; & mon fils protefte n'avoir jamais rien lu de fi beau dans les
fermons de fon grand-pere.

Nous avons auffi admiré la noble hardieffe
avec laquelle vous traitez vos concitoyens d'*in-
fenfés*, de *malheureux*, & leur démarche de
perfifflage. Mon fils approuve beaucoup la méthode d'infulter les gens, mais il avoue que depuis qu'il s'en eft mal trouvé deux ou trois fois,
il eft réfolu de ne la plus mettre en pratique,
à moins qu'il n'ait, comme vous, le bonheur
d'être à cent lieues des Repréfentans. Incon-
tinent après avoir fait nos Commentaires, nous
avons convoqué, mon fils & moi, les Négatifs
au cercle des trois Rois, & nous leur avons
fait lecture de votre Lettre. Ils en ont été en-
chantés. Mais pour les Repréfentans, le même
délire, dont la fin doit être la mifere & puis le
défefpoir, comme vous le dites fi bien, & le
délire orgueilleux qui fera périr ma pauvre patrie ; ce délire opiniâtre enfin, qui leur fait dé-
ferter mes fermons, leur a fait défaprouver votre Epitre. Ce qui me défole, c'eft qu'ils s'en
moquent. L'un dit qu'elle n'eft pas en François,
qu'on ne dit pas *porter des playes*, mais faire
des playes : l'autre dit que vous avez été be-
loufé, lorfque vous avez dit que *le Roi jouoit
le rôle de Pere* ; que votre intention étoit fûrement d'exalter fa bonté, & que cette expreffion
le Roi n'en démordra pas, eft tout auffi défec-
tueufe. Un autre dit que les grandes phrafes,
dont eft remplie votre Lettre, indiquent une
extrême difete d'idées : un autre, qu'elles ref-
femblent à des lambeaux de faux galons appli-
qués fur de la futaine ; un autre, qu'elles font

pillées. Pour cela je ne puis plus y tenir, & je tape des pieds, en leur difant : " Hem ! n'y
„ voyez - vous pas bien que l'auteur de cette
„ Lettre eft un homme que le travail rendoit
„ ivre ; & puis croyez-vous que M. Tronchin
„ fût capable de piller les ouvrages d'autrui ?
„ Cela eft bon pour une fois. " Au refte, mon cher Monfieur & mon bon ami, M. Perdriau de la Rochelle, la publiera à St. Gervais , après avoir publié les annonces & difpofé nos auditeurs par un remede préparatoire, foporifique & anodin, & un fermon de méditation. Mon fils & moi nous fouffrons , nous vous aimons , & nous vous honorons.

20 *Mars* 1767. *Bélifaire* continue à faire le fujet des converfations. Plufieurs Poëtes ont fait des vers pour & contre , fuivant leurs affections envers l'auteur. Mais ce qu'on cite & qui ne doit point être oublié, c'eft une converfation des Enfans de France à l'occafion de ce livre : comme ils en parloient enfemble, le Comte d'Artois dit qu'il trouvoit fort plaifant qu'un cuiftre, un pédant de College , comme M. Marmontel , s'avifât de s'ériger en précepteur des Rois , & de leur donner des leçons ; que fi cela dépendoit de lui , il feroit fuftiger l'auteur aux quatre coins de Paris ; & moi reprit le Dauphin, fi j'étois Roi, je le ferois pendre.

22 *Mars*. Par des Lettres de Berlin on apprend que l'Académie Royale des Sciences & Belles-Lettres de Berlin a tenu le 29 Janvier fon affemblée publique avec toute la folemnité poffible ; elle a été honorée de la préfence de S. A. R. Monfeigneur le Prince de Pruffe, & de

S. A. S. Monseigneur le Prince Frédéric de Brunswick. Les Ministres Etrangers & plusieurs personnes de distinction de la Cour y ont assisté. On y a vu avec plaisir une Dame Polonoise, d'un rang & d'un mérite distingué, Madame la Comtesse *Skorzcwska*. M. le Professeur Formey, Secrétaire perpétuel, a fait l'ouverture de la séance par des *Considérations sur ce qu'on peut regarder aujourd'hui comme le but principal des Académies, & comme leur effet le plus avantageux*. Ensuite M. de Catt a lu un discours *de la vraïe nature du beau en général*. Enfin M. Bitaubé a traité de *l'influence des Belles-Lettres sur la Philosophie*. A la fin de la séance le Secrétaire perpétuel déclara que le Prix proposé par le Directoire Général au sujet de l'épargne du Bois, ne pouvant encore être adjugé, parce qu'on n'a reçu aucun Mémoire satisfaisant sur cette question, on continuoit d'inviter les Savans & les Experts à en faire l'objet de leurs recherches.

23 *Mars* 1767. Les Spectacles recommencent de main 24. Les Comédiens François doivent donner jeudi la premiere Représentation des *Scythes*. Cette tragédie portée par M. le Duc de Choiseuil, à qui elle est dédiée, reçoit beaucoup de contradictions. Elle est déja affichée & sous le nom de M. de Voltaire. Ce qui lui ôte toute ressource de la nier, & sembleroit devoir lui en garantir le succès. M. Freron, dans sa feuille, N°. 38, s'exprime ainsi sur cette tragédie :

« Je viens d'apprendre que M. de Voltaire
» avoit envoyé aux Comédiens une tragédie
» nouvelle de sa façon, intitulée : *les Scythes*,

„ en leur marquant qu'il n'avoit mis que douze
„ jours à la faire. On m'a dit en même tems que
„ les Comédiens la lui avoient renvoyée, en le
„ priant très-humblement de mettre 12 mois à
„ la corriger „.

24 *Mars* 1767. La *Partie de Chaffe de Henri
IV*, que la délicateffe de nos Miniftres n'a pas
voulu admettre fur notre Théâtre, fe joue non-
feulement dans les Provinces, mais même dans
les étrangers: on vient de jouer cette Piece à
Bruxelles, où elle a eu beaucoup d'applaudiffemens.

25 *Mars.* M. Rouffeau continue à garder
un filence profond. De tems en tems quelqu'un
éleve la voix en fa faveur. On voit dans le
N°. 35 du Sr. Freron un article intitulé : *Sentimens d'un Anglois impartial fur la querelle de
Mrs. Hume & Rouffeau*, extraits des Papiers
Anglois du mois de Novembre 1766, [figné]
*un Anglois du vieux tems hofpitalier & or-
thodoxe.* Que ce jugement foit vrai ou controuvé
par le journalifte, il eft bien fait & écrit avec
une candeur qui plaira. Il eft en faveur de
M. Rouffeau, fans déguifer les torts qu'il peut
avoir. M. Walpole, l'auteur de la plaifanterie
du Roi de Pruffe, y eft fur-tout très-maltraité.

M. Rouffeau doit, au refte, goûter quelque
confolation par le plaifir de voir fon *Devin de
Village*, traduit en Anglois. En outre, un auteur, nommé M. Burney, vient d'adapter des
paroles en fa langue à la Mufique françoife. On
a donné l'hiver cette piece au théâtre de *Dru-
rylane*, avec un fuccès partagé : elle eft foutenue par le parti Anglois contre le parti Ecoffois,
qui avoit entrepris de la faire tomber, & qui a

nterrompu les premieres Repréſentations par le ruit le plus affreux.

2. *Mars* 1767. Les Comédiens ont donné aujourd'hui la premiere Repréſentation des *Scythes*. Cette piece ne répond pas au pinceau ſublime qui nous offrit jadis, avec tant de ſuccès, les tableaux contraſtés des Mahométans & des Chrétiens, des Américains & des Eſpagnols, des Chinois & des Tartares. M. de Voltaire a voulu mettre ici en oppoſition l'âpreté des mœurs ſéveres des Scythes avec le faſte orgueilleux des anciens Perſans. Le ſujet eſt abſolument manqué, & l'on ne peut que s'écrier :

J'ai vu l'Ageſilus, ... hélas !

Il y a cependant en divers endroits des morceaux de la plus grande force, & l'on rencontre par-tout dans ce Drame *disjecta membra Poetæ*.

27 *Mars. Abrégé de l'Hiſtoire de Port Royal, par M. Racine, de l'Académie Françoiſe.* Cette hiſtoire, écrite, à ce qu'on croit, vers 1693, a été long-tems ignorée. Il en parut en 1700 une partie, dont il fallut ſe contenter, parce qu'on ne put alors en découvrir la ſuite. Mais l'abbé Racine en avoit une copie, d'après laquelle on a fait l'Edition dont il eſt queſtion. L'hiſtoire de Port Royal eſt conduite ici juſqu'à l'affaire du Formulaire. L'auteur ne vit pas la deſtruction de Port Royal des Champs..... Boileau regardoit cet ouvrage comme le plus parfait morceau d'hiſtoire que nous euſſions dans notre langue. Ce n'eſt malheureuſement pas le plus intéreſſant.

27 *Mars. Pieces de Poéſie couronnées &*

l'*Académie de l'Immaculée Conception*, che[z]
les R. P. Carmes de la ville de Rouen, en 1766[.]
Ce petit Recueil eſt précédé d'une préface hiſ[-]
torique, contenant l'origine & les progrès d[e]
cette Académie. Ce morceau curieux doit êtr[e]
recherché des Littérateurs. On y voit que cett[e]
Académie n'étoit originairement qu'une Con[-]
frairie érigée vers la fin du onzieme Siecle, e[n]
l'honneur de l'Immaculée Conception de l[a]
Vierge, dans l'Egliſe de St. Jean de Rouen. L[a]
fête de la Conception fut long-tems appelée
la Fête aux Normands, parce qu'ils furen[t]
les premiers qui la ſolemniſerent. C'eſt vers l'a[n]
1489 qu'un Lieutenant - Général de Roue[n]
[*Pierre Davé*, Sieur *de Château-Roux*] fi[t]
ériger la Confrairie de l'Immaculée Conceptio[n]
en Académie, & propoſa des Prix pour ceu[x]
qui compoſeroient les meilleures Poéſies en l'hon[-]
neur de la Ste. Vierge. Il y en a de latines & d[e]
françoiſes, & l'on ſe doute ce que peut être un[e]
pareil Recueil.

28 *Mars* 1767. Le Sr. Freron, toujours acharné
ſur M. de Voltaire, & qui doit une partie de l[a]
célébrité de ſes Feuilles à la guerre qu'il a livré[e]
à ce grand homme, pour réveiller l'attentio[n]
de ſon lecteur vient de lâcher, ſuivant ſo[n]
uſage, une nouvelle ſatyre très-propre à piquer
la malignité du cœur humain, & à réjouir les
ennemis du ſien. Il ſe fait écrire une Lettre par
un prétendu abbé M.... qui lui envoye la traduction d'une *Epître Perſane à Sadi*. Cette Epître, très-bien faite, reproche à M. de Voltaire
ſous le nom de *Sadi* tous ſes défauts & ſur-tout
ſon amour-propre, ſon envie, ſon inquiétude[:]
il y eſt peint des couleurs les plus offenſantes

malheureufement les plus vraies. Cette Epître finit par une espece d'Epilogue en quatre
vers :

> Un Miroir à nos yeux diftraits
> Vient-il offrir notre grimace ?
> Il ne faut pas brifer la glace,
> Mais, s'il fe peut, changer nos traits.

29 *Mars* 1767. M. de Voltaire, à force de
intriguer & de fe remuer en faveur des Sirvens,
commence à faire prendre couleur à cette affaire.
On vient de publier fous fon nom un Mémoire à
confulter, & une Confultation, faits l'un & l'autre par main de Maître. Le même fentiment qui
a dicté les lettres pathétiques que l'on a lues &
les divers écrits publiés au fujet des Calas à l'auteur du *Traité de la Tolérance*, lui a fait prendre la plume dans cette occafion, & on ne doute
pas que le Mémoire à confulter ne foit de lui.
La Confultation paroît être de M. Elie de Beaumont, connu au Barreau & célebre fur-tout par
fes Mémoires en faveur des Calas. Elle eft
fignée de cet Avocat, & foufcrite de onze Ju-
rifconfultes fameux.

20 *Mars. Nicole de Beauvais, ou l'Amour
vaincu par la Reconnoiffance.* Ce Roman eft
d'une Madame Robert, qui a déja donné :
*Voyage de Milord Ceton dans les fept Planet-
tes,* ou *le nouveau Mentor,* traduction vraie
ou fauffe. Nous ne faifons mention de ces ouvrages qu'en faveur de l'auteur femelle. Madame Robert écrit quelquefois avec chaleur,
mais d'un ftyle en général foible & fans correction : elle a de l'imagination, mais peu de
goût.

30 *Mars* 1767. Les paſſions ont tellem[ent]
altéré tout ce qui s'eſt paſſé dans la querelle
M. Rouſſeau avec M. Hume, que les faits mê[me]
dénués de certitude laiſſent le lecteur dans [le]
ſepticiſme. Dans des notes ſur la lettre de M.
Voltaire, on reproduit quelques fragmens [des]
Lettres de M. Rouſſeau à M. du Theil, & l[on]
met à la tête de ces fragmens : *Extrait d[es]*
Lettres du Sr. J. J. Rouſſeau employé dans [la]
maiſon de M. le Comte de Montaigu, écrites [en]
1744 *à M. du Theil, premier Commis des Aff[ai]*
res Etrangeres. Ces lettres ont été conſerv[ées]
par haſard chez M. du Theil.

M. du Theil, Officier aux Gardes, a fait i[n]
férer en conſéquence dans la feuille du N°.
du Sr. Freron une proteſtation contre ce[tte]
aſſertion : il y déclare qu'il a toujours igno[ré]
l'exiſtence de cette lettre, & paroît même la [ré]
voquer en doute.

D'autre part, on appelle M. Rouſſeau e[m]
ployé dans la maiſon du Comte de Montaig[u,]
& l'on n'ignore pas qu'il étoit Secrétaire de c[et]
Ambaſſadeur de France à Veniſe.

31 *Mars.* Tandis que la Faculté de Thé[o]
logie eſt occupée à dreſſer la rétractation que d[oit]
ſigner M. de Marmontel, & que celui-ci atte[nd]
avec une foi humble tout ce qu'on propoſe
à ſa docilité, M. de Voltaire s'égaye & vient
répandre *Anecdotes ſur Béliſaire,* eſpece [de]
pamphlet où il verſe le ridicule à grands fl[ots]
ſur qui il appartient. Il y prodigue une fo[ule]
de citations des Peres de l'Egliſe, des Docteu[rs]
des Caſuïſtes, qui appuyent les aſſertions av[an]
cées dans le chapitre XV du *Béliſaire* tant c[om]

tiqué, & qui a jetté un si grand scandale dans l'Eglise.

1er. *Avril* 1767. Un anonyme ayant écrit à Mlle. Arnoux d'assez mauvais vers sur la querelle entre Mrs. de Villette & de Lauragais, où l'on reprochoit entr'autres au premier le péché anti-physique, il y a répondu par l'Epître suivante :

Monsieur l'anonyme badin,
On ne peut avec plus d'hardiesse,
De gaîté, de délicatesse,
Dire du mal de son prochain.
Votre Muse aimable & légere
M'égratigne si doucement
Qu'il faudroit être fol vraiment
Pour aller se mettre en colere.
Recevez-en mon compliment.
Mais pourquoi votre esprit caustique
Sur moi s'égayant sans façon
M'accuse-t-il d'être hérétique
Au vrai culte de Cupidon ?
Avez-vous consulté Sophie,
Vous qui m'imputez ce péché,
Vous sauriez que de l'hérésie,
Je suis un peu moins entiché.
Charmé de cet air de tendresse
Qui des amours flatte l'espoir,
J'ai souhaité voir la Princesse
Passer du théâtre au boudoir.
Sur les tréteaux Reine imposante
Elle est ce qu'elle représente :

Mais on revient au naturel :
Chez elle libre, impertinente,
La Princesse est femme galante,
Gentil ornement de bordel.
Oui, oui, la Reine Marguerite
L'eut aimée autant que ses yeux,
Elle en eut fait sa favorite :
On doit ses contes amoureux
A son penchant pour la saillie ;
Elle aimoit les propos joyeux :
Les plus gros lui plaisoient le mieux,
Elle pensoit comme Sophie.
Mais avec l'ardeur de Vénus,
Elle a l'embonpoint de l'Envie.
Je cherche un sein, des globes nus,
Une cuisse bien arrondie,
Quelques attraits... Soins superflus !
Avec une telle momie
Si j'ai pourtant sacrifié
Au Dieu qui de Paphos est maître,
Me voilà bien justifié
Ou je ne pourrai jamais l'être :

2 *Avril* 1767. Il se répand depuis quelque tems
un Poëme manuscrit, attribué à M. Bernard, qui
a pour titre : *Pauline & Théodore*. Il est en
quatre chants & en vers de dix syllabes : c'est
l'histoire de *Léandre & Héro* retournée. Quoiqu'on ne puisse ajouter aucune foi à un manuscrit furtivement enlevé, on y retrouve en beaucoup d'endroits le pinceau délicat & gracieux
de l'auteur. Il regne dans la fable l'amour in-
cestueux

ectueux d'un frere & une jalousie atroce, qui
a défigurent & répandent de l'horreur sur ce
ableau de la volupté. Ce crayon noir ne peut
allier avec les graces d'une miniature.

3 *Avril* 1767. M. de Laverdy, Contrôleur-Général & membre de l'Académie des Belles-Let-
res, a écrit à M. le Beau, Secrétaire de cette
Académie, que l'intention de S. M. étoit aussi
qu'on levàt le Dixieme sur les Prix Académi-
ques. Cet impôt doit avoir lieu l'année prochaine : sans doute qu'il en aura fait autant à
l'égard des autres Académies.

4 *Avril.* Nous avons parlé d'une Médaille
de la valeur de 2000 livres, envoyée à l'Académie Françoise au mois de Décembre dernier,
pour celui qui, au jugement de l'Académie,
auroit composé le meilleur discours sur *l'utilité
de l'établissement des Ecoles gratuites de Dessin
en faveur des métiers.* L'Académie a adjugé
ce Prix au Sr. Descamps, Peintre du Roi, &c.

5 *Avril.* La tragédie des *Scythes* de M. de
Voltaire, imprimée depuis longtems, commence
à se distribuer. On y remarque une Epitre dédicatoire aux Satrapes *Glochivis & Natrisp*
[Choiseuil & Praslin] du ton le plus bas &
plein de l'adulation la plus outrée.

Cette adulation sent l'homme qui a envie de
revenir à Paris, & qui fléchit le genou devant
le Tout-Puissant pour cette grace.

Le Postscriptum est amusant, par une sortie
que fait l'auteur contre Duchesne, sur l'impression de plusieurs de ses tragédies, qu'il prétend
horriblement défigurées : c'est une parade à l'ordinaire, mais plaisante.

6 *Avril. Du Bonheur, par M. Desserres de*

Tome III.   H

la Tour, avec cette Epigraphe : *vox claman-
tis in deserto*. Cet ouvrage n'a rien de neuf,
quoiqu'il fasse un certain bruit ; rien de hardi :
on y trouve à la suite un petit ouvrage sur *l'éducation des anciens*, où l'on remarque aussi de
vues intéressantes sur la méthode des modernes.

6 *Avril* 1767. On annonce un Poëme manuscrit de M. de Voltaire, intitulé *la Guerre de
Geneve :* il est en quatre chants & en vers de dix
syllabes. On prétend qu'on y retrouve la même
plume qui a fait la *Pucelle.* C'est plus à désirer
qu'à espérer.

8 *Avril.* Le Roi de Pologne a écrit à Madame Geoffrin d'avertir Mlle Clairon qu'il ne
pouvoit la recevoir actuellement, que les circonstances le mettoient dans le cas d'user de
la plus grande économie, & de ne s'occuper que
de l'administration du Royaume. Tous les Spectacles vont vaquer dans ce pays-là.

9 *Avril.* M. l'Abbé Perau, continuateur des
Vies des hommes illustres de la France, com-
mencées par feu M. Dauvigny, est mort le
Mars âgé de 67 ans. Il étoit devenu aveugle
& c'est M. Turpin qu'il avoit choisi pour mettre
la derniere main à cet ouvrage. Celui-ci vient
de faire paroître les Tomes 24 & 25.

10 *Avril.* L'auteur des *Ephémérides du
Citoyen*, dont nous avons déja parlé, ne trouvant pas ce titre assez piquant pour le Lecteur
a cru le rendre sans doute plus intéressant en
appelant son Journal *Bibliothéque raisonnée
des Sciences Morales & Politiques :* il s'ouvre
une carriere immense, que nous doutons qu'il
puisse remplir ; nous lui souhaitons plus de succès sous cette nouvelle métamorphose.

10 *Avril* 1767. On cite la Réponse de M. Bret, le Censeur du livre de *Bélisaire*, lorsque le Lieutenant de Police lui annonça qu'il étoit rayé du tableau. Ce Magistrat lui donnoit cette nouvelle avec toute la mansuétude dont il est capable, les larmes aux yeux : il paroissoit la lui apprendre à regret. *Eh bien ! Monsieur*, lui dit Bret, *ne me plaignez pas tant ; c'est un malheur, mais ce n'est pas un deshonneur ;* & Bret s'en alla, faisant une pirouette.

11 *Avril.* M. Barthe a fait paroître, il y a quelque tems, une *Héroïde de l'Abbé de Rancé à un de ses amis.* Elle est supposée écrite pendant le séjour de cet Abbé à la Trappe & roule sur sa conversion & sur son repentir. Il y invite son ami à venir jouir des mêmes douceurs que lui. Dans cet ouvrage, on trouve partout le Poëte : c'est un amas de descriptions, & rien de cet onctueux qui doit aller au cœur. Tout y est de mauvais goût, jusqu'aux gravures : dans une entr'autres, on y voit l'Amour entre une tête de mort & un Crucifix.

M. de la Harpe a écrit à Geneve sous les yeux de M. de Voltaire la *Réponse d'un Solitaire à M. l'Abbé de Rancé.* Cette Epitre est dans le goût des *Soupirs du Cloître* de M. Guymond, mais infiniment mieux écrite, plus forte de choses hardies & philosophiques. C'est un Religieux qui réclame contre ses vœux, qui en fait voir l'injustice, l'absurdité, l'impiété même. Tout cela est fait de main de Maître, & bien des gens sont tentés de croire que M. de Voltaire y a mis sa touche.

12 *Avril.* On exalte, on se transmet de bouche en bouche un mot sublime du Sr. le

Kain : c'eſt ſur la fin de l'année dramatique &
dans les foyers qu'il a été dit. On félicitoit cet
acteur ſur le repos dont il alloit jouïr, ſur la
gloire & l'argent qu'il avoit gagnés : „ Quant à
„ la gloire, répondit modeſtement l'acteur,
„ je ne me flatte pas d'en avoir acquis beaucoup.
„ Cette ſorte de récompenſe nous eſt conteſ-
„ tée par bien des gens, & vous-même me la
„ conteſteriez, peut-être, ſi je voulois l'uſurper.
„ Quant à l'argent, je n'ai pas lieu d'être auſſi
„ content qu'on le croiroit : nos Parts n'ap-
„ prochent pas de celles des *Italiens*, & en
„ nous faiſant juſtice, nous aurions droit de
„ nous apprécier un peu plus. Une part aux
„ *Italiens* rend 20 à 25000 Livres, & la mienne
„ ſe monte au plus à dix ou douze mille. „
„ *Comment, morbleu !* „ (s'écria un Chevalier
de St. Louis, qui écoutoit le propos ;] „ *com-*
„ *ment, morbleu ! un vil hiſtrion n'eſt pas*
„ *content de* 12000 *Livres de rentes, & moi*
„ *qui ſuis au ſervice du Roi, qui dors ſur un*
„ *canon, & qui prodigue mon ſang pour la*
„ *patrie, je ſuis trop heureux d'obtenir* 1000
Livres de Penſion. — *Eh! comptez-vous pour*
„ *rien, Monſieur, la liberté de me parler*
„ *ainſi ?* „ reprend le bouillant *Oroſmane.*

13 *Avril* 1767. Il ſe répand aſſez généralement
deux chants du Poëme de M. de Voltaire ſur
la *Guerre de Geneve.* Le premier répand le
ridicule à grands flots ſur Genève & ſes habitans ; il eſt aſſez gai, mais d'une gaieté grivoiſe,
qui ſent l'homme ſortant de la taverne : il n'y
a point de ces morceaux délicats, tels qu'on
trouve dans la *Pucelle.*

Le 2e. eſt une Satyre horrible contre J. J.

Rouſſeau : il y eſt peint ſous les couleurs les plus odieuſes & les plus infâmes ; il eſt fait pour intéreſſer en faveur de ce malheureux ſes propres ennemis, & l'humanité ſeule réclame contre cet abominable ouvrage.

14 *Avril* 1767. On vient d'imprimer à Avignon *la Paſſion de Notre-Seigneur Jeſus-Chriſt*, miſe en vers & en Dialogues. Nous n'avons rien à ajouter à ce titre, digne de la barbarie des ſiecles les plus abſurdes & du plus mauvais goût.

15 *Avril*. *Diſcours ſur l'adminiſtration de la Juſtice Criminelle*, *prononcé par M....*, *Avocat Général du Roi au Parlement de Grenoble*. Cet excellent ouvrage, plein d'une philoſophie douce & humaine, doit faire le Pendant du *Traité des Délits & des Peines*. Il a d'autant plus de poids qu'il eſt dans la bouche d'un Magiſtrat qui réclame en faveur d'une infinité d'abus & qu'il voudroit voir réformer. Il eſt bien écrit en général, quelquefois d'un ſtyle très métaphyſique : il eſt plein d'onction, & tout cœur ſenſible ne pourra s'empêcher d'être ſerré à la lecture de ce traité précieux.

16 *Avril*. Les nouveaux Directeurs de l'Opéra qui doivent ouvrir leur adminiſtration à la rentrée de Pâques prochaine, commencent par prévenir le Public en cherchant à exciter l'émulation parmi les Muſiciens & les Poëtes lyriques. Ils annoncent une augmentation de récompenſe, en faveur des auteurs qui travailleront pour leur Théâtre.

17 *Avril*. M. de Saintfoix, hiſtoriographe des Ordres du Roi, vient de publier *l'Hiſtoire de l'Ordre du Saint Eſprit*. On y trouve une anecdote bien extraordinaire, ſoutenue

d'affertions encore plus extraordinaires. Cet auteur y prétend, à l'article du Duc d'Epernon,
que ce Seigneur donna le fecond coup de coû-
teau à Henri IV, lorfque Ravaillac eut porté le
premier, & il ajoute : ,, ce fait eft rapporté dans
,, un manufcrit de M. le Duc d'Aumale. Il eft
,, d'autant plus digne de créance, que M. le
,, Duc d'Aumale vivant parmi les Efpagnols
,, étoit à portée de favoir la vérité des chofes,
,, & que d'ailleurs ayant eu une maladie de
,, langueur très longue, dans laquelle il avoit
,, communié deux fois, il n'eft pas vraifemblable
,, qu'il eut laiffé fubfifter une pareille calom-
,, nie s'il n'eut été fûr de ce qu'il avançoit. ,,

18 *Avril*. On fe communique l'extrait d'une
Lettre d'un Gentilhomme Flamand qui voyage,
précieufe par l'anecdote qu'elle contient, relative à ce qui a été dit fur la propofition faite
par les Corfes à J. J. Rouffeau de leur donner
des loix. Voici comme l'auteur s'exprime fur
cette République, &c. ou plutôt fur leur chef.

,, M. Paoli eft âgé de 42 ans, d'une figure
,, mâle & belle, ayant le port très noble, &
,, l'air de ce qu'il eft, du chef d'un Peuple li-
,, bre. Son érudition feroit furprenante, même
,, dans un homme de Lettres de profeffion : il
,, eft verfé dans la Littérature Angloife & Fran-
,, çoife, mais Tacite & Plutarque font fes au-
,, teurs favoris. Il eft d'une éloquence admira-
,, ble; je n'ai vu perfonne mettre autant de
,, graces & de force dans fes difcours. Il joint
,, à tant de talens une philofophie éclairée &
,, exempte de toute efpece de préjugé. Il a fait
,, un bien étonnant à fon pays; il a établi une
,, police exacte, il a affermi la Conftitution,

,, qui reſſemble beaucoup à celle d'Angleterre
,, & qui me paroît excellente ; il a établi à Corte
,, une Imprimerie & une Univerſité, dans la-
,, quelle il a ſu attirer des gens de mérite. Les
,, Gazettes ont parlé des démarches qu'il a fai-
,, tes pour engager M. J. J. Rouſſeau à ſe re-
,, tirer dans ſon île. J'ai vu toute ſa correſpon-
,, dance à ce ſujet avec cet Ecrivain, elle fait
,, également honneur à l'un & à l'autre.

19 *Avril* 1767. On aſſure que M. de Voltaire
a un Commentaire tout prêt ſur les tragédies
de Racine, il attend pour le faire paroître que
M. Luneau de Boisgermain ait mis au jour celui qu'il promet depuis longtems.

19 *Avril.* M. le Blanc, auteur de *Manco
Capac*, vient d'épouſer, il y a quelque tems,
une Demoiſelle Gouilli. Cette fille, célebre par
la mort d'un officier qui s'eſt brûlé la cervelle
de déſeſpoir de ne pouvoir ſe marier avec elle,
étoit maîtreſſe de M. Clairaut & avoit vécu avec
lui juſques à ſa mort.

20 *Avril.* M. Dreux de Radier ayant fait imprimer un ouvrage intitulé *Recréations hiſtoriques, critiques, morales & d'Erudition*, avec
l'hiſtoire des fous en titre d'office, y a maltraité Mrs. le Préſident Haynault & l'Abbé d'Olivet. Fréron eſt parti de-là ſous prétexte de venger ces deux illuſtres, eſt tombé ſur le corps
de l'auteur, & l'a traité avec un mépris, une
dureté révoltante. Les amis de Voltaire & les
ennemis du journaliſte, en très-grand nombre,
ont auſſi pris l'occaſion de l'injure faite à M. du
Radier pour obtenir la ſuſpenſion de ſes feuilles.
Mais ce pauvre diable n'a pas aſſez de conſiſ-
tance, Fréron vient de répondre, & dans ſa

H 4

fureur tombe d'eftoc & de taille fur le Sr.
Thomas.

22 *Avril.* Il paroît une Lettre de M. * * *
à M. de Calonne, Maître des Requêtes, au
fujet de fon Mémoire préfenté au Roi, contre
celui de M. de la Chalotais, Procureur général
au Parlement de Bretagne. L'auteur prétend
relever des contrariétés qu'il croit appercevoir
dans la juftification de M. de Calonne, qu'il
crayonne avec des couleurs peu flatteufes.

22 *Avril.* Tandis que la Sorbonne s'occupe
de l'examen de *Bélifaire*, des auteurs ano-
nymes effayent d'en prévenir la cenfure par des
critiques ameres, & cherchent à difcréditer
l'ouvrage par des analyfes qui ne font pas dé-
nuées de toute vérité. Une de ces critiques eft
attribuée à l'auteur qui a fait celle du difcours
de M. Thomas : elle eft très-forte & très-judi-
cieufe ; elle pulvérife le Politique : l'ouvrage a
pour titre *Examen du Bélifaire de M. de Marmontel*, avec cette Epigraphe : *Scribendi recte
Sapere eft & principium & fons.*

23 *Avril* 1767. Vers de M. le Comte de Maugiron, Lieutenant Général, une heure avant fa
mort.

> Tout meurt, je m'en apperçois bien !
> Tronchin tant fêté dans le monde
> Ne fauroit prolonger mes jours d'une feconde,
> Ni Dumont (*) en retrancher rien.
> Voici donc mon heure derniere !
> Venez Bergeres & Bergers,

(*) Son Médecin ordinaire.

Venez me fermer la paupiere :
Qu'au murmure de vos baifers
Tout doucement mon ame foit éteinte.
Finir ainfi dans les bras de l'Amour,
C'eft du trépas ne point fentir l'atteinte ;
C'eft s'endormir fur la fin d'un beau jour !

M. de Maugiron logeoit chez M. l'Evêque de
Valence ; le Clergé fe preffoit de lui apporter
les fecours fpirituels ; lorfqu'il fe retourna, &
dit à fon Medecin : *je les attraperai bien, ils
croient me tenir & je m'en vais.* Il mourut à
ce mot.

25 *Avril* 1767. Le bruit s'étoit répandu généralement que Mlle. Clairon devoit rentrer, parce
que beaucoup de gens l'ont follicitée, & qu'elle
continue à s'exercer chez Madame la Ducheffe
de Villeroi, où elle a joué prefque toute cette
femaine. Mais cette actrice paroit décidée à garder le parti qu'elle a pris ; elle convient qu'elle
a fait une fottife de quitter, mais qu'elle en
feroit une plus grande de reprendre.

25 *Avril.* La traduction de Tacite par M.
de la Bletterie doit paroître dans peu. Elle
s'imprime au Louvre aux dépens du Roi, &
S. M. a donné ordre qu'on en remit tous les
exemplaires à l'auteur, pour être vendus à fon
profit.

26 *Avril.* Les Comédiens Italiens font à la
veille de perdre leur Arlequin, dangereufement
malade.

27 *Avril.* On écrit de Berlin du 17 Mars,
qu'il s'y eft formé une Société particuliere,
qui propofe une Medaille de cent écus d'Empire
à quiconque compofera la meilleure inftruction

pour inspirer aux enfans les principes de la religion. Les conditions que la Société exige dans
l'ouvrage , sont particuliérement de n'y rien
supposer comme déjà connu , & de n'y établir
aucun principe sans le prouver , de mettre les
instructions à la portée d'une conception ordinaire , & d'écarter toutes les questions superflues
ou étrangeres au sujet.

27 *Avril* 1767. On écrit de Rome du 4 Mars ,
qu'on y a enlevé par ordre exprès du Pape ,
dans le couvent des Cordeliers , tous les exemplaires de *l'Histoire Ecclésiastique de la Ligurie ,*
ouvrage de M. Paganette de Genes , qui venoit
d'être imprimé dans cette capitale , avec l'approbation des Maitres mêmes du Palais. On a
trouvé dans cet ouvrage plusieurs passages hardis
& injurieux à la Cour de Rome , que l'on sup-
pose y avoir été ajoutés par l'auteur après l'approbation obtenue.

28 *Avril.* Aujourd'hui l'Académie Royale
des Inscriptions & Belles Lettres a tenu son
assemblée publique. Le prix réservé double sur
la Question : *par quelles causes & par quels
degrés les Loix de Lycurgue se sont altérées
chez les Lacédémoniens jusqu'à ce qu'elles aient
été anéanties ?* a été donné à M. Mathon de
la Cour. L'Académie a déclaré qu'un particulier
inconnu lui avoit fait remettre une Medaille
d'or pour le discours jugé le meilleur après celui couronné. Cette Medaille a été donnée à M.
l'Abbé de Gourci.

M. le Beau a prononcé les deux Eloges de
M. *Hardion* & de M. *Tercier.* Il y avoit dans
ce dernier un article difficile sur la disgrace
éprouvée par l'auteur à l'occasion de l'approba-

tion donnée à l'ouvrage de *l'Esprit*. Le Pané-gyriste s'en est adroitement tiré.

Le premier Mémoire lu est celui de M. de Brequigny, envoyé à Londres pour y faire des recherches d'anciens titres appartenant à la France : il rouloit sur notre Histoire.

On a lu un Mémoire sur l'Or Coronnaire, espece d'impôt chez les Romains, par M. Bouchaud.

La séance a été terminée par la lecture d'un Mémoire de M. Gaultier de Sibert, sur la question : *s'il y a eu un ordre de Citoyens qu'on puisse appeler le Tiers Etat, sous les deux premieres Races de nos Rois ?*

L'Académie a ensuite annoncé le prix proposé pour la St. Martin 1768 : il s'agit d'examiner *quels furent les noms & les attributs divers de Jupiter chez les différens Peuples de la Grece & de l'Italie ? Quelles peuvent être l'origine & les raisons de ces attributs ?*

L'Académie a déclaré que l'objet de cette fondation de M. de Caylus, faite en 1754, est de procurer aux artistes des éclaircissemens sur le costume des anciens.

29 *Avril* 1767. L'Académie des Sciences a fait aujourd'hui sa rentrée publique.

M. de Fouchy, Secrétaire perpétuel, a annoncé que parmi les pieces envoyées pour concourir au Prix proposé *sur la meilleure méthode de trouver l'heure en mer*, l'Académie a distingué une dissertation à laquelle l'auteur avoit joint une horloge marine, qui paroît propre à remplir ses vues, mais comme il est à-propos qu'elle soit essayée sur mer avant de prononcer, l'Académie a remis ce Prix, &c.

H 6

M. de Fouchy a lu enfuite la notice des Arts publiés par l'Académie , pendant le cours de l'année : ils font au nombre de fix. L'art de frifer les Etoffes, & l'art de faire les Tapis de Turquie par M. Duhamel ; ceux de la fabrication des cuirs de Hongrie & du Maroquin, par M. de la Lande ; l'art du Chaufournier , par M. Fourcroi, Ingénieur à Calais ; & la premiere partie de celui de la facture d'Orgues, par Don *Bedos* , Religieux Benedictin de la Congrégation de St. Maur.

M. de Chabert a rendu compte de la Suite des obfervations qu'il a faites fur les Côtes de la Méditerranée, en Italie & en Afrique, pour déterminer par les méthodes aftronomiques la pofition des lieux les plus importans à connoitre dans ces Parages. Cette lecture a été fuivie de celle du difcours préliminaire que M. l'Abbé Chappe fe propofe de mettre à la tête de la Relation de fon voyage en Sybérie , qui eft actuellement fous preffe.

M. Cadet lut enfuite de nouvelles Expériences Chymiques fur la bile de l'homme & des animaux.

30 *Avril* 1767. On écrit de Stockolm du 13 Mars, qu'on y a publié un édit du Roi *concernant la liberté de la Preffe :* il eft daté du 2 Décembre 1766 ; il porte qu'il fera permis à tout particulier d'écrire & de raifonner fur toutes fortes de matieres, fur toutes les Loix du Royaume , & fur leur utilité ou leur mauvaife influence ; fur toutes les Alliances du Royaume, anciennes ou nouvelles , avec les Puiffances Etrangeres ; fur leurs bons ou mauvais effets ; fur les propofitions à faire pour en

conclure de nouvelles , & fur la publicité de ces Alliances , à l'exception de leurs articles fecrets.

30 *Avril*. Bien des gens réclament contre l'Hiftoire de Port Royal , qu'on attribue au fameux Racine : on affure qu'elle n'eft point de lui.

30 *Avril* 1767. Deux nouvelles productions de M. de Voltaire continuent à entretenir le public fur fon compte. L'une a pour titre *les Honnêtetés Littéraires* , & l'autre *Zapata :* la premiere roule fur les querelles des auteurs & fur la façon décente & polie dont ils traitent leurs différends. L'autre eft un réfultat de différentes queftions théologiques que notre Philofophe refout , & Dieu fait quelle eft la Théologie de M. de Voltaire !

1 *Mai*. M. Wilkes , cet Anglois renommé par les perfécutions qu'il a effuyées à Londres , y étoit retourné cet hyver dans l'efpoir de rentrer en grace , mais les efpérances dont on l'avoit leurré , s'étant trouvées deftituées de fondement , il eft revenu à Paris , où il diftribue depuis quelque tems une *Lettre au Duc de Grafton :* elle eft en Anglois , noble , moderée & ferme , elle contient un détail curieux de fa difgrace , dont il prétend que les gazettes n'ont rendu qu'un compte infidele.

2 *Mai*. Carlin , l'arlequin de la Comédie Italienne , fe trouve encore très-malade & hors d'état de pouvoir jouer peut-être jamais ; on en a fait venir un d'Italie , qui doit le remplacer inceffamment.

2 *Mai*. Quoi qu'on ait ici le 2e & le 4e Chant de la guerre de Geneve , ceux qui en

font poſſeſſeurs , ne veulent pas en laiſſer prendre des copies , dit-on , par égard pour l'auteur : quelqu'orduriers & quelques méchans que
ſoient ceux que l'on connoit , on prétend que
ceux-ci enchériſſent encore.

3 *Mai* 1767. M. de Voltaire a écrit une Lettre
à M. Elie de Beaumont , Avocat au Parlement de Paris , en date du 20 Mars 1767 :
elle loue ce Juriſconſulte d'avoir pris généreu-
ſement en main la cauſe de la famille des
Sirven. Elle eſt écrite avec cette onction , ce
pathétique , qui coulent ſi naturellement de la
plume de ce grand Ecrivain lorſqu'il prêche
l'humanité & défend les droits de l'innocence
opprimée.

4 *Mai. Guillaume Tell* : c'eſt une Lettre
de M. le Baron de *Zurlauben* , avantageuſe-
ment connu dans la République des Lettres
par ſon Hiſtoire militaire des Suiſſes. Cette
Lettre a été écrite au ſujet de la tragédie de
M. le Mierre , ſur le célebre fondateur de la
liberté des Suiſſes. M. le Baron de Zurlauben
fait l'hiſtoire de cet événement , & entre dans
un détail où il n'étoit guere poſſible que le
poëte entrât , quoiqu'il ne ſe ſoit point écarté
dans ſa tragédie de la vérité hiſtorique. On
trouve dans cette Lettre des autorités qui
conſtatent l'évenement de Tell , qu'un Ecrivain
avoit voulu faire révoquer en doute ; elle
contient tout ce qui s'eſt paſſé avant & après
la Conjuration.

5 *Mai.* Comme on diſputoit à un Souper
ſur le nombre des Chants du poëme de la Guerre
de Geneve , M. Cajot , auteur déja connu par
quelques ouvrages , ſoutint qu'il en exiſtoit ſept

on lui contefta beaucoup le fait, il foutint qu'il le prouveroit & qu'il avoit le 7e Chant en fa poffeffion. La Dame du logis le deffia : il accepta le Cartel & promit qu'il le lui enverroit le lendemain. De retour chez lui, il fabriqua ce chant durant toute la nuit & tint parole. Le lendemain matin il l'envoie à la Dame ; quoi qu'on y voie une maniere différente, on y trouve des chofes plaifantes.

6 *Mai* 1767. M. Chauveau vient de faire imprimer une Comédie en cinq actes & en vers, intitulée *l'Homme de Cour* : il fe plaint amérement dans la Préface des difficultés à faire parvenir une Piece aux Comédiens & à obtenir leur jugement.

7 *Mai.* M. de Voltaire perfifte, ce femble, à vouloir enfevelir la Religion avec lui, ou avant lui : il vient de faire paroître le *Recueil Néceffaire*, efpece d'Arfenal infernal où, non content de dépofer toutes les armes qu'a fabriquées fon impiété, il ramaffe encore celles des plus cruels ennemis de tout dogme & de toute morale. Il contient :

1°. Une analyfe de la Religion Chrétienne par M. Dumarfais, Logicien auffi redoutable par fes raifonnemens éloquens & fa dialectique vigoureufe.

2°. La Confeffion du Vicaire Savoyard, de M. Rouffeau.

3°. Le Dialogue d'un honnête homme & d'un Caloyer : dont on a déja parlé.

4°. Le Sermon des Cinquante : auffi connu.

5°. Examen important : attribué à Milord Bolingbroke, mais en effet de M. de Voltaire : c'eft un développement du Sermon des Cinquante, où avec autant d'éloquence & d'érudition l'auteur a joint plus de raisonnement.

6°. Lettre de Milord Bolingbroke : qui est peu de chose.

7°. Dialogue entre le raisonneur & l'adorateur ; ouvrage trop frivole pour le sujet, trop grâve pour le titre.

8°. Dialogue d'Epictete & de son fils.

8 *Mai* 1767. Les amateurs du théâtre Italien trouvent que l'Arlequin débutant a trop conservé du jeu de sa patrie : il est balourd, niais & sot, & nous exigeons ici beaucoup de finesse dans le jeu, de souplesse dans le geste, de légereté dans les attitudes, de gentillesse dans toute l'action, de saillies naïves dans le dialogue, de talens même accessoires pour amuser ; il est pourtant des gens auxquels il a plu ; d'ailleurs on espere qu'il se formera.

9 *Mai.* On écrit de Rome qu'on vient d'y défendre par un Edit de la Congrégation du St. Office la vente & la lecture d'un livre écrit en françois, qui a pour titre *de l'Autorité du Clergé & du Pouvoir du Magistrat Politique sur l'exercice des fonctions Ecclésiastiques.*

10 *Mai. Les Homelies, prononcées à Londres en* 1765. Cet ouvrage est encore sorti de la plume féconde de M. de Voltaire : il y a 4 homelies ; la 1ere. roule sur le Théisme, qu'il combat mal ; la 2e. sur la superstition, qui n'est autre chose que les raisonnemens & les détails pathétiques, vus déja dans son Traité de la tolérance ; les 3e. & 4e. roulent sur l'ancien & le nouveau Testament, qu'il examine, qu'il discute, & où il rappelle tout ce qu'on a déja lu dans son Sermon des Cinquante, dans

fon Dictionnaire Philofophique & ailleurs , &c.

11 *Mai* 1767. Il paroit deux Volumes des Mémoires de Madame la Marquife de Pompadour , écrits par elle-même : ils contiennent des Portraits de la Cour affez bien faits , des détails curieux de Politique, peu de galanterie & de l'intérieur du commerce entre les deux amans : du refte le ftyle eft lâche & négligé , foit qu'il foit en effet de l'héroïne , foit qu'on ait voulu lui donner plus de vraifemblance par cette affectation. Ces Mémoires ne vont que jufqu'au commencement de la derniere guerre.

12 *Mai.* Extrait de la Lettre du Roi de Pologne à Madame Geoffrin , en date du 20 Mars 1767 , au fujet de Mlle. Clairon.

„ On me dit que les partifans même du Spec-
„ tacle me plaignent de dépenfer tant d'argent
„ pour ces plaifirs dans des tems malheureux ; il
„ eft certain qu'avec le retranchement de ces
„ fraix je n'aurai pas plus de quoi foudoyer une
„ Armée , que le renvoi même de mes Comé-
„ diens fera difpendieux : il eft auffi fûr que je
„ me prive d'un plaifir que j'aime & furtout de
„ celui de voir Mlle. Clairon. Mais qu'importe ?
„ Nous devons nous facrifier à la voix publique,
„ quand il eft néceffaire de prouver que nous
„ fentons & partageons les calamités de la pa-
„ trie. Chaque individu doit s'immoler pour les
„ autres & je donne volontiers l'exemple , &c."

16 *Mai* 1767. Le *Zapata* eft un Bachelier de Valladolid que M. de Voltaire fuppofe propofer à la Junte des Docteurs de Salamanque un nombre de queftions qui l'embarraffent dans l'ancien & le nouveau Teftament. Ce font toutes

les contradictions, toutes les abfurdités, toutes
les horreurs, & même toutes les impiétés qu'il
a déja relevées dans fon *Dictionnaire Philofophique*, & dans les différens ouvrages qu'il a
donnés depuis qu'il s'eft livré à la Théologie &
à la Métaphyfique. En général, il ramène ce
qu'il a dit vingt fois, mais fon farcafme eft
toujours piquant, & réveille le goût des Lecteurs pour des matieres remâchées trop fouvent.
M. de Voltaire prétend que l'original de ces
doutes eft dans la Bibliotheque de Brunswick.
Ils font au nombre de foixante-fept, & l'on juge
bien que les fages maîtres reftent fans réponfe.

17 *Mai* 1767. M. l'abbé Cerutti, ci-devant Jéfuite, & qui dès vingt-quatre ans s'étoit attiré une
forte de confidération par l'Apologie de fon Ordre, ouvrage plus rempli de feu que de logique,
par une inconféquence méprifable, s'eft offert
à prêter le ferment de rénonciation à l'Inftitut,
quand il l'a vu profcrit irrévocablement. On n'a
point voulu l'admettre, & les honnêtes gens fe
font révoltés contre cette forte d'apoftafie. Il a
été obligé de fortir du Royaume, & trois femmes de la Cour, engouées de lui, lui ont fait
1000 écus de penfion : Madame la Maréchale
d'Etrées eft à la tête.

C'eft ce même Jéfuite qui, étant venu à Paris
lors de la Diffolution de l'Ordre, excita quelques craintes de la part du Gouvernement & du
public en général; on trouvoit mauvais qu'on
tolérât en France un homme qui venoit de fon-
ner le tocfin en faveur de fon Ordre : *Ne crai-
gnez rien*, difoit Duclos à tout le monde, *les
premieres perfonnes qu'il a vu à Paris font
d'Alembert & moi.*

18 *Mai* 1767. On parle du mariage de M. Seine avec des circonſtances très-romaneſq ̣es. Il
poufé la fille d'un Avocat au Conſeil mort, &
mere n'ayant jamais voulu conſentir à cet
ihen, l'amante a fait des ſommations reſpec-
ɛuſes. Mais le plus héroïque, c'eſt la façon
ɯt elle a réſiſté aux offres ſéduifantes d'une
gienne inclination du poëte maçon. Cette
ɯme ſe nommoit Madame le Comte, eſpece
̣ bel-eſprit femelle, avec qui vivoit M. Seine. Celui-ci lui ayant déclaré ſon projet, Ma-
ɯme le Comte pleure, ſanglote, jure qu'elle
ɯ mourra. L'amoureux ne tient compte de ces
ɯenaces. Elle ſe tourne du côté de la Demoi-
ɯlle, va la trouver, & lui demande en grace
ɯ différer d'un an ; elle lui offre 50000 livres,
ɯelle ſe rend à ſa propoſition. La jeune per-
ɯnne refuſe, & le mariage s'eſt fait. Madame le
ɯomte en eſt morte de chagrin peu de tems après.

20 *Mai.* On annonce *Hirza* ou les *Illi-*
ɯois, tragédie en cinq actes de M. de Sauvigny.
ɯauteur réclame d'avance un plagiat dont il
ɯccuſe M. de Voltaire : il prétend que lui Sau-
ɯigny avoit donné-ſa piece à examiner au Sr. le
ɯain, au carême 1766 ; que cet auteur la porta
ɯvec lui dans la vacance de Páques chez M. de
Voltaire, qu'il fut voir. Qu'en ayant parlé à ce
ɯrand poëte, & lui ayant témoigné le regret
ɯu'il n'eût pas traité un pareil ſujet, il excita ſa
ɯurioſité. Que M. de Voltaire demanda à voir
ɯe manuſcrit ; qu'il dépéça bien vîte cette com-
ɯoſition, & fabriqua en peu de tems les *Scythes* ;
ɯu'il a enſuite abuſé de ſon crédit & de ſa ré-
ɯutation, pour retarder la piece de M. de Sau-
ɯigny, & faire paſſer la ſienne.

21 *Mai* 1767. A l'occasion de ce qui s'est p
en France relativement aux Jésuites, on re
velle les vers qui furent faits dans le tems
leur première proscription, & qui sont de l'A
de la Bletterie. Nous les avons cités. Les p
sans qui s'amusent de tout, appliquent à la c
turie suivante de *Nostradamus* l'événement d
pagne. Voici la prophétie :

> Honni du Coq & de Papegai
> A l'entonnoir d'Inde hypocrite,
> Quatre chiffres faisant trois sept
> Par Castillan comble détruite.

1767.

2 *Mai.* M. Marchand, connu par pl
sieurs plaisanteries ingénieuses, a voulu s'égay
sur le compte de M. de Marmontel : il a fa
Hilaire, espece de Parodie de *Belisaire*. M. M
chand n'est plus jeune, & sa plume s'appesan
tit. Cette facétie ne fait point rire.

25 *Mai. Histoire de la Prédication, ou
maniere dont la parole de Dieu a été prêch
dans tous les siecles : ouvrage utile aux Préd
cateurs, & curieux pour les gens de Lettre
par Joseph Romain Joly.* On trouve à la tê
de cet ouvrage une Lettre, où l'auteur réfut
la brochure de l'Abbé Coyer, intitulée *la Pr
dication.* Cet ouvrage est écrit d'un style pu
la lecture en est intéressante, instructive, &
On y trouve un tableau curieux de la manie
dont la parole de Dieu a été prêchée.

27 *Mai.* Les Comédiens François on
donné aujourd'hui *Hirza*, ou les *Illinois.* L
piece a été fort applaudie pendant les trois pr

s actes ; dès le quatrième, on a remarqué
eins du poëte foiblir tout à coup ; & deux
s de poignard qui ont absolument raté leur
dans le cinquieme, ont changé en pompe
raire ce triomphe prématuré.

Mai 1767. On écrit de Londres, que J. J.
eau s'est brouillé avec son hôte, & que
son humeur noire il lui a écrit une Lettre
blable à celle à M. Hume, en lui disant un
nel adieu, ainsi qu'à l'Angleterre, qu'il se
ose à quitter incessamment.

Mai. Il paroît un nouveau Mémoire de
de la Chalotais, plus volumineux que les
es ; il contient plus de faits, & détaille avec
e la clarté possible l'affaire, origine des per-
tions qu'il éprouve. Ce Mémoire est plus
onspect, & n'a pas l'éloquence véhémente
autres.

Juin. Dom Pernetti, savant Bénédic-
un de ceux qui étoient, il y a quelque tems,
la sécularisation de son Ordre, va en
e comme Bibliothécaire du Roi : en con-
uence, il se met en Cavalier.

Juin. Il paroît les tomes XXIV & XXV
Vies des Hommes Illustres de la France,
le nouveau Continuateur M. Turpin. Cet
orien est très-propre à remplacer ses prédé-
eurs ; son style joint à la clarté & à la pureté
noblesse peu commune, une élégance qui
hante, rien de bas, de trivial ou de foible ;
t élevé, mais aussi éloigné de l'enflûre que
la superfluité. Tout ornement y est naturel &
t de la chose même. Ces deux volumes con-
nnent la vie de Louis de Bourbon, deuxie-
du nom, Prince de Condé.

4 *Juin* 1767. Il paroît depuis quelques jo
dans le Public une *Lettre d'un Actionnaire d*
Compagnie des Indes à MM. les Commissa
nommés à l'assemblée du 5 Avril dernier.
écrit est très-intéressant, comme politique,
cute avec vivacité l'état actuel de cette Com
gnie, & traite si mal les Administrateurs, q
ont obtenu du Gouvernement une recherch
vere sur les différens exemplaires qui s'en
pandent.

5 *Juin.* M. Merian, de l'Académie Ro
de Prusse, vient de traduire en prose *l'enlè*
ment de Proserpine, Poëme de Claudien, p
cédé d'un excellent discours sur le Poëte &
l'Epopée en général, & sur les plus illust
des Poëtes Epiques. Malgré la chaleur, les g
ces & l'élégance du style de cette traduction
on ne peut que savoir mauvais gré à l'aut
d'avoir si mal employé ses talens.

6 *Juin.* M. de la Condamine, cet h
me singulier, est attaqué d'une maladie
que & qui semble faite pour lui. Il a une par
sie sur les sens, c'est-à-dire que ses organes c
servent le même jeu, la même activité, n
sans énergie, sans que son ame ressente rie
ce qu'ils éprouvent. Il marche, il ne sait si
sur du pavé, ou sur de la laine. Il mange &
peut distinguer quelle sorte d'alimens. Le
fum des fleurs & les odeurs les plus désag
bles sont la même chose pour lui. Ses y
paroissent lui être le seul sens fidelle. Qua
l'ouïe, on sait qu'il l'a perdue depuis longté
Enfin ce sixieme sens, *tactus, heu tactus*
vum proh numina sancta ! est aussi ingrat
les autres : ses muscles vigoureux s'acqui

de leurs fonctions, mais ne rendent point à son ame le plaisir qu'ils ont donné. Il a consulté M. Tronchin, qui dit n'avoir aucune connoissance de cette étonnante situation.

7 *Juin* 1767. On écrit d'Angleterre en effet, que J. J. Rousseau, après s'être brouillé avec M. Daremport, son hôte, lui a écrit une Lettre dans le goût de celle à M. Hume, où il lui dit un éternel adieu, ainsi qu'à la Grande-Bretagne. Il a dû s'embarquer le 22 Mai pour revenir en France, ou du moins pour la traverser, & se rendre d'abord à Amiens, où ses amis l'attendent. On assure que sa tête est bien affoiblie, & sa conduite & son silence paroissent le confirmer.

8 *Juin*. M. de Chamfort vient de faire imprimer une Ode sur *la grandeur de l'homme*, qui a remporté le Prix par le jugement de l'Académie des Jeux Floraux de Toulouse. Nous osons dire que cette Ode seroit digne du célebre Rousseau.

8 *Juin*. Les nouveaux Directeurs de l'Académie Royale de Musique se disposent à remettre demain au théâtre l'Opéra d'*Hypolite & Aricie* de Rameau, réduit en quatre actes. Ils esperent que l'action en sera plus vive, & que le public n'aura pas à s'en plaindre.

10 *Juin*. La premiere répréfentation d'*Hypolite & Aricie* a eu un plein succès & fait honneur au goût & à l'intelligence des nouveaux Directeurs. On a beaucoup applaudi au nouvel air du Sr. Boyer, jeune Muficien & excellent compofiteur. Cet air, chanté par le Sr. le Gros, & accompagné par le Sieur Rodolphe, célebre cor-de-chaffe, a produit le plaifir le plus vif. On a admiré la nouvelle chaconne

pleine de chant & d'harmonie, de la compofition de M. Garinies, célebre violon. La Dlle.
Gardel, jeune Danfeufe, d'une figure gracieufe
& théâtrale, fœur du danfeur de ce nom & fon
éleve, a débuté avec fuccès par une entrée;
elle a fait entrevoir des talens fupérieurs pour
la danfe noble, dans le genre de la fameufe
Dlle. Salé.

11 *Juin* 1767. On écrit d'Amiens que Rouffeau
s'eft rendu dans cette ville, que fes partifans
l'y ont accueilli avec tout l'enthoufiafme qu'il
eft capable d'infpirer, que certains même avoient
propofé de lui rendre des honneurs publics &
de lui offrir les vins de ville; qu'un homme
plus fage a repréfenté de quelle conféquence
feroit un pareil éclat en faveur d'un accufé, dans
les liens des décrets & dans le Reffort du même
Parlement qui l'a décrété. On s'eft contenté de
le fêtoyer à huis clos, & il s'eft rendu à Fleury, où il eft chez M. de Mirabeau, l'auteur
de *l'Ami des Hommes*. On continue d'affurer
que le moral fe reffent chez lui beaucoup du
phyfique, qui eft en très-mauvais état.

23 *Juin*. Mlle. Gauffin, cette héroïne du théâtre françois, dont les talens & les graces ont été
fi chantés, eft morte il y a quelques jours d'une
maladie de langueur. Elle avoit quitté la comédie, il y a plufieurs années, & cette aimable
actrice n'a pas encore été remplacée. Elle réu-
niffoit aux charmes de la figure le fon de voix
le plus intéreffant & le jeu le plus naturel, avec
cette fenfibilité d'ame qui va au cœur. Elle avoit
époufé, il y a plufieurs années, un Danfeur
nommé *Tavolaygo*, qui la rouoit de coups &
eft mort heureufement avant elle.

15 *Juin*

15 *Juin* 1767. Mlle. Clairon avoit pris fous fa protection un jeune homme de 16 ans, de la plus jolie figure du monde. Elle en vouloit faire un acteur, & lui donnoit elle-même des leçons de déclamation ; elle fe complaifoit à le former. Il paroiffoit répondre à fes vues ; fes talens fe développoient, ainfi que fa beauté. Elle l'avoit furnommé *l'Amour*. Il n'étoit connu que fous ce nom. Par une de ces fatalités qui corrompent toutes les joies humaines, ce jeune fujet s'eft hafardé à prendre des leçons d'un autre genre & d'une autre maitreffe. La jaloufie s'eft allumée dans le cœur de la moderne Calypfo, & dans fes emportemens elle a renvoyé notre *Amour* nud, comme l'eft ce Dieu. Une pareille expulfion a donné lieu à beaucoup de commentaires parmi l'ordre des actrices & les filles du haut ftyle ; elles fe font répandues en réflexions les plus malignes fur la conduite de Mlle. Clairon.

16 *Juin. Lettre au Docteur Maty , Secré-taire de la Société Royale de Londres , fur les Géants Patagons*, in-12. On attribue cette brochure à M. l'abbé Coyer. Après une differtation agréable, légere & favante fur l'exiftence des Géants Patagons, certifiée par plufieurs voyageurs & contredite par d'autres ; après en avoir foutenu la poffibilité, l'auteur en attendant les éclairciffemens que les Anglois ont envoyé prendre fur les lieux, a imaginé d'écrire leur hiftoire avant d'en avoir les matériaux. Cette hiftoire eft une critique fine de nos mœurs, de nos ufages, de notre éducation, de notre façon de vivre, de quelques-unes de nos loix.

17 *Juin.* On parle beaucoup d'un libelle,

intitulé : *Caufes de la décadence de l'Empire François, fous le Regne de Louis XV , & fous le Miniftere de M. le Duc de Choifeuil.* On attribue ce livre à un Ex-Jéfuite, qui l'a compofé dans Avignon , & l'on affure que le Gouvernement l'a fait arréter dans cette ville avec le plus grand éclat : que fur le refus du Légat de s'affurer de la perfonne de cet auteur & de le livrer , on avoit fait marcher le Régiment de Beaufremont qui l'a enlevé de force. On l'a conduit ici , & l'on le dit à la Baftille.

19 *Juin* 1767. On vient d'imprimer deux brochures, qui fe débitent avec avidité & font extrêmement recherchées par la police.

1°. *Témoignages des différens Ordres de la province de Bretagne fur la néceffité de rétablir le Parlement de Rennes dans fon univerfalité.*

2°. *Recueil des Délibérations, Arrétés, Remontrances & Repréfentations du Parlement fur les affaires de Bretagne.*

On trouve fur-tout dans le dernier de ces ouvrages intereffans, comme hiftoriques & politiques, des traits de la plus grande éloquence & dignes de Démofthenes & de Cicéron.

21 *Juin*. M. l'abbé de Condillac eft de retour de Parme. Cet auteur, connu par différens ouvrages, avoit été nommé Inftituteur de l'Infant aujourd'hui régnant. Il fe promettoit beaucoup de chofes de fa place. Il paroît que fon ambition n'a pas été fatisfaite : ni Cordon, ni Prélature, ni dignité, nul veftige de cet honorable préceptorat. Il rentre obfcurément dans la claffe d'hommes de Lettres dont il avoit voulu fe tirer. On prétend que fon inconduite

& ses galanteries ont effarouché la Cour austere
dont il sort.

22 *Juin* 1767. On a repris aujourd'hui *Hirza* ou
les *Illinois* ; malgré tout le tems qu'a eu l'auteur de refondre sa piece, il n'en a pas profité : il s'est contenté de quelques changemens
au dernier acte.

M. de Sauvigny ayant rencontré M. le Mierre,
il lui demanda s'il avoit pleuré ? Celui-ci lui dit
que non, mais bien qu'il avoit sué.

23 *Juin.* Le particulier arrêté à Avignon,
& dont on a parlé, est sorti de la Bastille,
s'étant justifié de faits qu'on lui imputoit. Il
paroît qu'il a été victime de gens qui ont cherché à le perdre, en l'accusant comme auteur
d'un ouvrage qu'il n'a pas fait & qui peut-être
n'existe pas. On assure que le Ministere touché de ses malheurs veut l'en dédommager en
profitant de ses talens.

23 *Juin.* L'inquisition sur la Librairie
s'étend plus que jamais & l'on sévit avec une
vigueur sans égale. On prétend que Bicêtre re-
gorge de plus de cinquante colporteurs.

24 *Juin. L'Indiculus*, contenant les propo-
sitions extraites du Chapitre XV de *Bélisaire*,
n'a pas fait fortune. La Faculté s'est couverte
d'un nouveau ridicule, & l'on vient de démontrer l'absurdité du travail des Commissaires,
dans un écrit intitulé : *Les* 37 *Vérités opposées
aux* 37 *Impiétés de Bélisaire, par un Bachelier Ubiquiste.* On fait voir que dans ce grand
nombre d'assertions il s'en trouve à peine quelques-unes susceptibles de censure. Le Corps
même de théologie réprouve cet extrait, où
l'on semble avoir pris à tâche des hérésies par-

I 2

tout. Les Sages Maîtres font décontenancés par
ce début, qui ne met pas les rieurs de leur côté,
& l'on croit qu'ils prendront le parti d'en rester
là & de laisser tomber dans l'oubli cette misérable
guerre de chicane, dont ils auroient pu se tirer
victorieusement, en traitant la matiere en grand,
sans s'appésantir sur les détails.

27 *Juin* 1767. Il se répand une espece de *Mé-*
moire de faits concernant le *Prince de Tunis*,
canevas de Roman d'autant plus intéressant
que le rédacteur [M. Belot, Avocat] le prétend vrai. Il contient un précis de l'histoire de
ce Prince, victime de l'infâme trahison d'un
Religieux Dominicain Portugais, qui abusa de
la confiance du Roi, pere de cet enfant, con-
fié à ses soins, pour s'emparer de toutes ses
richesses & de ses esclaves, après être parti avec
lui sous prétexte de le conduire en Europe &
de l'y former à nos arts & à nos sciences. Cet
enfant royal, dénué de tout, sans secours, sans
pouvoir se faire entendre, est obligé pour subsister de se prêter aux plus vils ministères. On sent
combien ces situations prêtent à l'imagination,
d'autant mieux que l'Avocat n'a point cru devoir faire aucun usage de la sienne, & a rendu
les faits séchement & sans aucun pathos dont il
auroit pu faire usage.

28 *Juin.* Mlle. de la Chassaigne, jeune
actrice de la Comédie Françoise & niece de Mlle
de la Mothe, ancienne coryphée de ce théâtre,
est aujourd'hui l'objet de l'attention & de la jalousie de toutes ses camarades. Quoique peu
jolie & d'un talent très-médiocre, elle a été honorée des faveurs d'un jeune Prince [de Lamballe] nouvellement marié, & elle porte dans

ses flancs le fruit de cette union féconde. Le père du héros très religieux a pris toutes les informations néceffaires pour conftater la vérité & la légitimité du fait. En conféquence il a fait affurer l'actrice de fa protection, & l'on eft à régler fon fort, ainfi que celui de l'enfant à naître.

30 Juin 1767. L'Académie Royale de Mufique a remis fur fon théâtre aujourd'hui *le Carnaval du Parnaffe* : paroles de Fuzelier, & mufique de Mondonville. Le public a été très fatisfait de la maniere dont cet Opéra eft repris & exécuté. La gaieté du fpectacle, la variété des airs faillans & gracieux, le pittorefque des danfes ont réuni tous les fuffrages.

1er Juillet. J. J. Rouffeau n'a paffé que huit jours à Amiens, où, comme on l'a dit, il a été fort couru & fort célébré. M. le Prince de Conti l'a envoyé chercher à mi-chemin d'Amiens à Paris, & l'on préfume qu'il eft à préfent à l'Ifle-Adam : il déclare avoir renoncé à écrire, & paroît ne s'occuper aujourd'hui que de botanique.

3 Juillet. M. Baculard d'Arnaud, grand Romancier, après avoir longtems raconté les aventures de divers héros de galanterie, vient de terminer les fiennes, ou plutôt de confommer fon propre Roman, par fon mariage avec Mlle. Chouchou, marchande de modes.

2 Juillet. M. Collé vient de recueillir fes différentes pieces de théâtre; fous le titre de *Théâtre de Société.* Le premier volume contient : *Partie de Chaffe d'Henri IV. Le Roffignol. La Veuve; & le Galant Efcroc.* Il annonce un autre volume pour l'année prochaine.

Le *Galant Escroc* est un Drame charmant en
deux actes & en prose. C'est le Conte de la
Fontaine, accommodé au théâtre avec tant de
délicatesse, avec un naturel si vrai, si simple,
que la Fontaine n'eut pu qu'applaudir à ce badinage. Nous avons parlé des autres comédies.
Celle-ci est précédée des *Adieux de la Parade*
dans la Société; [c'est-à-dire à Bagnolet,] pour
laquelle ces Drames ont été composés. On avoit
représenté quelques *parades* : on s'en dégoûta
bien vîte ; ce qui donna lieu à ces *Adieux*.

4 *Juillet* 1767. *Sellius*, ce savant en *us*, connu
par de très grands ouvrages & par sa vaste érudition, mais surtout par le premier projet qu'il
apporta en France en 1743 de l'*Encyclopédie*,
vient de mourir à Charenton misérable & fol.

5 *Juillet. Vers à Madame de Richelieu,*
Abbesse de l'Abbaye aux Bois, présentés par
Mlle. de Montmorency, âgée de 9 ans.

J'entends dire de tous côtés
Qu'on n'a point de raison quand on est à mon âge.
Cependant je connois le prix de vos bontés,
J'admire vos vertus, on ne peut davantage.
Je vois de votre cœur les grandes qualités :
 Quant à votre esprit, je l'avoue,
 J'y crois comme je crois en Dieu,
 Parceque chacun vous en loue,
 Et que vous êtes Richelieu.

6 *Juillet* 1767. M. Linguet, Avocat connu par
divers ouvrages de Littérature & par une plume
énergique, vient de donner *la Théorie des Loix.*

2 *vol. in*-12. On fent qu'il eft dangereux de courir une pareille carriere après M. de Montef- quieu. Auffi l'auteur, pour s'en écarter, a-t-il été obligé de fe jetter dans des Syftêmes auffi finguliers qu'abfurdes. Mais que ne foutient-on pas dans ce fiecle audacieux ? M. Linguet ofe avancer que le Defpotifme eft le gouvernement le plus favorable & le plus naturel. La plume tombe des mains en écrivant cette affertion exécrable.

7 *Juillet* 1767. Un Chirurgien de Spalding, dans le Comté de *Lincoln*, ayant écrit en latin une Lettre à M. Rouffeau, dans laquelle il lui mar- que qu'il feroit charmé de converfer avec lui à l'occafion d'une de fes dernieres productions, qui, quoique condamnée par beaucoup de gens, a plu infiniment à lui Chirurgien ; le Genevois lui a fait la réponfe fuivante.

A Spalding, le 13 Mai 1767.

Vous me parlez, Monfieur, dans une langue littéraire de fujets de Littérature, comme à un homme de Lettres ; vous m'accablez d'éloges fi pompeux, qu'ils font ironiques, & vous croyez m'enivrer d'un pareil encens. Vous vous trom- pez, Monfieur, fur tous ces points. Je ne fuis point homme de Lettres ; je le fus pour mon malheur. Depuis longtems j'ai ceffé de l'être. Rien de ce qui fe rapporte à ce métier ne me convient plus. Les grands éloges ne m'ont ja- mais flatté. Aujourd'hui furtout que j'ai plus befoin de confolations que d'encens, je les trouve bien déplacés. C'est comme fi, quand vous allez voir un pauvre malade, au lieu de le panfer, vous lui faifiez des complimens. J'ai li- vré mes écrits à la cenfure publique, elle les

I 4

traite auſſi ſévérement que ma perſonne. A l
bonne heure ! je ne prétends point avoir e
raiſon. Je ſais ſeulement que mes intentioni
étoient aſſez droites, aſſez pures, aſſez ſalutai
res, pour devoir m'obtenir quelqu'indulgence
Mes erreurs peuvent être grandes : mes ſenti
mens auroient dû les racheter. Je crois qu'il i
a beaucoup de choſes ſur leſquelles on n'a pa
voulu m'entendre. Telle eſt, par exemple
l'origine du droit naturel, ſur laquelle vou
me prêtez des ſentimens qui n'ont jamais été
les miens. C'eſt ainſi qu'on aggrave mes fautes
réelles de toutes celles qu'on juge à propos de
m'attribuer. Je me tais devant les hommes, &
je remets ma cauſe entre les mains de Dieu,
qui voit mon cœur. Je ne répondrai donc, Monſieur, ni aux reproches que vous me faites au
nom d'autrui, ni aux louanges que vous me
donnez de vous-même. Les uns ne ſont pas
plus mérités que les autres. Je ne vous rendrai
rien de pareil, tant parce que je ne vous connois pas, que parce que j'aime à être ſimple
& vrai en toutes choſes. Vous vous dites Chirurgien : ſi vous m'euſſiez parlé de Botanique,
& des plantes que produit votre contrée, vous
m'auriez fait plaiſir, & j'en aurois pu cauſer
avec vous ; mais pour de mes livres, & de toute
autre eſpece de livres, vous m'en parleriez inutilement, parce que je ne prends plus d'intérêt
à tout cela : je ne vous réponds point en latin,
par la raiſon ci-devant énoncée. Il ne me reſte
de cette langue qu'autant qu'il en faut pour entendre les phraſes de Linnæus. Recevez, Monſieur, mes très humbles ſalutations.

8 *Juillet* 1767. Aujourd'hui M. l'abbé de la

Chapelle a fait un nouvel essai du scaphandre ou pourpoint de liége : c'est un habillement avec lequel il se tient dans l'eau, y prend toutes les positions possibles, boit, mange, fume une pipe, tire un coup de pistolet, &c. Tout cela s'est très bien exécuté.

9 *Juillet* 1767. J. J. Rousseau n'a fait que passer l'Isle-Adam, il est allé ensuite quelques jours à Fleury chez M. de Mirabeau, l'auteur de l'*Ami des hommes*, où il est resté avec beaucoup de mystere : il est actuellement en Auvergne dans le château d'un homme de qualité, qui a bien voulu l'y accueillir & y ensévelir le délire & la misere de ce Philosophe humilié.

11 *Juillet*. On annonce *la Défense de mon Oncle*, nouvelle brochure de M. de Voltaire. Il y fait parler le neveu de l'abbé Bazin. On sait que *la Philosophie de l'Histoire* a été publiée sous le nom de ce dernier, personnage chimérique, qui n'a jamais existé, & c'est ce livre qu'on veut défendre. On dit le Mémoire très plaisant. Mais malgré les prétentions de M. de Voltaire à rire & à faire rire, les gens sensés ne voient plus en lui qu'un malade attaqué d'une affection mélancolique, d'une manie triste, qui le rappelle toujours aux mêmes idées, suivant la définition qu'on donne en Médecine de cet état vaporeux : *Delirium circà unum & idem objectum.*

12 *Juillet*. Lettre écrite de St. Pétersbourg, par M. le Comte d'O.... à M. J. J. Rousseau.

Vous ne serez point étonné que je vous écrive, car vous savez que les hommes sont enclins aux singularités. Vous avez les vôtres, j'ai les miennes ; cela est dans l'ordre. Le motif de cette

I 5

Lettre ne l'eſt pas moins. Je vous vois depuis
longtems paſſer d'un endroit à un autre : j'en
fais les raiſons par la voix publique, & peut-être
les fais-je mal, parce qu'elles peuvent être fauſſes. Je vous écris en Angleterre chez M. le Duc
d'Henrichemont, & je ſuppoſe que vous y étes
bien. Cependant il m'a pris fantaiſie de vous
dire que j'ai une terre éloignée de 60 werſtes de
St. Pétersbourg, ce qui fait près de 10 lieues d'Allemagne. L'air y eſt ſain, l'eau admirable, les
côteaux qui entourent différens lacs, forment
des promenades agréables, très propres à rêver.
Les habitans n'entendent ni l'anglois, ni le
françois, encore moins le grec & le latin. Le
curé ne ſait ni diſputer ni prêcher. Ses ouailles
en faiſant le ſigne de la croix, croient bonne-
ment que tout eſt dit. Eh bien, Monſieur, ſi
jamais ce lieu-là eſt de votre goût, vous pouvez y venir demeurer; vous y aurez le néceſ-
ſaire, ſi vous le voulez; ſinon vous vivrez de la
chaſſe & de la pêche. Si vous voulez avoir à
qui parler pour vous déſennuyer, vous le pouvez; mais en tout & ſurtout vous ne ſerez gêné
en rien, ni n'aurez aucune obligation à perſonne.
De plus, toute publicité ſur ce ſéjour, ſi vous
le ſouhaitez, pourroit être encore évitée; &
dans ce dernier cas vous ferez bien, ſelon moi,
ſi vous pouvez ſupporter la mer, de faire le
trajet par eau; auſſi les curieux vous importu-
neront-ils moins ſur ce chemin, que ſur la route
de terre. Voilà, Monſieur, ce que je me ſuis
cru en droit de vous mander, d'après la reconnoiſſance que je vous ai des inſtructions que
j'ai puiſées dans vos livres, quoiqu'ils ne fuſſent
pas écrits pour moi. Je ſuis, &c.

13 *Juillet* 1767. *Réponfe de M. J. Jacques Rouffeau à la Lettre de Petersbourg.*

Vous vous donnez, Monfieur le Comte, pour avoir des fingularités, & c'en eft prefqu'une d'être obligeant fans intérêt, & c'en eft une bien plus grande de l'être de plus loin, pour quelqu'un que l'on ne connoît pas. Vos offres obligeantes, le ton dont vous me les faites, & la defcription de l'habitation que vous me deftinez, feroient affurément très-capables de m'y attirer, fi j'étois moins infirme, plus allant, plus jeune, & que vous fuffiez plus près du foleil. Je craindrois d'ailleurs qu'en voyant celui que vous honorez d'une invitation, vous n'euffiez quelque regret. Vous attendriez un homme de Lettres, un beau difeur, qui devroit payer d'efprit & de paroles votre généreufe hofpitalité; & vous n'auriez qu'un bon homme, bien fimple, que fon goût & fes malheurs ont rendu fort folitaire, & qui, pour tout amufement, herborifé toute la journée, trouve, à commercer avec les plantes, cette paix fi douce à fon cœur, que lui ont refufé les humains. Je n'irai donc pas, Monfieur, habiter votre maifon; mais je me fouviendrai toujours avec reconnoiffance, que vous me l'avez offerte, & je regretterai quelquefois de n'y être pas, pour cultiver la bonté & l'amitié du maitre. Agréez, Monfieur le Comte, je vous fupplie, mes remerciemens très-finceres & mes très-humbles falutations.

16 *Juillet.* Quoique l'avidité de notre Barreau ne prête plus aux grands mouvemens de l'éloquence ancienne, il fe trouve pourtant encore quelques occafions où nos Avocats peu-

I. 6.

vent déployer les ressorts les plus brillants de
l'art oratoire. M. Gerbier en a donné un exemple ce matin. Il faut savoir qu'un nommé *Des
Vaux*, convaincu de friponnerie à l'égard de
Madame de la Bourdonnais , a été soustrait au
supplice par égard pour sa famille. Ce malheureux a une femme honnête , qui n'avoit point
trempé dans ses coquineries : séparée de biens
de son criminel époux , elle a été dans le cas
de soutenir un procès très-bien fondé contre le
Comte de Brancas. Son Avocat adverse a eu la
barbarie de rappeler à l'audience le crime de
son mari absolument étranger à la cause. Il
croyoit par-là indisposer les juges contr'elle.
Mais M. Gerbier qui avoit eu le courage de
prendre sa défense , a tellement retorqué cet
argument , il a mis un tel pathétique dans sa
replique , qu'il a fait fondre en larmes les auditeurs , les juges & même son adversaire : alors
saisissant ce moment victorieux , il a redoublé
de sentiment & d'énergie , il a tiré ses plus
puissans moyens de ce spectacle attendrissant ,
& a gagné sa cause tout d'une voix.

17 *Juillet* 1767. On continue à spéculer sur
les étranges opérations de M. J. J. Rousseau : on
assure qu'il jouit d'un bien-être très-honnête. Il
paroit constant qu'outre 1800 Livres de rentes
qu'il a , il reçoit malgré toutes ses réclamations
la Pension du Roi d'Angleterre, qui est de 2000
Livres.

19 *Juillet*. *Les jeux de Simon de Montfort, ou les forfaits du Parlement de Toulouse.* Tel est le titre d'un nouveau Pamphlet
de Mr. de Voltaire, où il attaque & combat le
fanatisme & l'intolérance des Magistrats en

queſtion. On ſent combien ce livre doit être
défendu , & avec quelle précaution on empêche , autant qu'on peut , qu'il ne ſe multiplie.
On ſait que Simon de Montfort fut le grand
deſtructeur des *Albigeois* , ſorte d'hérétiques
contre leſquels on fit alors une Croiſade.

21 *Juillet* 1767. Le Sr. *Littret de Montigny*
vient de publier le portrait de feue Madame la
Dauphine , gravé par le même artiſte. Le tableau a le mérite de la reſſemblance & l'allégorie en eſt ingénieuſe. La France tient le portrait de Madame la Dauphine , poſé ſur un
autel antique , entouré de cyprès. Les Parques
marquent leur douleur d'avoir tranché le fil de
ſes jours. L'Amitié unit les portraits du Dauphin & de la Dauphine. La Saxe déſolée, ſous
la figure d'une femme , s'appuye ſur l'Ecuſſon
des armes de la Saxe. Un Génie éteint ſon
flambeau , & pleure ſur l'urne funéraire. On lit
au bas ces deux vers de M. Sabathier :

Sur elle envain le ſort déchaîna ſon courroux,
Il ne put l'accabler qu'en frappant ſon Epoux.

22 *Juillet.* M. le Gentil , de l'Académie
des Sciences , qui eſt dans l'Inde depuis le
voyage qu'il y avoit entrepris pour obſerver le
Paſſage de la Planete de Venus ſur le Soleil en
1769 , vient de faire ſavoir à cette Compagnie ,
qu'il ſe rendra aux Iſles Mariannes , pour y
faire ſes obſervations , les Iſles de la mer du Sud
étant indiquées par l'aſtronomie comme les plus
favorables.

22 *Juillet.* On vient d'imprimer dans le plus
grand détail tout ce qui s'eſt paſſé en Portu-

gal sur les Jésuites lors de leur expulsion du Royaume : tout cela n'apprend rien de nouveau, & ne peut-être bon que pour les ennemis aveugles de cette Société , qui reçoivent avidement tout ce qui peut multiplier ses crimes & ses attentats.

23 *Juillet* 1767. *L'Esprit du Clergé ou le Christianisme primitif , vengé des entreprises & des excès de nos Prêtres modernes. Deux Volumes , traduction de l'Anglois , du célèbre Gordon , auteur des Commentaires sur Tacite.* Quoique ce livre attaque spécialement le Clergé d'Angleterre , comme son esprit est le même partout , on peut y trouver bien des reproches communs à celui des autres Etats. Il paroit fait solidement , mais le style n'a ni chaleur , ni énergie. En général l'ouvrage est diffus , minutieux , & ne peut avoir une grande vogue , malgré tout le mal qu'il dit des Prêtres.

24 *Juillet. La Défense de mon oncle* est une brochure de plus de cent pages in-8°. C'est une plaisanterie particuliérement dirigée contre un M. Larcher , auteur obscur d'un prétendu *Supplément à la Philosophie de l'Histoire* , qui n'en est que la critique. M. de Voltaire , dont l'amour-propre s'égratigne facilement , accommode de toutes pieces ce piteux adversaire. Il enveloppe aussi dans cette facétie Fréron & autres personages , plastrons ordinaires de ses railleries. On ne peut refuser à cet écrit beaucoup de gaîté & même le feu de la jeunesse.

26 *Juillet.* Le Despotisme est le système à la mode. Il paroit un gros livre in-4°. , avec permission, intitulé *de l'Ordre naturel & essen-*

el des sociétés politiques , où l'on établit la même maxime que l'auteur de *la Théorie des oix*. Quelqu'adouciffement que celui - ci y pporte , fous quelque couleur qu'il préfente et abominable gouvernement , il ne peut que évolter tout ami de l'humanité. Cet ouvrage ft écrit fans graces , avec féchereffe , & ne orte nul intérét ; mais il eft favant & pro ond , très - métaphyfique , c'eft - à - dire très obfcur.

L'auteur eft M. Mercier de la Riviere , ci devant Confeiller au Parlement & Intendant de la Martinique. L'Impératrice de Ruffie l'a invité de fe rendre auprès d'elle , & l'aider à travailler à fon Code.

26 Juillet 1767. L'exiftence d'un certain livre , fur laquelle les Bibliographes & les Curieux n'é toient pas d'accord , eft enfin conftatée par di vers exemplaires qui ont échappé à la vigilance du Magiftrat & des perfonnes intéreffées à le profcrire & à en arréter toute diftribution. Il eft intitulé *les Sabbatines & les Florentines*. Il a 150 pages environ , eft écrit avec autant de force que de nobleffe , en forme de Mémoire ou de Roman , paroît n'embraffer d'abord que des intrigues amoureufes , mais eft entrelardé d'anecdotes politiques , relatives aux deux per fonages , auxquels on ne fait pas jouer de beaux rôles.

Ces jours derniers la Police a fait une def cente chez un M. *Samarie* , homme de Lettres qui a été attaché cinq ans au héros de cette bro chure. On a inventorié tous fes papiers. On le foupçonnoit d'avoir eu part à ce pamphlet très-diffamatoire , ou d'avoir au moins fourni des notes. On n'a rien trouvé qui l'inculpe, & on s'eft retiré fans lui déclarer le motif de cette inquifition, qu'il préfume feulement, ne voyant rien autre chofe qui ait pu donner lieu à quelqu'accufation contre lui.

27 *Juillet* 1767. *Les honnêtetés littéraires* font au nombre de 26 , formant une brochure d'environ 200 pages. M. de Voltaire , pour n'avoir pas l'air d'égoïfer trop , commence d'abord par venger quelques auteurs illuftres de leurs ennemis. Il revient bientôt aux fiens, entr'autres à un certain *Nonotte*, Ex-Jéfuite, qui a compofé un livre intitulé *Erreurs de M. de Voltaire fur les faits hiftoriques & dogmatiques*, &c. & l'on eft fâché de voir ce grand homme employer 30 pages à dire des injures à ce malheureux *Scribler*. Il donne lui-même le modele des groffiéretés qu'il reproche aux autres. Les mots de *Gueux*, de *Gredin*, de *Canaille*, &c. fe reproduifent trop fouvent. C'eft un champion qui d'abord entre en lice en riant, s'échauffe enfuite, éprouve enfin les mêmes fureurs convulfives de fon adverfaire. La profe eft de tems en tems épicée de vers, encore plus piquans. On y lit entr'autres chofes une fatyre intitulée *Montre Guignard*, qui n'eft fûrement pas une Honnêteté Littéraire.

28 *Juillet*. Dans une féance particuliere l'Académie Françoife a déclaré depuis quelques jours que M. de la Harpe avoit remporté le prix de cette année. Le fujet étoit *L'Eloge de Charles V, Roi de France*. Cet ouvrage fera lu à l'affemblée publique du 25 Août. Au refte, ce concours eft à peu près comme le jeu de bague, quand on en a enfilé une, cela va tout

le fuite. C'eſt pour la 3e. fois que M. de la Harpe eſt couronné. Il eſt *Laureat* de pluſieurs autres académies.

29 *Juillet* 1767. M. du Rozoy, auteur d'un *Siege de Calais*, qu'il prétend de beaucoup antérieur à celui de M. de Belloy, a fait jouer cette piece aujourd'hui chez M. le Duc de Grammont. Comme elle a été très-mal exécu- tée, elle perd beaucoup à la comparaiſon. Il faudroit qu'elle fût bien mauvaiſe pour être in- férieure à celle qui a été applaudic & tant baf- fouée enſuite. Du reſte, toutes deux ſont im- primées & l'on peut juger.

30 *Juillet*. Il paroît une *Paſſion de Je- ſus-Chriſt*, en quatre Dialogues & en vers. C'eſt vraiſemblablement la même que nous avions annoncée ſur le titre ſeul. Quoiqu'il en ſoit, les vers de celle-ci ſont très-bien faits ; on y re- marque une ſorte d'art, & l'on ne peut croire que ce ſoit une capucinade ou l'ouvrage d'un écolier. D'un autre côté, la nobleſſe, la décence qui regnent dans le poëme, ne doivent point faire ſuſpecter l'auteur d'avoir voulu jetter du ridicule ſur un myſtere reſpectable, fût-ce, comme on le prétend, M. de Voltaire. Imagi- nons plutôt que voulant tenter tous les genres de travaux, il ſe ſera impoſé cette tâche diffi- cile. Ainſi Corneille dans ſa vieilleſſe mit en vers l'*Imitation*, ainſi Newton commenta l'*A- pocalypſe*.

1 *Août*. Les *Ecoſſeuſes de la halle*, ambigu poiſſard, en un acte, en vers libres, mêlé de vaudevilles & de danſes, par M. Ta- conet, repréſenté pour la quatrieme fois ſur le grand théâtre des Boulevards le 25 Juin 1767.

Ce Taconet paroît avoir hérité du talent de *Vadé* pour bien faifir les caracteres, les carica-tures, les propos des femmes de la halle. Les *Ecoffeufes de la halle* font ici rendues d'après nature, avec une vérité dont quelques per-fonnes s'amuferont par fantaifie. Le théâtre re-préfente d'abord la boutique d'un marchand d'eau de vie, enfuite le carreau dé la halle. Il y a dans le cabaret beaucoup de gaîté & de chanfons, & fur le carreau de la halle de la mauvaife humeur, des injures & des batteries; enfin le tout fe termine par des chants & des danfes.

2 *Août* 1767. M. de Voltaire, qui paffe facile-ment d'un genre à l'autre, après avoir houf-pillé cette tourbe de petits auteurs qui fe font attirés fon animadverfion, donne des leçons aux Rois & plaide la caufe de l'humanité, dans une production nouvelle, intitulée *Fragmens des inftructions pour le Prince Royal de.....* *Berlin* 1767. L'ouvrage contient 7 paragraphes, qu'on termine par un *N. B, le refte manque*. À la fuite font deux petits morceaux fur le Divorce & fur la Liberté de Confcience. Cette brochure, comme tout ce qu'a fait depuis quelque tems cet auteur, eft un mélange de la morale la plus exquife avec les affertions les plus hardies & les plus dangereufes, & toujours un vernis de plai-fanteries fur les chofes les plus grâves, des far-cafmes au lieu de logique : c'eft Arlequin qui jette bientôt le manteau philofophique & fe montre à découvert.

3 *Août.* La fête que M. le Chevalier d'Arcq a donné aujourd'hui à Madame la Comteffe de Langeac étoit deftinée pour le jour de la Ma-

elaine, Patrone de cette Dame ; mais certains
réparatifs ayant manqué, & les affaires de M.
le Comte de St. Florentin ne lui ayant pas permis de se rendre à Paris plutôt, elle n'a eu lieu
que ce soir.

Cette fête a commencé par une Lotterie, une
Lanterne Magique, des Jeux de Gobelets, &c.
par tous les petits amusemens qui peuvent pré-
céder un grand & magnifique souper. Ensuite le
spectacle s'est ouvert.

Il y a d'abord eu un prologue de la composition de M. le Chevalier d'Arc, exécuté par
les enfans de Madame la Comtesse. On se doute
bien qu'il y avoit beaucoup d'esprit & des
choses très-flatteuses pour la mere & le Ministre.

On a ensuite exécuté *l'Acte de Vertumne &
Pomone*, qui doit faire partie des Fragmens que
les nouveaux directeurs se proposent de donner
à l'Opéra. Les principaux auteurs étoient le
Gros & Mlle. Rosalie. La grossesse avancée de
Mlle. Beaumenil ne lui a pas permis de se charger du rôle.

L'Opéra Comique qui a succédé, étoit intitulé
Le Bouquet, piece toute nouvelle, mêlée d'ariettes, dont Audinot est le prête-nom, mais de plusieurs auteurs en société. La Musique, très-
agréable, est aussi un mêlange de différens com-
positeurs. Audinot y a joué, ainsi que Clairval,
Mlle. Mandeville, &c. & Mlle. Dubricule,
quoique de l'Opéra, n'a point cru dégrader la
noblesse de son état en se mêlant avec des acteurs d'un spectacle du second ordre. Ce qui a
enchanté & ravi dans ce Drame, est le fille d'Audinot, âgée de fix ans. Elle a déclamé ; elle a
chanté, touché du clavecin ; dansé un menuet

& des entrées, & a reçu des applaudiffemens dans tous les genres. C'eft un prodige de la nature encore plus que de l'art.

M. Poinfinet a donné un plat de fa façon, auquel on ne s'attendoit pas, une parade la plus parfaite, c'eft-à-dire la plus obfcene & la plus orduriere ; elle a pour titre l'Ogre. C'eft en effet un Ogre, qui pour fe ragoûter demande à fon confident de la chair fraîche. Il lui faut une fille de quinze ans, &c. Bellecour faifoit l'ogre, Auger le confident, & Madame Bellecour étoit la chair fraiche, On peut juger du refte. Pour purifier ces gueulées dégoûtantes, il n'a fallu rien moins que tout le feu du ciel, concentré dans un feu d'artifice très-chaud, très-rapide, terminé par une illumination charmante, qu'a remplacé le jour auquel tout le monde s'eft retiré.

5 *Août* 1767. La Cenfure de la Faculté de Théologie au fujet de *Belifaire*, eft enfin imprimée telle quelle. Elle eft en latin & en françois, mais les fages maîtres ne veulent pas la faire paroître, que M. l'Archevêque de Paris n'ait mis en lumiere fon mandement fur le même fujet, qu'on annonce pour le 10 de ce mois. C'eft une déférence d'ufage. On ne fait encore ce qui en réfultera pour M. de Marmontel, plus récalcitrant qu'on ne l'avoit cru d'abord. Ce qu'il y a de fûr, c'eft que l'Académie Françoife ne peut garder dans fon fein un membre inculpé d'hérélie, fans la rétractation la plus formelle de la part du condamné.

6 *Août*. Les nouveaux Directeurs de l'Académie Royale de mufique ont recommencé leur Bail avec la Comédie Italienne pour le pri-

lege de l'Opéra Comique, dont elle jouit de-
uis la réunion. Ce Bail, qui n'étoit que de
2000 liv. par an, est porté à 40090 aujourd'hui.
l est pour six ans, & doit s'ouvrir à Pâques
768. Cette augmentation presque double est
ne preuve du gain excessif de ce Théâtre, qui
ne desemplit point.

7 Août 1767. L'auteur du livre *de l'Ordre natu-*
rel & essentiel des Sociétés Politiques, dont on a
parlé, s'est rendu aux instances de l'Impératrice
de Russie : moins délicat que M. d'Alembert, il
s'est cru en état de seconder les vues de cette
Auguste Souveraine dans l'administration de ses
Etats. On attend sous peu, des nouvelles de
son arrivée à Pétersbourg, & l'on est curieux
d'apprendre quel accueil la Semiramis du Nord
aura fait à ce législateur moderne.

14 *Août.* Sur l'air : *Saint Esprit, Divine Essen-*
ce, &c.

> Marmontel, ton Bélisaire
> Ne te fera pas renom,
> La Sorbonne ne veut guere
> Sauver Socrate & Platon,
> Sur leurs vertus disant non.
> Quant à ton rite arbitraire,
> Le plus sage est de se taire
> Pour éviter tout soupçon.

15 *Août.* L'Impératrice de Russie a réuni
les plus habiles Jurisconsultes de ses Etats, pour
procéder à la rédaction d'un nouveau Code, &
c'est à cette assemblée que doit présider M. de

la Riviere, qu'on attend avec impatience à Pétersbourg.

16 *Août* 1767. Mlle. Allard s'est attiré depuis peu les hommages d'un Seigneur Allemand fort riche. La lubricité de la Dame a fait tourner la tête à cet amoureux, au point qu'il a offert par écrit à l'Actrice de l'épouser. Sur son refus réitéré il a écrit une Lettre derniere, où il lui témoigne ses regrets & sa honte, il lui déclare qu'il ne voit d'autre parti à prendre que de se brûler la cervelle, mais qu'il ira la lui brûler avant. La Demoiselle effrayée est allée à M. le Lieutenant de Police, qui l'a rassurée, & lui a dit qu'il veilleroit sur elle.

17 *Août. Pasquinade sur les Carabiniers passant à Paris.*

Sont ce-là ces braves guerriers,
Enfans de Mars & de la Gloire,
Ces superbes Carabiniers
Qui fixoient partout la victoire ?
Non, répondit un franc original,
C'est Brioché, suivi de sa troupe à cheval.

17 *Août. Epitre à M. de Bussy sur le gain de son procés contre la Compagnie des Indes.*

Quand Pompée au joug des Romains
Eut soumis les Rois de l'Asie,
Et rapporté dans sa patrie
Les lauriers cueillis de ses mains ;
Il entendit la sombre envie
Jetter ses horribles clameurs
Contre la gloire de sa vie,

Contre ſes talens & ſes mœurs.
Elle appella la calomnie
Du fond de ſes antres obſcurs,
Et contre lui ſa bouche impie
Exhala ſes poiſons impurs.
Il ſe vit en proye aux outrages
Des cœurs mercenaires & vains :
Un tas d'avides Publicains
Vint inſulter à ſes images.
On les vit au mépris des loix,
En s'arrogeant des droits injuſtes
De la main du vengeur des Rois
Arracher les palmes auguſtes,
Dont Rome honoroit ſes exploits.
Aux cris du Peuple & de l'Armée
L'*Orateur Romain* s'éleva : (*)
En voyant la gloire opprimée
Sa grande ame ſe ſouleva.
Dans ſon héros aux yeux de Rome
Ce ferme & généreux ſoutien
Montra les talens du grand homme
Et les vertus du citoyen :
Des foudres de ſon éloquence
Il terraſſa les envieux,
Et le jour doux de l'innocence
Eclaira bientôt tous les yeux.
Ce Sénat qui du Capitole
Fit précipiter *Manlius*, (**)

(*) L'Avocat Gerbier.
(**) M. de Lally.

Qui fait encore fon idole
De la juſtice & des vertus,
Marqua la gloire de Pompée
Du décret le plus folemnel ;
Et la haine d'un coup mortel
Par Thémis même fut frappée.
Pour le plus grand de ſes guerriers
Rome enfin rougit d'être ingrate,
Et le vainqueur de Mithridate
Se repoſa ſous ſes lauriers.

19 *Août* 1767. Il paroît dans le public un
nouveau Mémoire pour M. Charette de la Gacherie, Conſeiller au Parlement de Bretagne. Il
tend à juſtifier ſa conduite depuis dix ans, &
remet ſous les yeux du Lecteur toute l'affaire de
Bretagne. Il eſt écrit avec force & ſimplicité.

M. Charette de la Coliniere a répandu auſſi
le ſien adreſſé, ainſi que le premier, au Roi, le
30 Mai dernier par la voie de M. le Comte de
St. Florentin. Il y expoſe les motifs de ſes diſ-
graces, y fait les mêmes réclamations que M. de
la Gacherie, & rend compte des motifs qui le
porterent en 1765 à compoſer une *Lettre à une*
perſonne de diſtinction ſur l'ancienneté & l'im-
mutabilité des Droits que les Etats & le Par-
lement ont réclamés... ſur les motifs qui ont
déterminé l'abdication des Magiſtrats... ſur
les moyens les plus ſolides pour parvenir à
une réconciliation, & rétablir la paix dans la
Province.

Cet écrit, dont il fut alors queſtion, & qui
ne parut point dans le public, avoit été ſaiſi
chez l'imprimeur avant d'être achevé. Il y a
apparence

pparence que lors de l'enlevement de M. de la
Coliniere, le 11 Novembre 1765, on trouva
bus les fcellés de fes papiers les minutes infor-
mes de ce qui devoit le compofer. L'auteur
prétend que cet ouvrage n'offre rien qui ne fe
concilie avec le devoir d'un fujet, & que le
zele pour fa patrie ne peut être un crime.

21 *Août* 1767. Le falon de peinture doit
s'ouvrir à l'ordinaire le jour de St. Louis : on
voit en attendant un tableau particulier, qu'on
n'offre point en fpectacle par des raifons de
convenance. Il a été commandé par la Chambre
du commerce de Lisbonne, à M. Vanloo d'Efpagne. Il repréfente le Comte *d'Ocyras* à fon
bureau, avec tous les attributs du miniftre &
de l'homme d'Etat. Il paroît donner des ordres
à une figure emblématique, fous laquelle eft caractérifée le Portugal. Dans le lointain on voit
le port, des vaiffeaux & des Sbires en grand
nombre, qui embarquent de force les Jéfuites,
faifant de vains efforts pour refter à terre. Cette
belle & intéreffante compofition eft de deux
peintres réunis : la partie de marine eft de
Vernet.

22 *Août. Paris* eft une brochure pofthume
de M. Chevrier. Elle paroît avoir été compofée
dans la chaleur des différends entre le Parlement & l'Archevêque de Paris. L'un & l'autre
y font également maltraités, ainfi que les miniftres & Madame de Pompadour. Toute l'hiftoire de Damiens y eft rapportée. M. de la Pou-
peliniere revient auffi fur la fcene : en un mot,
c'eft une rapfodie très-digne de fervir de pendant au colporteur : elle eft auffi méchante &
moins gaie, plus politique que galante. Le ftyle

n'en eſt pas meilleur, & cet ouvrage, comme
beaucoup d'autres, ne tire ſon mérite que de
ſes ténébres & de la rareté.

25 *Août* 1767. L'Académie Françoiſe a tenu
aujourd'hui ſa ſéance publique. Beaucoup de curieux attirés par l'envie de voir M. de Marmontel
ont été fruſtrés de leur eſpoir. Cet Académicien
n'a pas cru devoir ſe trouver à une fête littéraire & ſe propoſer à notre admiration, étant
encore ſous les cenſures Eccléſiaſtiques : il
voyage.

M. d'Alembert a lu l'*Eloge de Charles V,
Roi de France*, par M. de la Harpe. Cet ouvrage n'a pas eu les applaudiſſemens que reçoivent d'ordinaire les ouvrages couronnés. On y
a remarqué peu de faits & beaucoup de digreſ-
ſions longues, qui font de ce diſcours plutôt
une amplification de réthorique, qu'un précis
rapide & ferré de la vie de ce Monarque, qui
tient une place auſſi diſtinguée dans notre hiſtoire. D'ailleurs, l'orateur a ſoutenu ce ton magiſtrat & chagrin, mis à la mode par M. Thomas, cette cenſure amere, qui ſemble transfor-
mer l'homme de Lettres en un pédant, toujours armé de la férule pour frapper les Grands
& les Rois. Le ſtyle eſt obſcur, verbeux, entor-
tillé, plein d'antitheſes puériles, & qui même
ont quelquefois fait rire l'aſſemblée. Chaque
alinea ſe termine par une chûte épigrammatique.
Le Lecteur avoit ſoin de la marquer en enflant
la voix & ſe taiſant enſuite un moment; mais
rarement l'auditeur a répondu à cet appel par
des battemens de mains unanimes.

Il y a deux autres diſcours qui ont approché
de celui de M. de la Harpe : ils ſont imprimés.

M. le Directeur a dit ne pas connoître les auteurs.

M. Watelet a rempli la séance par la lecture
de deux morceaux de sa traduction du Tasse :
l'un tiré du Chant quatrieme, est *le Conseil des
Démons contre Godefroy* ; l'autre est le seizieme
Chant, c'est-à-dire *la Description du Palais
d'Armide, & de ses amours avec Renaud*.

Le premier Tableau exige une touche mâle
& ardente, un coloris sombre, fier & terrible. Il
faudroit le pinceau même des Graces pour rendre la délicatesse, la volupté du second. Le
crayon du traducteur sec & sans force est trop
au dessous de son original. M. Watelet tourne
bien un vers, il est correct, harmonieux ; mais
il n'a ni l'enthousiasme du Poëte, ni ce velouté
qui rend le *Tasse* si délicieux dans les peintures
d'agrément.

26 Août 1767. Les Tableaux & les morceaux
de Sculpture qui ont concouru pour le Prix de
l'Académie ont été exposés d'hier aux yeux du
public. Il y a six Emules en Peinture, & sept
dans l'autre Art : le premier sujet est *Alexandre qui tranche le Nœud Gordien* ; l'autre est
Jésus-Christ chassant les vendeurs du Temple.
C'est samedi 29 de ce mois que s'adjugeront
les Prix. Il y en a deux pour chaque genre :
les honoraires, les amateurs, les Académiciens
simples, les agréés, tous ont voix, seulement
dans cette occasion.

Le Sallon s'est ouvert *hier* : en général il a
paru nombreux & peu riche, aucun morceau
de *Pierre*, de *Boucher*, de *Greuze*. On ignore
les raisons des deux premiers. Quant à l'autre,
l'Académie s'y est opposée, elle a voulu punir

K 2

fon amour-propre : depuis onze à douze ans
qu'il eſt agréé, il n'a point encore donné ſon
chef-d'œuvre, qu'il faut fournir dans les ſix
mois : on a commencé par lui impoſer cette
peine, & s'il s'obſtine à ne point ſuivre les
regles, on ſe portera à quelque châtiment plus
fort. Ces trois auteurs abſens font un grand
vuide. On ne peut encore détailler les jugemens du Public. Beaucoup de portraits de gens
obſcurs & peu faits pour figurer dans un ſpectacle public.

N. B. On a renvoyé pour un Recueil particulier trois Lettres détaillées de l'auteur ſur le
Sallon de 1767, qui, jointes à d'autres ſur les
autres expoſitions, formeront comme un Cours
complet de Peinture fort curieux, de la part
d'un amateur auſſi diſtingué que l'étoit M. de
Bachaumont.

28 *Août* 1767. Le Panégyrique de St. Louis,
prononcé le 25 de ce mois dans la Chapelle du
Louvre par M. l'abbé *Baſſinet*, Grand-Vicaire
de Cahors, fait grand bruit. On lui reproche
d'avoir converti en cérémonie abſolument profane cet Eloge conſacré ſpécialement au triomphe de la Religion. Il en a ſupprimé juſqu'au
ſigne de croix. Point de texte, aucune citation
de l'Ecriture, pas un mot du bon Dieu ni de
ſes Saints. Il n'a enviſagé Louis IX que du
côté des vertus politiques, guerrieres & morales. Il a frondé les Croiſades, il en fait voir
l'abſurdité, la cruauté, l'injuſtice même. Il a
heurté de front & ſans aucun ménagement la
Cour de Rome : en un mot, tous les Dévots
ſont alarmés, ils traitent d'Athée cet Eccléſiaſ-

tique, & l'on craint qu'on n'arrête l'impreffion du Panégyrique.

1er. *Septembre* 1767. M. de Marmontel écrit de Spa à un ami qui lui rendoit compte de ce qui fe paffoit au fujet de fon *Bélifaire*......
L'Impératrice a fait traduire mon *Bélifaire* en langue Ruffe, il eft dédié à un Evêque du Pays : l'Impératrice Reine l'a lu & en a témoigné fa fatisfaction : les Rois de Suede, de Danemarck, de Pologne, en veulent faire leur Bréviaire. J'ai pour moi les têtes couronnées, que m'importe les cuiftres de la Sorbonne ?

3 *Septembre*. La cenfure de la Sorbonne contre le Bélifaire eft arrêtée par le Gouvernement, au fujet de certaines affertions qu'il ne veut pas paffer. Les fages maîtres, après avoir établi comme un principe du Chriftianifme l'intolérance religieufe, prétendent que l'intolérance civile en doit découler naturellement, par l'intime union entre les deux Puiffances, & par la néceffité que le Glaive de la Juftice foutienne les Foudres de l'Eglife. Le Mandement de M. l'Archevêque étant écrit dans le même efprit, effuye les mêmes difficultés ; ce qui fait beaucoup rire M. de Marmontel & fes partifans.

4 *Septembre*. M. l'abbé Baffinet ne fera point imprimer décidément fon difcours, contre lequel on s'éleve de plus en plus. On regarde cette échauffourée comme un nouvel attentat du parti Encyclopédifte contre la Religion. Ce Grand-Vicaire a prêché le même fermon à St. Roch, en y ajoutant feulement pour texte : *Erudimini, vos qui judicatis terram.* C'étoit M. Duclos qui l'avoit propofé au Curé,

K 3

fort fcandalifé du choix. Cet apôtre eft affimilé
à l'abbé de Prades. C'eft le premier difcours
qu'il ait fait en chaire. Son deffein étoit de prêcher dans Paris ; mais on échauffe M. l'Archevêque à ce fujet, on excite fon zele, & l'on
croit que la chaire fera interdite à cet orateur.

4 *Septembre* 1767. Le fervice à Notre-Dame
pour Madame la Dauphine a eu lieu hier. Les
Spectacles ont vaqué, fuivant l'ufage. M. l'Evêque de Lavaur a prononcé l'oraifon funebre : on a
trouvé qu'il ne s'en étoit pas mal tiré.

7 *Septembre*. On vient d'imprimer une
Lettre au Roi, par M. l'Evêque du Puy, fur
l'affaire des Jéfuites. C'eft une petite brochure
de 16 pages, qui paroit avoir été adreffée à
S. M. lors de la Profcription de ces Religieux.
Le Prélat y gémit de la furprife faite à la religion du Prince & des Tribunaux, impute aux
ennemis de la Société fon renverfement, met
fous les yeux du Roi tout ce qui peut militer
en faveur de cet Ordre, dont il fait le plus grand
éloge. On voit par le fait quel égard y a eu le
gouvernement.

7 *Septembre*. Lettre de M. de Voltaire à
M. l'Ambaffadeur de Ruffie à Paris.

Je vois par les Lettres dont S. M. I. & Votre
Exc. m'honorent, combien votre nation s'éleve,
& je crains que la nôtre ne commence à dégé-
nérer à quelques égards. L'Impératrice daigne
traduire elle-même le chapitre de *Bélifaire* que
quelques hommes de college calomnient à Paris.
Nous ferions couverts d'opprobre fi tous les
honnétes gens, dont le nombre eft très-grand
en France, ne s'élevoient pas hautement contre
ces turpitudes. Il y aura toujours de l'ignorance,

de la fottife & de l'envie dans ma patrie : mais il
y aura toujours de la fcience & du bon goût. J'ofe
vous dire même qu'en général nos principaux
Militaires, & ce qui regarde le Confeil, les
Confeillers d'Etat & les Maitres des Requêtes,
font plus éclairés qu'ils ne l'étoient dans le beau
fiecle de Louis XIV. Les grands talens font
rares, mais la fcience & la raifon font plus
communes.

Je vois avec plaifir qu'il fe forme dans l'Europe une République immenfe d'efprits cultivés.
La lumiere fe communique de tous côtés ; il me
vient fouvent du Nord des chofes qui m'éton-
nent. Il s'eft fait depuis environ 15 ans une révolution dans les efprits qui fera une grande
époque. Les cris des pédans annoncent ce grand
changement, comme les croaffemens des cor-
beaux annoncent le beau tems.

Je ne connois point le livre [de M. de la
Riviere] dont vous me faites l'honneur de me
parler. J'ai bien de la peine à croire que l'auteur en évitant les fautes où peut être tombé
M. de Montefquieu, foit au-deffus de lui dans
les endroits où ce brillant génie a raifon. Je
ferai venir fon livre. En attendant, je félicite
l'auteur d'être auprès d'une Souveraine qui fa-
vorife tous les talens étrangers, & qui en fait
naître dans fes Etats. Mais c'eft vous fur-tout
que je félicite de la repréfenter fi bien à
Paris, &c.

8 *Septembre* 1767. A la derniere fête que
M. le Prince de Condé a donné hier à Chan-
tilly, il y a eu entr'autres furprifes celle d'un
Amour, qui eft forti au deffert d'un Ananas. Ce
rôle étoit repréfenté par un nain de 12 ans,

K 4

d'une figure charmante, très-bien pris dans sa petite taille & qui a chanté les couplets suivans, avec toute la grace possible, sur l'air *Il faut, quand on aime une fois, aimer toute sa vie, &c.*

Sous différens traits tour-à-tour
   J'ai paru pour vous plaire,
Mais à vos regards en ce jour
   Je m'offre sans mystere :
Reconnoissez en moi l'Amour
   Qui cherche ici sa mere.

Mais dans mon cœur en ce moment
   Je sens un trouble naître,
Ici chaque objet est charmant,
   Ah ! que le tour est traître !
Maman, Maman, Maman, Maman,
   Comment vous reconnoître ?

Vous refusez de m'éclaircir,
   De me tracer ma route,
Eh bien ! je vais vous en punir,
   Je vous adopte toutes.

Ces Couplets sont de M. Poinsinet.

9 *Septembre* 1767. Il s'est établi depuis quelque tems en Allemagne un ouvrage périodique, sous le titre de *Courier du Bas-Rhin.* On peut juger combien il doit être recherché, par l'extrait ci-joint : *mois de Juillet* 1767.

Le Prince aux clefs jadis terribles,
A six cadavres insensibles

Donne féance en paradis,
Et par mépris pour ce bas monde
Laiffe errer & périr fur l'onde
L'élite de fes bons amis.

« On débite ici [ajoute-t-il] la Relation de
la canonifation de fix Saints que le Pape vient
d'inftaler en Paradis. Ces Efculapes divins
ne feront pas là-haut fans rien faire : notre
St. Pere leur a affigné à chacun leur Département dans les vaftes champs des maux phy-
fiques qui défolent le meilleur des mondes
poffibles : l'un guérira de la goute, l'autre
du catharre, celui-ci des vapeurs, celui-là
de la migraine. Ah! fi quelque jour le Pape
envoyoit un Saint en Paradis qui eût la vertu
de guérir le mal que St. Côme ne guérit pas
toujours ! »

11 *Septembre* 1767. Chanfon fur le jeu de
Whisk, par M. de *Plainchêne* ; fur l'air : *ah!
ne v'la-t-il pas j'aime*, &c.

Whisk aimable, Whisk féduifant,
    Tu charmes ma Bergere,
Il faut que tu fois amufant,
    On te joue à Cythere.

Ta marche eft celle des Amours.
    Le fecret t'environne.
C'eft le côté du cœur toujours
    Qui dirige la Donne.

Hymen peut te regarder noir
    Par jufte antipathie,

K 5

Car qui ne fait que son devoir
Chez toi perd la partie.

Tes tableaux offrent à nos mœurs
Des traits philosophiques,
Le hasard donne les honneurs,
Le savoir fait les triques.

De la retourne tout dépend,
Apprenons à nous taire,
On tâte, on invite, on s'entend
Avec sa Partenaire.

Belles, pratiquez ma leçon,
Employez l'artifice,
Moins on montre son Singleton,
Plus il rend de service.

Afin de plaire à votre ami
Ayez quelque renonce,
Au point de Huit on fait un cri
Bien digne de réponse.

Pour faire le Schelem fameux
Mettez chacun du vôtre,
On n'obtient ce triomphe heureux,
Qu'en entrant l'un dans l'autre.

Etes-vous malheureux, pharez,
De Paphos c'est l'usage
Après le Robe retiréz,
Le bonheur est volage.

14 *Septembre* 1767. On attribue à M *Cailhava*
d'Eßandoux, auteur de la Comédie du *Tuteur*

lupé, les vers fuivans envoyés à Mlle. Dange-
ille, le jour de fa fête.

L'aimable Dieu des cœurs
Dans l'empire de Flore
Dévançant ce matin le lever de l'aurore
Compofoit un Bouquet des plus brillantes fleurs.
Les Graces défiroient d'en former leur parure,
Même defir preffoit les Jeux & les Talens;
Quand l'Amour fouriant de leur jaloux murmure
Leur a dit : ,, fuivez-moi, vous ferez tous contens.
Il part, il vole à vous, émule de Thalie :
Il foupire, il dépofe à vos pieds fon préfent;
Et les rivaux charmés en vous reconnoiffant
S'empreffent d'en parer leur Eleve chérie.

19 *Septembre* 1767. M. *Franklin*, ce Phyficien
mémorable pour les expériences de l'Electricité
qu'il a faites & pouffées en Amérique au point de
perfection le plus curieux, eft à Paris. Tous les
Savans s'empreffent de le voir & de conférer
avec lui.

21 *Septembre*. Qui croiroit que dans ce fiecle
on pût mettre au jour un ouvrage tel que le fuivant ? Ce font deux énormes volumes in-4°.
811 pages, fur *l'état des morts heureux de
l'ancien Teftament*. Il a pour titre : *Thomæ Ma-
ria Mamachi Ord. Prædic. Theol. Cafanatenfis,
De animabus Juftorum in finu Abrahæ ante
Chrifti mortem expertibus beatæ vifioni Dei :
libri duo*.

21 Septembre. *Tableau Philofophique de
l'hiftoire du genre humain, depuis la création
du monde jufqu'à Conftantin*, ouvrage prétendu

K 6

traduit de l'anglois, en trois parties, avec cette
Epigraphe : *aliud quæritur quam corrigatur
error ut mortalium.* C'eſt encore une production de M. de Voltaire, qui a voulu lutter cette
fois-ci contre Boſſuet. Mais c'eſt un nain qui
s'élève en vain ſur la pointe des pieds pour atteindre un ſuperbe géant. L'auteur ne perd point de
vue de ſapper toujours la révélation & tout ce
qui ſert de baſe à la Religion. Il ne le fait point
ici ſi ouvertement que dans ſes autres écrits, il
s'y prend plus ſourdement. C'eſt un ton d'ironie perpétuelle qui dépare tout-à-fait l'hiſtoire
& eſt indigne de Sa Majeſté. Au reſte, l'ouvrage
eſt rapide & ſerré, embraſſe en moins de volumes beaucoup plus de faits que *l'Hiſtoire Uni-
verſelle* de l'Evéque de Meaux.

23 *Septembre* 1767. L'inconſtance de M. J. J.
Rouſſeau ne lui a pas permis de ſe fixer en Auvergne, il eſt revenu en Normandie par la méme
raiſon. Il a repris les travaux littéraires qu'il
diſoit avoir ſacrifiés à la Botanique : il continue
actuellement ſon *Dictionnaire de Muſique,* dont
il envoye les feuilles à meſure à Paris : on en a
déja avancé l'impreſſion.

24 *Septembre.* Tout ce qui tient à la deſtruction des Jéſuites ſemble devoir faire titre
contr'eux pour en prouver la légitimité. On
rapporte une Lettre ſoi-diſant écrite par Sainte
Théreſe, le 21 Février 1579, au Pere Gratien,
ſon Confeſſeur, qui lui avoit ordonné de lui
rendre compte de ce que Dieu lui feroit connoître dans ſes oraiſons. L'original de cette Lettre ſe conſerve, dit-on, dans les archives du
définitoire général des Carmes-Déchauſſés de
Madrid.

« Le Seigneur m'a dit [fur les Jéfuites, dont
» Ste. Thérefe étoit occupée] ils rendent &
» rendront même de grands fervices à l'Eglife,
» mais la captivité & la domination qu'ils ga-
» gneront, flattera fi fort leur vanité, que
» s'écartant de plus en plus ils dégénéreront
» fi fort en héréfie, que l'on fera forcé de les
» détruire, & il n'y en aura plus dans deux
» cent ans ».

Voilà ce que des fanatiques de nos jours regardent comme une Prophétie : on ne la rapporte
que pour montrer l'inconféquence & la foibleffe
de ce fiecle philofophe.

25 *Septembre* 1767. Il paroît une petite brochure qui a pour titre : *Cas de Confcience fur la*
Commiffion établie pour réformer les Corps Ré-
guliers. L'auteur prétend y prouver que les Réguliers ne peuvent en confcience, ni la reconnoître,
ni fe prêter à fes opérations qu'il difcute dans
le corps de l'ouvrage, en obtempérant aux ordres qu'elle leur a donnés de lui apporter leurs
conftitutions & réglemens, leurs titres de fondation & des mémoires fur l'état de leurs maifons & les fujets qui les compofent : qu'ils doivent au contraire prendre toutes les voies que
les loix leur ouvrent pour faire échouer une
telle entreprife, y former oppofition pardevant
le Parlement. Que fi la voie légale de l'oppofition ne réuffit pas, ils doivent implorer la
médiation du Souverain Pontife. Cet écrit,
comme l'on voit, fronde abfolument l'établiffement de la Commiffion, & y fait intervenir
l'intérêt général de la Religion, en ce que cette
Réforme ne feroit dans la réalité qu'une vraie
deftruction de tous les Corps Religieux, qui

rejailliroit fur elle, fur l'Etat & plus particuliérement encore fur le Clergé féculier.

30 *Septembre* 1767. L'Académie Royale de
Mufique doit donner dans quelques jours le
Prologue des amours des Dieux, dont le fujet
eft une fête célébrée par les Sarmates à la mémoire d'Ovide : paroles de Fuzelier, Mufique
de Monnet.

Amphion, nouvel Acte, dont le Poëme eft
de M. Thomas, & la Mufique de M. de la
Borde.

Théonie, paftorale nouvelle de M. Poinfinet
pour les vers, & de M. le Berton pour la
Mufique.

1er. *Octobre. Le Porte-feuille du R. F.
Gillet, ci-devant foi-difant Jéfuite, ou petit
Dictionnaire dans lequel on n'a mis que des
chofes effentielles, pour fervir de Supplément
aux gros Dictionnaires qui renferment tant
d'inutilités.* On lit à la tête de cet ouvrage un
Eloge hiftorique du R. F. Gillet, perfonnage
fictif & ridicule, qui donne lieu à quelques plai-
fanteries. Le Dictionnaire eft pareillement dans
un ton ironique, fatyrique & plaifant.

2 *Octobre*. Lorfqu'en 1691 le célebre *Halley*
annonçoit aux aftronômes les paffages de Vénus
fur le Soleil en 1761 & 1769, il étoit bien
éloigné fans doute de prévoir qu'une pareille
annonce intérefferoit les habitans de la Ruffie.
L'Impératrice vient de donner des ordres pour
que la conjonction de Vénus fur le Soleil en
1769 foit obfervée en huit différens lieux de
fes vaftes poffeffions. Les autres Puiffances con-
courent également à cette grande opération,
& tant de préparatifs de toutes parts annoncent

fon importance. Elle feule peut faire connoître avec précifion la parallaxe du foleil & par conféquent fa diftance à la terre, d'où dépend la connoiffance des diftances de toutes les planetes au foleil & à la terre, celle de leurs grandeurs abfolues & de leurs forces attractives.

L'obfervation dont il s'agit, fera d'autant plus précieufe, que celle de 1761 eft devenue prefque inutile par le concours d'une multitude de circonftances défavorables. D'ailleurs, après celle-ci il s'écoulera 105 années avant que le même phénomène ait lieu.

3 *Octobre* 1767. Aujourd'hui les Elèves protégés, entretenus pendant trois ans à l'Ecole Royale dont M. Vanloo eft Directeur, & M. Dandré Bardon, Profeffeur pour l'Hiftoire, la Fable, la Géographie & le Coftume, ont expofé leurs ouvrages dans la Galerie d'Apollon. Cet ufage, établi depuis deux ans, pour renouveller & fuppléer celui qui fe pratiquoit autrefois à Verfailles, a pour objet de foumettre au jugement de l'Académie Royale de Peinture & de Sculpture les études des Penfionnaires du Roi, à qui elle adjuge le premier prix, & de la mettre en état d'évaluer leurs progrès à leur retour de Rome.

Le Sr. Gallet, Peintre, Eleve de M. Boizot, a expofé un tableau d'environ 9 pieds fur 6, repréfentant l'Affomption de la Vierge, en figures de grandeur naturelle.

Le Sr. Bardin, Peintre, éleve de M. Pierre, a offert un tableau de même grandeur, ou Saint Charles Borromée eft peint adminiftrant le viatique aux peftiférés de Milan.

Le Sr. Menageau, clerc de M. Boucher, a

montré un tableau d'environ 6 pieds fur 4, où l'on voit Bethfabée au bain, accompagnée de deux fuivantes qui la fervent.

Le Sr. Beauvais, Sculpteur, éleve de M. Coufton, a expofé, 1°. un modele en argile repréfentant l'inconfolable Rachel, déplorant le deftin de fes fils maffacrés : 2°. un petit enfant qui, avec un ruban, attache une lettre fous les ailes d'un pigeon : 3°. un Portrait d'après nature.

Le Sr. Julien, auffi éleve de M. Coufton, a dévoilé fes talens dans un grouppe de Vénus & l'Amour, piqué par une abeille. Le même a auffi expofé un petit enfant, qui tient en main du papier & un ftilet, prêt à faire réponfe à la lettre que porte le Pigeon mentionné ci-deffus.

Le Sr. Senechal, éleve de M. Falconet & de M. le Moine, a expofé l'Amour adolefcent qui s'amufe avec fon Carquois.

On voit par ces ouvrages que les Penfionnaires protégés difputent entr'eux à qui faura mieux mériter les bontés de l'Académie, les graces de M. le Marquis de Marigny & les bienfaits du Roi.

4 *Octobre* 1767. Epigramme de M. Piron, contre le *Bélifaire* de M. de Marmontel, & l'*Hilaire*, parodie de ce Roman, attribuée à l'abbé Coyer, ou à l'Avocat Marchand.

> L'un croit que par fon *Bélifaire*
> *Télémaque* eft anéanti;
> L'autre prétend que fon *Hilaire*
> Vaut le *Virgile travefti*.
> Voilà l'Hélicon bien loti.

Maçon de l'Encyclopédie,
Et vous, homme à la Parodie,
A bas trompette & flageolet ;
Que l'un rcfte à l'Académie,
Que l'autre aille chez Nicolet.

5 *Octobre* 1767. Le fameux Maffé, fi renommé pour la miniature, eft mort ces jours-ci, âgé de près de 80 ans. Il étoit Peintre du Roi, garde des Plans & Tableaux de Sa Majefté.

6 *Octobre.* L'exceffive licence qui regne depuis quelque tems fur les matieres les plus refpectables, eft portée à fon comble. On voit journellement les écrits les plus repréhenfibles, revêtus du fceau de l'immortalité par la voie de l'impreffion. Tels font *les Doutes fur la Religion*, fuivis de *l'Analyfe, ou Traité Théologico-politique de Spinofa, par le Comte de Boulainvilliers.* Il y a tout lieu de préfumer que ce dangereux & criminel ouvrage eft plus celui d'un auteur vivant, que du feu Comte, fous le nom duquel on le met.

8 *Octobre.* L'Académie Royale d'Architecture établie par le feu Roi, étoit compofée de deux claffes, & l'on ne parvenoit à la premiere qu'après avoir paffé par la feconde. M. Douailly, fujet diftingué, ayant été préfenté pour y être admis, des motifs particuliers, fuite d'une animofité fecrette entre M. Gabriel & M. de Marigny, a fait rejetter de la part de MM. de l'Académie le Candidat protégé par ce dernier contre les partifans de M. Gabriel. Comme on a vu qu'il y avoit de la cabale, le Roi a envoyé une lettre de cachet pour faire recevoir l'afpirant non-feulement dans la feconde claffe, mais tout

de fuite dans la premiere. Sur ce , beaucoup de repréfentations de la part de MM. de l'Académie pour ne pas obtempérer à l'ordre de S. M. Cette affaire a été fufpendue quelque tems, parce que M. de Marigny étoit aux eaux de Spa. Depuis fon retour, fur le compte qui a été rendu au Confeil de tout ce qui s'eft paffé dans cette affaire , qui eft devenue une affaire de parti , le Roi, pour y mettre ordre , a fupprimé l'Académie d'Architecture, & a fait écrire à tous les membres qu'elle fe propofoit de la rétablir dans une nouvelle forme , qui préviendra tous les différends furvenus.

9 *Octobre* 1767. Chaque architecte a reçu une Lettre de cachet , portant ordre de ne pas porter le titre d'Architecte du Roi, & faifant défenfes de s'affembler. C'eft une fuite de la fuppreffion de l'Académie d'Architecture, dont on vient de parler. Les Gabrieliftes renvoyent le tort à M. de Marigny , ils prétendent qu'il avoit fait conjointement avec eux un Réglement, qui défendoit aucun intrus dans ce Corps qui ne fût éprouvé &c. & qu'il a voulu effager l'enfreindre en pouffant parmi eux , de fon autorité , un quidam fans capacité & fans connoiffances.

9 *Octobre*. La Comédie Françoife ayant accepté un plan de reconftruction, augmentera l'étendue de la façade de deux maifons qui l'avoifinent & de deux baraques fur le derriere. Pendant les travaux, la Comédie jouera fur le théâtre actuel de l'Opéra. On parle déja de la piece de début. On prend *Athalie* , où l'on fuivra *le Cofthume Grec :* on y rétablira les chœurs ; en un mot, on jouera cette tragédie avec tout l'appareil qu'on y mit à Saint Cyr.

10 *Octobre* 1767. M. Luneau de Boisjermain, ange de M. de Voltaire & Editeur en consé-uence d'un nouveau *Racine*, enrichi d'un commentaire en 6 volumes, annonce qu'enfin n ouvrage sera prêt inceffamment. Il fait dans ne Lettre circulaire aux journalistes du 24 Sep-mbre l'énumération de fes travaux & de fes ines ; felon lui, cet ouvrage eft très curieux, ès intéreffant & très bien fait.

10 *Octobre*. M. *d'Arnaud* annonce de fon té que parmi le nombre de contrefactions du rame du *Comte de Comminges*, il y en a une ont on ne fauroit trop fe défier. Il la cite, il it qu'elle eft remplie de fautes groffieres & dit ue la troifieme Edition avouée par l'auteur aroîtra dans le courant de Novembre prochain, nfi que la fuite de la collection intéreffante hiftoires dont quelques-unes ont déja été pu-liées. Il annonce auffi *Euphémie*, autre Drame e fa compofition, dans le goût du *Comte de* ommnges. Il ajoute qu'on trouve encore chez es libraires des exemplaires de Sidney & Silly. u'ils y reftent !

11 *Octobre*. L'Académie de Deffin établie Florence eft la plus ancienne que nous con-oiffions en Europe, & celle auffi d'où font ortis les plus grands Deffinateurs, les Sculp-eurs, les Architectes & les Peintres les plus élebres. Cette Académie exiftoit en 1389 ; elle prouva des révolutions qui la jetterent dans la angueur jufqu'au tems du Grand Duc Ferdi-and de Médicis, qui lui rendit fon premier clat & qui voulut qu'il y eût de tems en tems, e jour de la fête de St. Luc, protecteur de ette Académie, une expofition publique des

ouvrages jugés les plus parfaits. La premiere
exposition fut faite en 1705, & depuis en 171
1724, 1729, 1737. Le Grand Duc régnant
rétabli cet usage. En conséquence l'Académi
a fait une exposition publique au sujet de la
quelle M. le Chanoine Borso Pio Bonsi a pu
blié un ouvrage, intitulé. *Il trionfo delle bell*
arti, &c. dans lequel il s'est attaché à prou
ver l'utilité des Beaux-Arts.

13 *Octobre* 1767. On montre clandestinement
une gravure très plaisante. Elle représente un hom
me portant une hotte sur ses épaules : il tient
la main une canne à bec de corbin ; il cherche
dans les ruisseaux & dans tous les tas d'ordures
Du bout de son bâton sort des rouleaux de papier
intitulés : *Arrêts du Conseil.* Il a des lunettes su
le nez & paroît avoir la vue fort courte. Au
bas est écrit : *au grand chifonnier de France.*
On devine facilement quel Ministre caracté
rise cette charge. La figure d'ailleurs est for
ressemblante : c'est M. de Laverdy, Contrôleur
général.

14 *Juillet.* L'Académie Royale de Musique
a mis hier sur son théâtre de nouveaux Fragmens, précédés du *Prologue des Amours des
Dieux.* Ils forment deux Ballets en un acte chacun. Le premier a pour titre *Théonis*, sujet
d'imagination du Sr. Poinsinet, Musique de le
Breton & Compagnie. Le second est *Amphion*,
paroles de M. Thomas de l'Académie Françoise,
& Musique de M. de la Borde, l'un des premiers valets de chambre du Roi. A en juger
par l'accueil qu'ils ont reçu du public, on en
auroit peu d'opinion, & les Poëmes ne sont pas
faits pour prêter à la Musique. On a cherché à s

étayer par des Ballets agréables, qui ont
manqué leur but. En général, à cette pre-
ere repréfentation on a été fort mécontent.

15 *Octobre* 1767. Extrait d'une Lettre de Corfe
14 Août... Le célebre Prince Héraclius de
orgie a envoyé à notre général Paoli un pré-
nt de fix fuperbes chameaux, avec une Lettre
phatique dans le goût du ftyle oriental. Il
it ainfi : ,, Grand Prince, daigne accepter au
zénit de ta gloire, le tribut d'un homme glorieux d'être né dans le même fiecle de Paoli,
& de fentir tout ce que valent fes belles qualités, de les admirer, & de n'en pas brûler
de la moindre étincelle de jaloufie. ,,

15 *Octobre*. Extrait d'une Lettre de Rome du
5 Septembre 1767... Le Pape a perdu une très
elle collection de Médailles concernant l'Euro-
e. C'étoit une fuite fervant à l'hiftoire de plufieurs
ecles. Ce Pontife les avoit fait dépofer dans fa
hambre pour plus grande fûreté. On ne doute
as que quelque curieux n'ait fouftrait le tréfor.
a Sainteté offre une pleine abfolution à ce vo-
eur virtuofe, & une récompenfe à celui qui
apportera le larcin.

16 *Octobre*. L'affaire de l'Académie Royale
Architecture fait beaucoup de bruit parmi les
rtiftes. Voici la Lettre par M. Marigny, de
ordre du Roi, à chacun des membres : ,, A
aris ce 2 Octobre. Le Roi n'a pu voir, Mon-
eur, fans un nouveau mécontentement, la
onduite que vient de tenir fon Académie d'Ar-
hitecture & notamment fon manque de refpect
& de foumiffion aux derniers ordres de S. M.,
notifiés par ma Lettre à l'Académie le 18 Juillet
dernier.

„ S. M. informée d'ailleurs des abus qui f.
font gliffés dans l'Académie & voulant y reme
dier, en fubftituant à ce Corps un établiffemen
plus propre à remplir fes vues, tant pour l
progrès que pour l'enfeignement d'un art auff
utile que l'Architecture, m'ordonne de vou
mander, que jufqu'à ce qu'elle ait fait plu!
particuliérement connoître fes intentions fu
l'établiffement qu'elle projette, elle révoque 8
annulle le Brevet par lequel elle vous a admi.
au nombre des membres de fon Académie.
vous défendant très expreffément de vous qua-
lifier déformais des titres que le Brevet vous avoit
conférés, & de vous trouver dans aucune affemblée pour y agir fous lefdits titres, ou relativement à la poffeffion que vous en avez eue
jufqu'à préfent. „

18 *Octobre* 1767. Il vient de fe paffer une aven-
ture très comique & très vraie. Un particulier
venant du grand Caire a rapporté une momie,
comme un objet de curiofité pour orner un
cabinet. Paffant par Fontainebleau il a pris le
coche d'eau de la Cour pour fe rendre à Paris.
Mais, par oubli, en faifant emporter fes baga-
ges, il a laiffé la boëte qui contenoit la momie. Les commis l'ont ouverte, ont cru y voir
un jeune homme étouffé à deffein, ont requis
un Commiffaire, qui s'eft rendu fur les lieux,
avec un Chirurgien auffi ignorant que lui. Ils
ont dreffé procès-verbal & ordonné que le cadavre feroit porté à *la Morgue* pour y être
expofé & reconnu par fes parens ou autres,
& qu'on informeroit contre les auteurs du
meurtre. Cela a excité une grande rumeur dans
le peuple indigné de l'atrocité du crime, dont

on l'a inftruit, & fur lequel on a forgé cent
conjectures plus criminelles les unes que les autres. Le propriétaire de la *Momie*, s'étant apperçu de fon étourderie, a retourné au coche
réclamer fa boëte. On l'y a arrêté, on l'a conduit chez le Commiffaire, qu'il a rendu bien
honteux en lui démontrant fa bévue, fon ignorance. Pour retirer de la Morgue le cadavre
prétendu, il a fallu fe pourvoir par devant M.
e Lieutenant Criminel ; ce qui a rendu très publique cette hiftoire, qui fait l'entretien de la
Cour & de la ville.

18 *Octobre* 1767. On parle beaucoup d'un
*Mémoire Hiftorique & Critique fur l'affaire
des Diffidens de Pologne*. On l'attribue à M. de
Voltaire : il eft encore fort rare.

19 *Octobre*. M. de Villette vient de faire
imprimer un *Eloge de Charles V*. Il declare
dans une Lettre à M. de Voltaire, qui fert de
préface à l'ouvrage, qu'il n'a point été préfenté à l'Académie, qu'il n'étoit pas même deftiné à la publicité, mais que cédant à l'inftance
de fes amis indulgens, & d'un Libraire avide,
il l'expofe au grand jour &c. Cet Eloge n'eft
point mal fait, il eft plus rempli de traits fatyriques, que celui de M. de la Harpe, & d'ailleurs eft bien écrit. On y remarque feulement
trop de comparaifons. Il eft décoré de tous les
honneurs typographiques. On obferve que l'auteur en mettant fon nom à la tête de l'ouvrage,
n'a point pris la qualité de Marquis. Le Cenfeur
[M. Marin] la lui reftitue en comblant le Manufcrit des plus grands eloges.

20 *Octobre*. *Les Prêtres démafqués ou
les Iniquités du Clergé Chrétien* : ouvrage tra-

duit de l'anglois. Ce livre contient quatre di
cours d'un livre publié à Londres en 1742, fo
le titre de *the ax laid to the root of Chriſti*
Prieſtcraft, by a Layman, vol. in-8.° Ce q
ſignifie : " la coignée miſe à la racine de l'in
„ poſture facerdotale chez les Chrétiens, pa
„ un Laïc. „

Cet ouvrage n'a rien de recommandable, quan
au fond, ni de neuf ; il n'eſt point mal écrit
mais traite la matiere d'une façon trop timide
pour qu'il faſſe grande ſenſation.

21 *Octobre* 1767. Mlle. Durancy, excédée de
tracaſſeries qu'elle eſſuyoit journellement à l
Comédie Françoiſe, vient de quitter ce ſpectacle
elle repaſſe à l'Opéra. Les vrais connoiſſeurs l
regrettent.

21 *Octobre*. L'Académie d'Architecture eſt ré
tablie ; & le nommé Douailly, qui avoit été l
ſujet de cette tracaſſerie, eſt agréé & reçu d
la premiere claſſe. Les choſes reſtent dans l
même état. Il paſſe pour conſtant que les Mi
niſtres avoient fomenté ces troubles, pour don
ner un croc en jambe à M. de Marigny, & l
faire ſauter ; mais le Roi, dans un Conſeil ten
ſur cette affaire, ayant fini par dire : *j'aime Ma*
rigny, & je veux qu'on arrange tout à ſa ſa
tisfaction, il a fallu entrer dans les intention
de S. M. Du reſte, le ſujet n'eſt point auſſi m
diocre qu'on l'avoit annoncé, c'eſt un homm
modeſte & qui n'avoit point demandé à entre
dans cette compagnie : c'eſt M. de Marigny qu
de ſa grace l'a ſollicité de ſe mettre ſur les rangs
& a pris la choſe ſur lui.

22 *Octobre. Lettre de M. de Voltaire à M.*
Marquis de Villette, en réponſe à celle que ce
lui

...ci a écrite au premier, & qui eſt imprimée à la tête de ſon Éloge de Charles V.

Votre ſage héros, ſi peu terrible en guerre,
Jamais dans les périls ne voulant s'engager,
    Il ne ravagea point la terre,
    Mais il la fit bien ravager.

Votre amitié, Monſieur, pour M. de la Harpe, vous a empêché de compoſer pour l'Académie, mais vous avez travaillé pour le public, pour votre gloire & pour votre plaiſir. Je vous ai deux grandes obligations; celle de m'avoir témoigné publiquement l'amitié dont vous m'honorez, & celle de m'avoir fait paſſer une heure délicieuſe en vous liſant. Puiſſiez-vous être auſſi heureux que vous êtes éloquent! puiſſiez-vous mépriſer & fuir ce même public pour lequel vous avez écrit!

M. de la Harpe reviendra bientôt vous voir; il a été un an chez moi : s'il avoit autant de fortune que de talens & d'eſprit, il ſeroit plus riche que feu Montmartel. Il lui ſera plus aiſé d'avoir des prix de l'Académie que des Penſions du Roi. Lui & ſa femme jouent la Comédie parfaitement : M. de Chabanon auſſi. Notre petit théâtre a mieux vallu que celui du Fauxbourg St. Germain. Vous nous avez bien manqué. Vous devez être un excellent acteur, car, ſans rire, vous jouez tous vos contes à faire mourir de rire.

Conſervez vos bontés pour un vieillard, dont elles feront la conſolation, & qui vous ſera véritablement attaché juſqu'au dernier moment de ſa vie, &c.

                À Ferney, le 4 Octobre 1767.

23 *Octobre* 1767. *Charlot, ou la Comtess[e]*
Givry, eſt un Drame tragi-comique, en [tr]
actes & en vers, joué au château de Ferne[y]
mois de Septembre. Il eſt de M. de Volta[ire]
& n'en eſt pas digne aſſurément. Quoique
touche comique n'ait jamais été merveilleu[x]
elle eſt du plus mauvais goût dans cet ouvr[age]
très-froid, très-triſte, & dont aucun caract[ère]
n'eſt développé qu'aux noms des acteurs. [On]
aſſure qu'il a broché très-promptement cela,
il y paroit. Il dit dans un bout de Préface,
le fond de la piece eſt *Henri IV*, mais qu'il
oſé mettre ce Roi ſur la ſcene, après M. Co[rneille]
En effet ; il eſt perpétuellement queſtion d[u]
Prince, qui ne paroit pas, & qui opere pourt[ant]
le dénouement. Rien de plus bizarre que [cet]
embrion dramatique tout à fait informe.

25 *Octobre*. La brochure qu'on avoit anno[ncée]
ſous le nom de *l'Impoſture ſacerdotale*, tra[ns]
pire, & il y en a quelques exemplaires à Paris. [Elle]
porte ce titre en effet, ou *Recueil de Pie[ces]*
ſur le Clergé, *traduites de l'anglois*.

La premiere eſt le tableau fidele des Pap[es]
traduit d'une brochure angloiſe de M. Daviſ[on]
publiée ſous le titre de *A true Picture of*
pery. On ſe doute bien que dans cet abr[égé]
effrayant on a ſeulement réſumé toutes les h[or]
reurs commiſes par quelques chefs de l'Egli[ſe]
que l'hiſtoire Eccléſiaſtique même eſt forcée [d'a]
vouer. La ſeconde, de *l'Inſolence Pontifica[le]*
ou *des prétentions ridicules du Pape &*
flatteurs de la Cour de Rome, extrait de la p[ro]
feſſion de foi du célebre *Giannone*, par M. [Da]
viſſon. Le titre ſeul annonce combien ce m[or]
ceau doit être plaiſant. Que d'abſurdité[s]

d'extravagances débitées fur pareille matiere !
La troifieme, *Sermon fur les fourberies & les
impoftures du Clergé Romain*, traduit de l'anglois fur une brochure publiée à Londres en
1735, par M. *Bouru de Birmingham*, fous le
titre de *Popery à Craft*. L'auteur prend ici la
chofe au férieux, & pretend prouver, 1°. que
la Religion Romaine eft une invention purement humaine : 2°. qu'elle ne fut inventée que
pour obtenir des richeffes, du pouvoir, de la
grandeur, ou pour exalter les prêtres & leur
affervir le refte du genre humain. La quatrieme,
le Prêtrianifme oppofé au Chriftianifme, ou la
Religion des Prêtres comparée à celle de Jéfus-
Chrift, ou Examen de la différence qui fe trouve
entre les Apôtres & les membres du Clergé moderne : publié en anglois en 1720. Le titre feul
annonce combien il prête à une fatyre malheureufement trop vraie. La cinquieme, *des Dangers de l'Eglife*, traduit de l'anglois fur une
brochure publiée en 1669, par M. Thomas Gordon, fous le titre d'*Apology for the danger of
the Church*. L'auteur combat cette affertion ordinaire dans ce fiecle : que l'Eglife eft en danger. Il prétend que c'eft le cri de guerre du fa-
cerdoce. La fixieme & derniere piece eft *Symbole d'un Laïc, ou Profeffion de foi d'un homme
défintéreffé*, traduit de l'anglois de M. Gordon,
fur une brochure publiée en 1720, fous le titre
the creed, of an independant Wigh.
Cette Profeffion de foi, comme on s'en doute
bien, eft celle d'un homme qui n'en a point, &
la fatyre de ceux qui en ont. On ne fait fi malgré les titres tout ceci eft traduction, & l'ou-
rage du même traducteur. En général, le ftyle

L 2

eſt lâche, diffus, embaraſſé, comme les ouvrages anglois.

26 *Octobre* 1767. Les nouveaux Directeurs de
l'Académie Royale de muſique, voulant mettre
le bon ordre & une diſcipline févere dans leur
département, avoient fait rayer le fameux Veſ-
tris, qui depuis longtems ſe donne les airs de
s'abſenter une partie de l'année pour courir l'Allemagne. Il a été ſenſible à cette expulſion; il
a fait interpoſer l'autorité des Puiſſances étrangeres : on compte qu'il aura la liberté de rentrer
& qu'il paroîtra inceſſamment.

26 *Octobre*. La brochure intitulée *Doutes ſur*
la Religion, ſuivie de l'analyſe du Traité Théologico-politique de Spinoſa, commence à péne-
trer dans ce pays-ci. Quoique ces ouvrages ſoient
attribués au Comte de Boulainvilliers, on reconnoît facilement dans le premier la tournure
d'eſprit & le ſtyle de M. de Voltaire. A travers
les objections fortes qui s'y trouvent & qui ne
font pas de lui, on y démêle ce ton d'ironie qui
le caractériſe. Il y a ſpécialement dans le Chapitre ſur l'Egliſe & les Conciles, un Dialogue
entre l'Egliſe & un Indien, où il ſe dilate la
rate, & s'en donne à cœur joie. Il y prend le
ſingulier plaiſir de faire dire à la premiere bien
des ſottiſes & des abſurdités.

Quant au ſecond traité, il eſt moins ſuſcep-
tible de plaiſanterie. C'eſt une diſcuſſion aſſez
ſeche, mais dangereuſe, de l'authenticité des
livres de l'Ecriture Sainte, & c'eſt toujours un
projet abominable que d'avoir mis à portée du
commun des lecteurs & réduit à peu de pages
l'énorme diſſertation de cet athée, dont le
poiſon ſe trouvoit noyé dans un fatras de ver-

si biages , qui fembloit en arrêter l'activité : l'en-
nui gagnoit avant l'erreur , l'in-folio tomboit des
mains.

*27 Octobre 1767. Vers de M. de la Harpe à M.
de. Voltaire, pour le jour de St. François.*

> François d'Affife fut un gueux.
> Et fondateur de gueuferie ,
> Et fes difciples n'ont pour eux
> Que la craffe & l'hypocrifie.
> François, qui de Sale eut le nom
> Trichoit au piquet, nous dit-on ;
> D'un faint zele il fentit les flammes,
> Et vainquit celles de la chair,
> Convertit quatre vingt mille ames
> Dans un pays prefque défert.
> Ces pieux foux que l'on admire ,
> Je les donne au diable tous deux ,
> Et je ne place dans les cieux
> Que le François qui fit *Alzire.*

Bouquet au même , par M. de Chabanon.

L'Eglife dans ce jour fait à tous les dévots
Célébrer les vertus d'un pénitent auftere :
Si l'Eglife a fes Saints, le Pinde a fes Héros,
Et nous fêtons ici le grand nom de Voltaire.

> Je fuis loin d'outrager les Saints,
> Je les refpecte autant qu'un autre,
> Mais le Patron des Capucins
> Ne devroit guère être le vôtre.

Au fond de ces cloîtres bénis
On lit peu vos charmans écrits,
C'eſt le temple de l'ignorance.
Mais près de vous, ſous vos regards,
Le Dieu du goût & des Beaux Arts
Tient une école de ſcience.
De reſſembler aux Saints je crois
Voltaire aſſez peu ſe ſoucie,
Mais le cordon de St. François
Pourroit fort bien vous faire envie :
Ce don, m'a-t-on dit, quelquefois
Ne tient pas au don du génie.
Allez, laiſſez aux bienheureux
Leurs privileges glorieux,
Leurs attributs, leur récompenſe :
S'ils ſont immortels dans les cieux,
Votre immortalité ſur la terre commence.

Réponſe de M. de Voltaire.

Ils ont berné mon capuchon :
Rien n'eſt ſi gai, ni ſi coupable.
Qui ſont donc ces enfans du diable,
Diſoit Saint François, mon Patron ?
C'eſt la Harpe, c'eſt Chabanon :
Ce couple agréable & fripon
A Venus vola la ceinture,
La lyre au divin Apollon,
Et les pinceaux à la nature.
Je le crois, dit le penaillon,
Car plus d'une fille m'aſſure
Qu'ils m'ont auſſi pris mon cordon.

28 *Octobre* 1767. On prétend que ceux du Corps Municipal de la ville de Calais commencent à fentir l'indécence d'avoir prodigué des honneurs auffi peu mérités à M. de Belloy. Ils rougiffent de voir dans leur falle d'affemblée figurer un poëte médiocre parmi nos Rois, & tenir un rang qui n'eft dû qu'à des héros ou aux peres de la patrie. On a propofé de revenir fur une pareille Délibération, & de fubftituer à cette effigie le portrait du fameux François Duc de Guife, qui a repris cette ville en 1558, dont les Anglois étoient en poffeffion depuis la conquête d'Edouard.

28 *Octobre*. M. de Marigny a écrit le 13 de ce mois une Lettre à tous les membres de l'Académie d'Architecture, pour regarder comme non avenue celle qui leur avoit été adreffée le 2 ; & le même jour M. le Comte de St. Florentin en a écrit une de la part du Roi à M. Gabriel ; avec ordre de la rendre commune à tous les Académiciens pour leur annoncer la même chofe ; S. M. confirmant fans tirer à conféquence la réception du Sr. Douailly dans la premiere claffe, comme on a dit, & blâmant la conduite de l'Académie envers M. le Marquis de Marigny. Sur cette Lettre de M. le Comte de St. Florentin & fur celle de M. de Marigny, tous les Académiciens fe font affemblés extraordinairement hier mardi, chez M. Gabriel, pour y arrêter des réponfes. L'Académie étant en vacances & n'ayant pas cru devoir s'affembler au Louvre, la rédaction de ces Lettres n'a pu être fixée entiérement, ils ont continué leur affemblée à ce jour mercredi.

29 *Octobre*. On a accordé la liberté aux

Juifs d'entrer dans le Commerce de France ,
conféquemment dans l'ordre de citoyens & dans
les charges municipales. Un cauftique a fait le
quatrain fuivant :

> Jéfus , pardonne l'infamie
> De ces Pharifiens nouveaux ,
> S'ils ont chaffé ta Compagnie ,
> C'eft pour adopter tes Bourreaux !

29 *Octobre* 1767. La *Théologie portative , ou
Dictionnaire abrégé de la Religion Chrétienne ,
par M. l'Abbé Bernier , Licencié en Théologie ,*
n'eft point de M. de Voltaire. On fent bien
auffi que cet Abbé Bernier n'eft qu'un auteur
pfeudonyme.

Ce Dictionnaire eft précédé d'un difcours
préliminaire , dont l'objet eft de prouver que les
Théologiens font la Religion , & que la Religion
n'a jamais que les Théologiens pour objet. Ce
réfumé fuffit pour annoncer combien le fond de
cet ouvrage eft vicieux. L'auteur adopte une
ironie perpétuelle , mais fon ftyle eft foible ,
lâche & trivial. Les articles alphabétiques du
livre font dans le même ton de raillerie. L'Impiété y regne plus fouvent encore. Le fel grof-
fier de l'Ecrivain & fa plaifanterie lourde fervent de contre-poifon. On en peut juger par
l'article *Cordeliers :* " Moines mendians , qui de-
„ puis 500 ans défient l'Eglife de Dieu par leur
„ tempérance , leur chafteté & leurs beaux ar-
„ gumens. Ils ne poffedent rien en propre ; leur
„ foupe , comme on fait , appartient au Saint
„ Pere „.

30 *Octobre.* Suivant un ufage antique &

folemnel, le lundi d'avant la St. Simon & la St.
Jude fe prêtent les Sermens au Châtelet, & ce
jour-là un de MM. les gens du Roi traite un
point relatif aux fonctions de la Magiftrature.
M. Duval Defprémenil, Avocat du Roi à cette
jurifdiction, s'y eft diftingué par un difcours,
dont le texte étoit *de l'ambition du Magiftrat*.
Il a parlé fur cette matiere avec une éloquence
peu commune & avec ce feu qui ajoute encore
au talent de l'orateur. On y a remarqué des
portraits qui entroient dans fon fujet, qui ne
font pas reftés fans application : on a cru y reconnoître Mrs. Laverdy, Langlois, de Calonne,
Lambert ; ils ont fait la plus vive fenfation
dans l'affemblée ; on y a applaudi avec fureur,
comme aux éloges des grands hommes qui ont
occupé les premiers rangs de la Magiftrature,
& dont la conduite mife en oppofition a fait
encore davantage reffortir celle qui a été l'objet
de la cenfure publique. M. Defprémenil n'a
que 22 ans, il joint aux difpofitions les plus
grandes une mémoire très-heureufe. Cette
Mercuriale fait grand bruit & ne plaît pas à tout
le monde.

30 *Octobre* 1767. Un auteur a préfenté aux
François une tragédie, qui a pour titre *les Vef-*
tales. Elle a été reçue, & les Comédiens fe
difpofoient à la jouer. Elle a été portée au tribunal de la Police, fuivant l'ufage. On y a
trouvé des chofes fi fortes contre les couvens,
qu'on a cru devoir en faire part à M. l'Archevêque : fa Grandeur en a référé à la Sorbonne,
& les fages maîtres font actuellement à l'examiner.

31 *Octobre*. La chaîne des auteurs irréli-

L 5

gieux continue. Aux libelles fcandaleux dont
on a parlé déja , il en fuccede de nouveaux :
un des plus dangereux eft *le Militaire Philofophe*. Quoique ce livre attribué à M. de Voltaire , foit profcrit en France , on ne le voit pas
fans étonnement s'y introduire par lambeaux
dans un nouvel ouvrage périodique , intitulé
le Courier du Bas-Rhin. Cette inconféquence
du Gouvernement allarme les gens fages , d'autant que l'Ecrivain en queftion paroît par tout à
la fois l'organe de la fatyre , de l'obfcénité & de
l'impiété.

31 *Octobre*. On doit fe rappeler la *Requête
des Marchands & Négocians de Paris au
Roi , contre l'admiffion des Juifs*. L'agent de
la Nation Juive Portugaife de Bordeaux & de
Bayonne y a répondu par une Lettre circulaire ,
contenant des obfervations fur quelques paffages de la Requête des fix Corps contre ces
Juifs , & fur la réponfe anonyme de cette
Lettre. Le même agent a repliqué & relevé une
partie des altérations & des inexactitudes répandues dans la Requête & dans la Réponfe
anonyme , écrite avec plus de paffion que de
véritable raifon.

1 *Novembre*. C'eft un M. de Fontanelle ,
qui eft l'auteur des *Veftales*. Il eft connu par une
traduction récente en profe des *Métamorphofes
d'Ovide*. On dit du bien de fon Drame , qui eft
en trois actes : on affure qu'il n'y a qu'un acteur
mâle. On doute que la Sorbonne qui en eft toujours en poffeffion , donne les mains à fa repréfentation.

1 *Novembre*. Madame *Bontems* , veuve du
premier valet de chambre , femme jolie , ça-

oricieuse & répandue dans un grand monde , a
reçu il y a quelques jours par la petite poste
une Lettre , où un inconnu qui signe *le Chevalier de Vertumne* , lui fait une Déclaration &
lui promet deux mille écus de pension , si elle
veut seulement avoir la complaisance d'aller à
l'Opéra le plus souvent qu'il lui sera possible ,
& regarder dans le Parterre en entrant. Il assure
qu'il va souvent à ce spectacle , & qu'il sera
content de cette marque de bienveillance. Il
envoye 500 Livres en conséquence pour le premier mois d'avance , & ainsi de suite.

Madame Bontems , au lieu de jetter la lettre au feu , de donner les 500 Livres au curé
de la paroisse , de garder un profond silence
sur cette avanture , & de laisser se morfondre
dans le Parterre de l'Opéra ce bizarre soupirant,
a porté la lettre & l'argent chez M. le Lieutenant Général de Police , a exigé des recherches & a fait un grand quanquan : ce qui a
donné de la publicité à son histoire & l'a couverte de ridicule.

2 Novembre 1767. Les nouveaux Directeurs
de l'Académie Royale de Musique , voulant
prouver leur zele au public , & curieux d'ailleurs
de faire une récolte abondante cet hiver , ont
tenté les derniers efforts pour engager Geliotte
à reparoître sur la scene. Ils lui ont offert jusqu'à mille louis pour un certain nombre de
représentations. Ce moderne Orphée est resté
inflexible.

3 Novembre. Le Sr. Taconet a mis en parodie l'histoire très-véritable de la momie dont
on a parlé. Cette piece a un succès prodigieux.
Le Commissaire *Rochebrune* , qui est le héros

de l'avanture , a fait beaucoup de démarches auprès de M. de Sartines pour arrêter le cours de cette facétie , mais en vain ; le fage Magiſtrat n'a point cru hors de propos qu'on bernât un peu l'ineptie de ce fuppôt de la Police.

8 *Novembre* 1767. Les curieux vont en foule admirer une nouvelle Grille poſée depuis peu au chœur de St. Germain l'Auxerrois , paroiſſe du Roi , c'eſt-à-dire des Tuilleries. C'eſt un ouvrage merveilleux , très-propre à mettre en vogue le ferrurier qui l'a travaillée. Mais ce qu'il y a de plus remarquable , c'eſt une délibération du Chapitre , qui , ayant fait marché avec l'artiſte pour le prix & ſomme de 38000 Livres , y a joint dans ſon enthouſiaſme & par une acclamation unanime une gratification de 12000 Livres.

12 *Novembre*. *Les Veſtales* , Tragédie dont on a parlé , ſont tellement déflorées & polluées par les ſages maîtres , qu'il n'y a plus moyen de les préſenter au public dans l'état de turpitude où ces vieux Docteurs les ont miſes. M. de Fontanelle prend le parti de remettre ſon Drame dans le porte-feuille.

12 *Novembre*. Une Dame Reich , qui chante au concert de la Reine , l'une des plus belles voix de l'Europe , à ce que l'on prétend , vient d'être gagée pour l'Opéra. Tous les amateurs attendent ſon début avec impatience.

13 *Novembre*. Séance publique de l'Académie des Belles-Lettres.

On a lu un Mémoire de M. Guignes fur les Annales Chinoiſes , où l'on fait voir , 1º. l'inexactitude de l'ancienne chronologie des Chinois : 2º. le peu de progrès qu'ils ont fait dans l'aftronomie , qu'ils paroiffent n'avoir connue que par les obfervations qui avoient été faites avant eux dans la ville de Babylone : 3°. l'obfcurité de leur hiftoire ancienne , où l'on ne trouve , au lieu de faits , que des principes de morale. On y prouve que ces peuples ne font pas auffi anciens que plufieurs perfonnes le prétendent.

M. l'Abbé de la Bletterie , a lu enfuite la préface de fa traduction des fix premiers livres de Tacite , où il annonce qu'il remplira par lui-même & d'après fes feules recherches les trois années qui manquent dans fon auteur. Cette préface , où il y a des regles fur la traduction & des réflexions fur la différence des langues Latine & Françoife , eft bien écrite , & offre plufieurs traits fins , plaifans & agréables. On imprime actuellement cet ouvrage à l'Imprimerie du Roi.

On a lu auffi un Mémoire de M. l'Abbé Bellot fur une médaille antique du Cabinet de M. le Duc d'Orléans , ou plutôt fur une Cornaline ou pierre gravée des Coloffiens & fur la Déeffe de la Fortune dont elle porte le nom infcrit. Ce mémoire eft très-froid , très-ennuyeux & n'eft que favant , ou plutôt inutilement rempli d'érudition.

La Séance a été terminée par la lecture que M. Bouchaud a faite de la premiere partie d'un Mémoire fur les Publicains ou Fermiers des impôts à Rome. Cette lecture , vaguement érudite , auroit été bonne à faire dans les Ecoles de Droit. Les Eleves de Jurifprudence y auroient appris bien des chofes que l'Académicien auroit dû oublier dans le fanctuaire des Belles-Lettres.

14 *Novembre* 1767. L'Académie des Sciences a tenu aujourd'hui fon affemblée publique de rentrée d'après la St. Martin : n'y ayant aucun Eloge à lire, ni aucune annonce à faire, toute la féance a été employée à la lecture de divers Mémoires.

M. le Marquis de Courtenvaux a lu la relation de fon voyage, tant en mer que fur terre, pour la vérification de quelques inftrumens d'aftronomie, fervant à la recherche des longitudes, à l'occafion de la Pendule ou Montre Marine du Sr. Harrifon, Horloger Anglois, à qui le Parlement d'Angleterre a accordé un prix confidérable.

Deux 'autres montres conftruites à même deffein, l'une du Sr. le Roi, l'autre du Sr. Berthoud, Horlogers de Paris, ont fait auffi partie de cet examen. On a trouvé dans ces Pendules, plus d'exactitude que dans les inftrumens de l'Anglois, qui n'a cependant obtenu que la moitié du prix propofé en 1774 par le Gouvernement d'Angleterre. Les inftrumens de Mrs. de . . . . . , celui de M. de Valois & celui de M. l'Abbé Rochon, ont été cités avec éloge.

M. l'Abbé Nollet a lu diverfes expériences fur l'explofion de la poudre à canon, qui lui ont fourni des obfervations curieufes & bien des reffources d'épargne.

M. Tenon a lu un grand mémoire fur les dents, fur leur formation, leurs maladies & leur guérifon. Dans ce mémoire il y a bien des chofes qui doivent plaire aux amateurs de

rt. L'auteur prétend avoir découvert douze
ents nouvelles dans les animaux carnaciers,
tels que le cheval, l'homme, &c. En effet ces
dents font des dents entées fur d'autres dents.
On a vu cela avec étonnement fur des dents de
cheval en nature, qui étoient fur la table de
l'Académie.

M. Ferrein a lu un mémoire fur les principes
& fur la méthode de la Médecine Théorique &
Pratique, en réponfe à plufieurs objections qu'on
a coutume de faire contre la certitude de cette
fcience. Ce mémoire n'eft qu'un radotage, où
le bon homme ne fait ce qu'il dit. M. le Comte
de Maillebois l'a prié, par le confeil du Directeur & de M. le Duc de Chaulnes, d'en refter
aux trois quarts de fon mémoire.

M. Cadet a lu fes expériences fur l'analyfe
du borax, qui eft, comme on fait, un fel très
propre à faciliter la fonte des métaux, & il a
fait voir que le fel fédatif marin entre effentiellement dans le borax. M. Cadet fe reconnoît
redevable de cette découverte, aux tentatives
de M. M. Bourdelin, Baron, &c.

M. l'Abbé de Chappe a terminé la féance par
le projet du voyage qu'il doit faire en plufieurs
parages de la mer du Sud, pour y obferver le
paffage de la Planete de Vénus fur le difque du foleil, phénomene utile & précieux pour conftater
la véritable diftance du foleil à la terre, qui arri-
vera en 1769, après être arrivée en 1761, &
après avoir été prédit & décrit par M. Halley,
il y a près de 80 ans; mais qu'on ne reverra
peut-être pas de quelques fiecles. M. de Laverdy
a fait fournir tous les inftrumens propres à ce
voyage.

18 Novembre. 1767. On a vu un écrit publié sous l'intitulé de *Cas de Conscience proposé & décidé par des soi disant Théologiens & Canonistes, au sujet de la Commission Royale pour l'examen des Réguliers.* C'est l'ouvrage attribué à *Dom Clemencé.* Un anonyme vient d'y répondre, sous le titre de *Réflexions,* & paroît l'avoir refuté aussi fortement que solidement.

19 Novembre. Lettre à Son Altesse Monseigneur le Prince de *** sur Rabelais & sur d'autres auteurs, accusés d'avoir mal parlé de la Religion Chrétienne. Brochure in-8°. de 134 pages.

On ne pourroit qu'applaudir au but de l'auteur, si dans le précis des ouvrages qu'il présente, il s'étoit occupé sérieusement à les combattre ; mais on ne voit que trop que son objet est moins de les refuter que de remettre sous les yeux du Lecteur les opinions dangereuses des Porphyres, des Celses & des Juliens, adoptés & rajeunis par les auteurs de la ligue morne conjurée pour sapper & renverser le Christianisme jusques dans ses fondemens. Cet ouvrage, pour tout dire, est de M. de Voltaire. Il contient des faits curieux & intéressans. La partie historique en est très bien faite.

22 Novembre. On publie une Estampe agréable, qui rend avec la plus grande vérité la Demoiselle Allard & le Sr. Danberval dansant le pas de deux, qui leur attire tant d'applaudissemens dans le second acte de l'Opéra de *Sylvie.* Ces vers au bas de l'Estampe expriment très bien le moment dans lequel ces danseurs sont représentés :

Sur fa fierté la nymphe fe repofe :

Son amant perd déjà l'efpoir de l'attendrir ;

Mais elle le regarde en fongeant à le fuir.

Nymphe qui rêve aux tourmens qu'elle caufe,

Touche au moment de les guérir.

24 Novembre 1767. L'opéra de Philidor a
été joué aujourd'hui avec une affluence qui ne
peut fe comparer qu'à celle qu'on vit aux François aux célebres journées des *Philofophes* &
de *l'Ecoffoife*. Toutes les loges étoient louées :
il y avoit du monde dès midi , & la falle re-
gorgeoit, ainfi que les corridors , les galeries ,
les avenues. Le Poëme en trois actes eft de
Poinfinet, comme on l'a déja annoncé, & a
pour titre *Ernelinde*. Le fujet eft la réunion des
trois couronnes du Nord. Nulles images, un
Drame tout fimple, tout nud, une tragédie
mauvaife, mife en mufique & avec le feul fpectacle naiffant du fujet. Voilà le fquelette offert
par l'auteur au public & annoncé depuis longtems comme un coloffe qui devoit écrafer tous
les opéra anciens & modernes. Auffi n'a-t-il
point produit l'effet qu'on en efpéroit. On a
trouvé de beaux morceaux dans la mufique ,
un récitatif obligé , très favamment fait & très
bien chanté. On ne peut refufer des éloges au
Compofiteur. On y remarque beaucoup de talent. Mais il eft bien loin du degré de perfection qu'exige le théâtre lyrique. Il feroit difficile de prononcer en dernier reffort fur cette
nouveauté, & il faut la voir plufieurs fois pour
juger de l'effet qu'elle fera fur les efprits & fur
les oreilles en général. On n'a pas été fatisfait
à cette premiere repréfentation. Les amis du

Muficien accufent le Poëme, qui à la vérité ne prête pas au chant & à la fcene.

25 *Novembre* 1767. Les Florentins font les premiers qui aient établi chez eux une Académie d'Agriculture, mais cet établiffement fi utile, & à l'imitation duquel il s'eft formé depuis peu un grand nombre de Sociétés d'agriculture, n'avoit point encore pris une forme réguliere. Il vient de la recevoir par un refcrit du Grand Duc de Tofcane, donné le 31 Juillet dernier, lequel porte entr'autres difpofitions que cette Académie diftribuera tous les ans un Prix confiftant en une médaille d'or de la valeur de 25 fequins, à l'auteur de la meilleure piece qui fera envoyée à l'Académie fur un fujet par elle propofé. La médaille repréfentera Minerve avec une branche d'olivier, donnant la main à Cérès, caractérifée par les épis dont elle eft la Déeffe, & à Bacchus, affis fur un tonneau & couronné de pampre; avec cette infcription autour : *Rei agrariæ augendæ*; & fur le revers : *Præmium in Academiâ Florentinâ de re rufticâ* ARCHID. PETRI LEOPOLDI M. E. D. *liberalitate conftitutum, anno* 1767.

26 *Novembre*. Un plaifant a fait l'Epigramme ou chanfon fuivante, fur le nouvel l'Opéra de Poinfinet :

> La Mufe gothique & fauvage,
> De Poinfinet,
> La Mufe a fait caca tout net.
> A Philidor rendons hommage,
> Et réfervons le perfiflage,
> A Poinfinet.

27 *Novembre*. L'affluence avoit prodigieufe.

ment diminué aujourd'hui à l'Opéra : à cinq heures & demie on entroit encore facilement dans le Parterre, & l'on a pu juger avec plus de réflexion & de tranquillité. On continue à rejetter sur la méchanceté du Poëme & des paroles le peu de succès dans cet Opéra. Ce défaut empêche l'effet des beautés muficales que Philidor a répandues dans fon ouvrage, & qui étant faites pour produire de l'intérêt, n'y réuffiffent que foiblement, lorfque le charme eft détruit par les abfurdités. Le grand morceau du Muficien eft un récitatif obligé, dont on a déja parlé, & qui auroit pu ramener le fpectacle des *Eumenides* d'*Efchyle*, fi ce qui l'occafionne eut été plus vrai, ou plus vraifemblable, ou mieux préparé. *Ernelinde* forcée par le tyran à choifir entre fon pere & fon amant, fe détermine, comme de raifon, mais non dans l'ordre des paffions, pour fon pere. Son choix à peine eft fait, que la douleur, les remords la tourmentent : elle croit entendre l'ombre de fon amant lui reprocher fon ingratitude. L'accompagnement de ce récitatif eft exécuté en partie par des cors, qui par des *Crescendo* admirables, peignent à l'imagination les cris d'une ombre plaintive. On trouve encore des *Duo*, un *Trio*, un ou deux Chœurs de la plus grande beauté, &, quoi qu'en difent les détracteurs de ce genre, des fymphonies & des airs de Danfe fort agréables dans le Ballet de la fin. On fe perfuade, malgré tout cela, que cet Opéra ne fe foutiendra pas. Ce feroit une grande perte pour les Entrepreneurs, qui ont fait beaucoup de dépenfe.

28 *Novembre* 1767. L'Empereur de la Chine a envoyé en France par la Compagnie des Indes

des deſſins magnifiques de Conquêtes , pour être
gravés par nos meilleurs artiſtes. M. le Marquis
de Marigny préſide à l'exécution de cet ouvrage.

29 Novembre 1767. Sur l'Opéra de Philidor.

Qui veut de tout, de tout aura,
Qu'il aille entendre l'Opéra ,
Chant d'égliſe , chant de boutique,
Du bouffon & du pathétique,
Et du romain & du françois,
Et du baroque & du niais,
Et tout genre de ſymphonie,
Marche , fanfare *& cætera ;*
Rien ne manque à ce Drame-là ,
Sinon eſprit, goût & génie.

29 *Novembre.* M. Dorat vient de faire paroître *la Danſe*, chant quatrieme , qui manquoit à ſon *Poëme de la Déclamation.* Il eſt
précédé de notions hiſtoriques ſur la Danſe, &
ſuivi d'une *Réponſe à une Lettre de Province.*

1*er Décembre.* Enfin la Faculté de Théologie vient de publier ſa Cenſure contre *Béliſaire;*
elle forme un volume in 4°, françois & latin , de
231 pages. Elle s'eſt reſtreinte à 15 propoſitions ,
qu'elle diſſeque, & dont il réſulte la condamnation la plus détaillée. Elles ſont toutes extraites du Chapitre XV. Mais les ſages maîtres annoncent que s'ils examinoient à la rigueur d'autres Chapitres, pluſieurs mériteroient auſſi de
fortes qualifications. On doit ſe rappeler que
les Commiſſaires avoient d'abord propoſé à la
Cenſure de la Sorbonne 37 aſſertions. Ce choix
n'a pas été ſuivi en tout.

Cette Censure est terminée par une espece de Profession de foi sur la tolérance civile, en ce qui concerne la Religion : article bien délicat & sur lequel la Faculté de Théologie s'explique de façon à ne point laisser prise sur l'opinion qu'elle veut donner de ses sentimens à l'égard des droits de l'Eglise envers les Puissances de la terre. La conclusion de cette Censure, portée dès le 26 Juin dernier, a essuyé beaucoup de contradictions, ce qui en a retardé la publication.

3 *Décembre* 1767. M. le Chevalier de Ressiguier, connu par des vers satyriques contre Madame la Marquise de Pompadour, qui lui ont mérité sa détention à Pierre-Encise pendant plusieurs années, se trouvoit, il y a quelques jours, à souper chez M. le Lieutenant Général de Police avec beaucoup de monde. Il y avoit entr'autres personnes M. Daisne, Maitre des Requêtes, nommé depuis peu à une Intendance. Ce dernier parloit des Parlemens d'une façon peu patriotique. M. de Ressiguier voulut lui en faire sentir l'indécence. L'autre ne fit que confirmer & soutenir ses assertions. La conversation s'échauffa entr'eux à tel point, que M. Daisne repliqua vivement à l'autre : ,, en tout cas, Monsieur, si mes propos vous déplaisent, ils ne ,, me feront pas mettre à Pierre-Encise. ,, — *Vous avez raison, Monsieur, ils sont d'un homme qui n'est digne que de Bicêtre.*

3 *Décembre.* On ne peut omettre une Pantomime exécutée le dimanche 29 Novembre au dernier bal de l'Opéra. Une troupe de six masques est entrée, trois habillés dans le costhume des différens Rois, personnages de l'Opéra

moderne, avec des infcriptions qui les caracté-
rifoient : un 4e faifoit *Ernelinde*, & portoit écrit
fur fon front *femme impie* [hémiftiche répété
fouvent :] le 5e en habit déguenillé, en mauvaife perruque, avec un domino de papier couvert de vers, tirés du Poëme, figuroit la
Poéfie. Le dernier étoit revétu d'un domino
auffi bariolé de toutes fortes de nores de Mufique.
De ces deux figures la premiere paroiffoit fe
foutenir fur l'autre & la faire chanceler. Ce
groupe, après s'étre promené beaucoup dans
l'affemblée & s'étre fait remarquer de tout le
monde, s'eft remis au milieu de la falle, & ils
font tombés tout enfemble & tout-à-plat.

5 *Décembre*. Deux filles du commun, nées
à Compiegne & venues pour fe fouftraire à une
fuite de malheurs, y ont donné dans leur obfcurité le fpectacle rare de l'amitié la plus conftante & la plus courageufe. Leur vertu eft heureufement venue à la connoiffance de Madame
la Comteffe de Forcalquier, elle en a fait part
à Madame la Marquife du Deffant, & ces deux
Dames ont excité la charité de M. le Duc & de
Madame la Ducheffe de Choifeuil, de M. le
Duc de Penthievre & de diverfes autres perfonnes de la cour, au point qu'on a affuré un fort
honnête & une forte de bien-être à ces deux
infortunées. Il manquoit un hiftorien à tant de
belles & généreufes actions, Madame la Préfi-
dente de Mefnieres, ci-devant Madame Belot,
connue par des Romans & différentes autres
productions, vient de les célébrer dans une efpece
de Nouvelle manufcrite, intitulée : *Le triomphe
de l'amitié*, ou *Jacqueline & Jeanneton*. Les
faits y font fimples & vrais, mais revétus de

tout le charme, de tout le pathétique qu'y peut mettre une femme fenfible, exercée à écrire. Sa modeftie & quelques raifons de brouillerie particuliere ne lui permettent pas de la donner au public.

Une de ces deux perfonnages eft attaquée d'une épilepfie accidentelle, & M. Maloët, Médecin accrédité & fort charitable, a entrepris la cure gratuïtement.

7 Décembre. On doit fe rappeler deux Chants du *Poëme de la guerre de Geneve*, qui ont paru, il y a quelques mois, le premier & le troifieme. Le fecond fe donne aujourd'hui. Il eft inférieur aux deux autres : nulle gaieté & peu de poëfie, un détail aride des principaux chefs des troubles, &c.

7 Décembre. Mlle. Reich a débuté jeudi à l'Opéra, dans un Monologue du Ballet *des Sens*, où brilloit autrefois Mlle. le Maure. Sa voix eft belle & très-étendue, mais elle chante faux affez fouvent; elle n'a point de goût, & fa figure épaiffe, ainfi que fa taille, lui donnent une repréfentation peu avantageufe pour le théâtre.

8 *Décembre. Epigramme fur les Oeuvres de M. Dorat.*

Bons Dieux ! que cet auteur eft trifte en fa gaîté !
Bons Dieux ! qu'il eft pefant dans fa légereté !
Que fes petits écrits ont de longues préfaces;
Ses fleurs font des pavots, fes ris font des grimaces :
Que l'encens qu'il prodigue eft plat & fans odeur !
C'eft, fi je veux l'en croire, un heureux petit maître,
Mais fi j'en crois fes vers, ah ! qu'il eft trifte d'être
    Ou fa Maitreffe ou fon Lecteur !

On attribue cette Epigramme à M. de la Harpe, d'autres la prétendent de M. de Voltaire.

9 *Décembre* 1767. La réforme que l'on veut introduire dans les Communautés Religieuses n'eft pas vue du même œil par tous les membres. Plufieurs ont écrit contre cette prétendue innovation, & l'ont fait avec une amertume vraiment théologique. Un anonyme, pénétré du fentiment contraire, vient de publier une Lettre fur la Conventualité & paroît démontrer que c'eft l'amour de l'ordre, le refpect pour les loix de l'Eglife & des premiers inftituteurs, qui a déterminé les principaux membres de la Religion à rappeler à la vie cénobitique & à fupprimer les communautés peu nombreufes. L'auteur de cette Lettre, qui paroît fort inftruit, appuye fes raifons d'autorités qui forcent à foufcrire à fon affertion.

10 *Décembre.* Le *Dictionnaire de Mufique* de Jean-Jacques Rouffeau eft incomplet à bien des égards. L'auteur a omis beaucoup de termes techniques, & grand nombre des inftrumens de fymphonie. Il y a quelques définitions peu exactes ; mais plufieurs articles font traités avec une profondeur hors de la portée du commun des compofiteurs, & qui étonne les plus habiles. On ne conçoit pas comment un homme qui a autant fenti, autant penfé, peut avoir acquis à ce degré la théorie d'un art, auffi aride & dégoûtant dans fes principes, qu'agréable dans fes effets. On retrouve dans ce livre tous les paradoxes que ce Philofophe a répandus dans fes autres écrits contre la Mufique Françoife. Il ne paroît pas avoir rien changé de fes opinions fur ce point.

Son

Son premier projet avoit été de réduire son Dictionnaire en un corps de systême raisonné sur la Musique ; sans rien déranger à l'ordre alphabétique, il y auroit mis des renvois : par ce moyen toutes les parties se seroïent éclairées & prêté un mutuel accord. Sa patience n'a pu aller jusqu'à l'exécution d'un pareil projet. En général, on desire dans presque tous ses ouvrages cette belle unité, premiere qualité d'un chef-d'œuvre. M. Rousseau est un génie impétueux, auquel il manque le flegme nécessaire pour mettre la derniere main à ses productions.

10 *Décembre* 1767. Un nommé le Roi, ci-devant Pere de l'Oratoire, se disposoit à donner une nouvelle Edition des Œuvres de M. Bossuet. Elle est annoncée dans tous les Journaux. Il en avoit déja paru une de la façon de M. l'Evêque de Troyes, neveu de ce grand-homme, qui avoit alarmé un certain Clergé, qui prétendoit qu'on avoit inséré dans cet ouvrage des productions étrangeres. Les Journalistes de Trévoux avoient sur-tout sonné l'alarme, au point que l'Editeur avoit pris le parti de déposer le manuscrit chez un Notaire & de sommer les journalistes de reconnoître l'authenticité de l'écriture : matiere d'un procès dans lequel les Jésuites avoient succombé. On voit l'arrêt imprimé à la tète du livre des Elévations de M. Bossuet, Evêque de Troyes.

L'Edition en question ne donne pas moins d'inquiétude. L'annonce que M. le Roi a faite de manuscrits retrouvés, fait craindre qu'on ne répande dans cet ouvrage diverses opinions favorables au Jansénisme, pour lequel on sait que le grand Boſſuet avoit un ſecret penchant. En conſéquence le Clergé s'eſt échauffé; on a mis M. l'Archevêque en jeu, il eſt allé chez M. le Lieutenant-Général de Police, il l'a prié de ſuſpendre l'impreſſion de cet ouvrage. Le Magiſtrat s'y eſt refuſé, en diſant que cela ne dépendoit pas de lui. M. l'Archevêque a inſiſté, il a témoigné ſes inquiétudes ſur les interpollations qu'on pouvoit y gliſſer. M. de Sartine, pour le raſſurer, a nommé un nouveau cenſeur : [le Syndic Riballier] celui-ci doit ſuivre l'Edition avec le plus grand ſoin, & ne rien laiſſer paſſer qui ne ſoit reconnu pour être de l'auteur. Au moyen de la nomination de cet examinateur peu agréable à M. l'Archevêque, ſa précaution devient nulle, & l'on ne doute pas que l'ouvrage ne contienne bien des choſes qui lui déplairont & à ceux de ſon parti.

10 *Décembre* 1767. Le 4 Décembre il y a eu en Sorbonne un grand débat ſur la nouvelle Cenſure de *Béliſaire.* Il faut ſavoir l'anecdote qui y a donné lieu.

On a dit que cette cenſure préparée, rédigée, arrêtée par la Faculté de Théologie, ſuivant la concluſion portée le 26 Juin 1767, avoit déplu au Miniſtere, par quelques propoſitions concernant la néceſſité de l'*Intolérance Civile*, ſur laquelle M. l'Archevêque & ce corps devoient appuyer de concert & caver au plus fort en proſcrivant le livre en queſtion. L'ouvrage étoit reſté ſuſpendu pour la publicité, le Gouvernement a imaginé de mander les gens du Roi & de leur propoſer de corriger ce qui bleſſoit ſur l'article en queſtion : les corrections ont été faites; on a exigé du Syndic *Riballier*, homme dévoué à la Cour, de les faire paſſer. Celui-ci a gagné les Commiſſaires, au point que de quinze un ſeul a réclamé contre les nouveaux ſentimens qu'on prêtoit à la Faculté, & il étoit décidé que la cenſure paroîtroit en cet état. Il en a même été délivré des exemplaires. Cependant l'aſſemblée s'eſt tenue : on a fait les reproches les plus vifs au Syndic & aux Commiſſaires d'avoir laiſſé gliſſer des opinions auſſi erronées. On a voulu dreſſer ſur le champ une proteſtation. Ce Syndic a cherché à calmer les eſprits, & ayant obtenu que la Délibération ſeroit renvoyée au mois prochain, il a remercié les ſages maîtres de leur déférence à ſon avis, & en même tems a tiré une lettre de cachet pour leur prouver qu'ils avoient d'autant mieux fait, qu'il avoit des ordres ſupérieurs pour arrêter toute délibération à cet égard. Cependant M. l'Archevêque, fâché de ſe voir déſuni par-là de la façon de penſer avec la Faculté, s'eſt trouvé dans le plus grand embarras ſur ſon mandement. Les Evêques zélateurs ſe ſont aſſemblés chez ce Prélat, & il paroit qu'ils ont obtenu quelque retard de la Cour, puiſque l'ouvrage qui devoit être mis en vente hier 7 Décembre eſt décidément arrêté.

11 *Décembre* 1767. On a brûlé aujourd'hui au pied du grand eſcalier du Palais un imprimé ayant pour titre : *Réflexions d'un Univerſitaire*, en forme de Mémoire à conſulter concernant les Lettres-Patentes du 20 Août 1767, ſuivant l'Arrêt du Parlement rendu, les chambres aſſemblées, le 9 Décembre.

12 *Décembre*. L'Académie des Belles-Lettres a élu le 4 de ce mois M. de Rochefort à la

M 2

place de M. Mesnard. M. de Rochefort est connu
pour un grand enthousiaste d'Homere, il a entrepris en vers la traduction de ce Poëte : il a
déja donné au public les six premiers livres.

12 *Décembre* 1767. Pour contrebalancer la *censure de Bélisaire* par la Faculté de Théologie de
Paris, on vient de faire imprimer des lettres de
l'Impératrice de Russie, du Roi de Pologne,
du Prince Royal de Suede & de différens hommes illustres du Nord, qui font le plus grand
éloge du livre, & traitent les sages maitres comme
des cuistres. Avant la publicité de ce manuscrit,
M. de Marmontel a fait mettre prudemment dans
les petites affiches qu'il avoit perdu son porte-
feuille, & l'on ne doute pas que les originaux n'y
fussent. Il met par-là sa modestie à couvert & se
disculpe de tout reproche. Il a prévenu ensuite
qu'on lui avoit renvoyé anonymement ledit Porte-
feuille réclamé.

13 *Décembre.* Il paroît dans le public un
Drame qui a pour titre : *l'Honnête Criminel,*
en cinq actes & en vers. Il y regne un intérêt
d'autant plus touchant, que l'on assure que le
héros de la piece vit encore retiré à Gauye en
Languedoc & se nomme *Fabre.* Le fond du sujet
est le fils d'un Religionnaire, qui se substitue à
la chaîne des galeres pour son pere, dont le
seul crime est d'être protestant & d'avoir été à
des assemblées proscrites par le Gouvernement.
Cette piece par rapport au fond n'est pas susceptible d'être jouée sur un théâtre public, &
n'a que la tolérance de l'impression. Son auteur
attendrit par des situations vraiment de sentiment : il révolte par un style inégal & rempli
de trivialités. C'est le premier ouvrage connu

d'un jeune homme de 26 ans : il se nomme *Fe-nouillot de Falbaire*, & étoit ci-devant Abbé.

14 *Décembre* 1767. La brûlure dont le Parlement a illustré le *Mémoire d'un Universitaire*, n'a servi qu'à lui donner plus de célébrité, & à le faire rechercher davantage en le rendant plus rare.

Avant d'en rendre compte, il faut premiérement observer qu'en faisant rentrer le College de Louis le Grand dans le sein de l'Université, deux choses avoient été principalement établies pour le bien & l'avantage de cette maison, dont on vouloit faire comme le chef-lieu & le centre de ce corps littéraire. Ces deux choses étoient, un Bureau de Discipline qui en embrassoit l'ordre moral, & un Bureau d'administration, concernant l'ordre physique ou des biens temporels. On avoit en outre réuni à ce college tous les Boursiers épars dans quantité d'autres petits colleges subalternes.

L'auteur du Mémoire prétend que par les Lettres-Patentes du 20 Août dernier, le Bureau de discipline est supprimé, celui d'administration est augmenté, une nouvelle forme de régie est ordonnée, toutes les bourses, quant à la valeur, sont réduites à une même espece. La durée de plusieurs d'elles est changée, l'application & la destination de celles qui étoient affectées aux Facultés de Droit & de Médecine est réunie jusqu'à ce que ces Facultés aient fourni leur Mémoire & donné leur avis à ce sujet. Les Bourses Théologiques ne sont promises qu'à condition que ceux qui en étoient titulaires auront obtenu de nouvelles Provisions. L'admission définitive des Boursiers est reculée & attachée à des con-

ditions qui la rendent arbitraire. Leur deftina-
tion eft abandonnée à une autorité qui, faute
de digue, pourroit devenir defpotique. Les alié-
nations font autorifées, fans qu'au préalable
l'Univerfité & les fupérieurs majeurs en aient
été avertis, ou qu'ils en aient donné leur avis.
Pour prouver les différentes affertions, l'Uni-
verfitaire divife fon Mémoire en deux parties :
la premiere traite des atteintes données à la
dignité & aux droits de l'Univerfité, quant au
temporel; la feconde, des atteintes données à
l'autorité de l'Univerfité relativement à l'ordre
moral.

14 *Décembre* 1767. Le Sr. Veftris eft rentré à
l'Opéra, après beaucoup de négociations, &
a été réintégré dans fon rang de premier danfeur. Comme Gardel avoit été mis à fes appointemens, & ainfi de fuite, les Directeurs n'ont
point voulu retrancher les augmentations qu'ils
avoient faites & c'eft une charge de plus pour
eux.

15 *Décembre.* Il eft queftion du *Joueur Anglois*, piece traduite par M. Saurin & dont les
Comédiens s'occupent. On prétend que cet Académicien a apporté de nouvelles fituations à
ce Drame, déja très-intéreffant & très-noir. Il
eft écrit en vers libres. Il a été joué à Saint-
Germain chez M. le Duc de Noailles, par les
Dames & Seigneurs de fa fociété; il a fait grande
fenfation.

27 *Décembre.* M. Dorat a pris le parti
de répondre aux vers contre fes *Oeuvres*, mais
il a mis l'Epigramme dans le procédé & tout le
monde applaudit à la façon honnête & ingénieufe dont il s'eft tiré d'un pas toujours diffi-

cile, quand l'amour-propre eſt en jeu. Quoique
l'Epigramme paſſe généralement pour être de
M. de la Harpe, comme quelques perſonnes
l'attribuent à M. de Voltaire, il eſt parti de-là
& la ſuppoſe réellement de ce grand Poëte.
Voici ce qu'il lui dit :

Grace, grace, mon cher Cenſeur,
Je m'exécute, & livre à ta main vengereſſe
Mes vers, ma proſe & mon brevet d'auteur.
Je puis fort bien vivre heureux ſans Lecteur ;
Mais par pitié laiſſe-moi ma Maîtreſſe.
Laiſſe en paix les amours, épargne au moins les miens.
Je n'ai point, il eſt vrai, le feu de ta ſaillie,
Tes agrémens ; mais chacun a les ſiens.
On peut s'arranger dans la vie,
Si dans mes vers Eglé s'ennuye,
Pour l'amuſer je lui lirai les tiens.

20 *Décembre* 1767. Il s'eſt formé à Paris une
nouvelle Secte, appelée *les Economiſtes* : ce
ſont des Philoſophes politiques, qui ont écrit
ſur les matieres agraires ou d'adminiſtration in-
térieure, qui ſe ſont réunis & prétendent faire
un corps de ſyſtême, qui doit renverſer tous les
principes reçus en-fait de gouvernement & élever un nouvel ordre de choſes. Ces Meſſieurs
avoient d'abord voulu entrer en rivalité contre
les Encyclopédiſtes & former autel contre autel : ils ſe ſont rapprochés inſenſiblement : pluſieurs de leurs adverſaires ſe ſont réunis à eux,
& les deux Sectes paroiſſent confondues dans
une. Queſnay, ancien Médecin de Madame la
Marquiſe de Pompadour, eſt le coryphée de la

bande, il a fait entr'autres ouvrages la *Philo-*
sophie rurale. M. de Mirabeau, l'auteur de *l'Ami*
des hommes & de *la Théorie de l'Impôt*, est le
Sous-Directeur. Les assemblées se tiennent chez
lui tous les mardis, & il donne à dîner à ces
Messieurs. Viennent ensuite M. l'abbé Bau-
dot, qui est à la tête des *Ephémérides du Ci-*
toyen, M. Mercier de la Riviere, qui est allé
donner des loix dans le Nord & mettre en pratique en Russie les spéculations sublimes & in-
intelligibles de son livre de *l'Ordre naturel &*
essentiel des Sociétés politiques, M. Turgot
Intendant de Limoges, Philosophe pratique &
grand faiseur d'expériences, & plusieurs autres
au nombre de 19 à 20. Ces sages modestes prétendent gouverner les hommes de leur Cabinet
par leur influence sur l'opinion, reine du monde.

25 *Décembre* 1767. M. de la Louptiere a envoyé à M. Dorat le Madrigal suivant, à l'occasion de l'Epigramme qu'on a vue sur les vers
de ce Poëte :

Non, les clameurs de tes rivaux
Ne te raviront point le talent qui t'honore,
Si tes fleurs étoient des pavots,
Tes jaloux dormiroient encore.

27 *Décembre*. Mlle. Duprat, chanteuse de
chœurs à l'Opéra, ayant besoin de 268 livres,
il y a neuf ans, M. Poinsinet s'offrit de les lui
faire trouver sur une montre de 40 louis qu'elle
avoit. Cette Demoiselle lui confia sa montre, &
M. Poinsinet lui apporta l'argent, sans lui donner aucun renseignement sur ce qu'étoit devenu
le bijou : il se contenta de lui en faire une re-

connoiſſance. Quelque temps aprés Mlle. Duprat ſe trouvant en fonds remit à ſon agent
douze louis pour retirer ſa montre & payer le
principal & les arrérages du prêt : oncques depuis elle n'a revu ſes douze louis, ni ſa montre, ni M. Poinſinet. Depuis qu'il eſt queſtion
de ſon Opéra, elle a retrouvé cet auteur ; elle
l'a d'abord traduit devant M. le Lieutenant-Général de Police, qui a bien voulu s'en mêler.
Mais ce Magiſtrat ayant en vain interpoſé ſa
médiation, il a conſeillé à la Dlle. de porter l'affaire en juſtice réglée ; ce qui a été fait. Un
nommé Vermeille, Avocat en poſſeſſion de faire
des Mémoires plaiſants & de remplacer le Sieur
Marchand à cet égard, ſe propoſe de s'égayer
ſur la friperie de M. Poinſinet. Il a de quoi. Savoir ſi la police permettra l'impreſſion de cette
facétie.

28 *Décembre* 1767. On écrit de Naples qu'on
a déterré une antique ſtatue d'airain du fameux
Annibal, Général des Carthaginois, dans le voi-
ſinage de la vieille Tunis, ſur la côte de Barbarie. Il paroît qu'elle a été fondue dans le tems
de la ſeconde guerre punique.

29 *Décembre*. Le Parlement & le Conſeil
s'étant battus réciproquement à l'occaſion d'un
Maître des Requêtes, nommé *Chardon*, un fa-
cétieux a fait l'Epigramme ſuivante :

Pour un *Chardon* on voit naître la guerre.

Le Parlement à bon droit y prétend,

    Et d'un apétit dévorant,

    S'apréte à faire bonne chere.

Le Roi leur dit : „ Meſſieurs, tout doucement!

  „ Je ne ſaurois vous ſatisfaire :

M 5

» Laiſſez-là tout cet appareil ;

» Je vois mieux ce qu'il en faut faire ;

» Je le garde pour mon Conſeil ! «

30 *Décembre* 1767. Le *Courier du Bas-Rhin*, dont on a parlé, eſt arrêté depuis quelque tems. Le ton de licence & d'impiété qui régnoit dans cet ouvrage, n'a pas permis de le tolérer plus long-tems en France. On prétend qu'il ſe continue à Cleves ſous les auſpices du Roi de Pruſſe.

Le *Gazetin de Bruxelles* vient d'être ſupprimé plus récemment : quoique M. de Baſtide, l'auteur de ce Journal, reſpectât la Religion & les mœurs, tant de particuliers dont on y relevoit les ridicules, ſe ſont émeutés contre cet ouvrage, que l'introduction en a été défendue en France, & le Miniſtere a pris la choſe ſi fort à cœur, qu'il y a intéreſſé celui de Vienne, & ledit Gazetin eſt ſupprimé à ſa ſource même.

ANNÉE M. DCC. LXVIII.

1er. *J*Anvier. Le *Calendrier Historique &
Chronologique des Théâtres*, pour cette année
1768, contient des changemens & additions
très-propres à flatter les amateurs. Le Spectacle
de Nicolet & autres tréteaux de la foire qui y
avoient été omis, y occupent leur rang dans
le plus grand détail. Mais ce qui doit sur-tout
flatter les étrangers & la jeunesse galante, ce
sont les adresses qu'on y donne de toutes les
Demoiselles d'Opéra. Quelques rieurs avoient
empêché que cette notice utile ne fût continuée :
on en a senti l'importance, & les Editeurs
se sont rendus à la nécessité publique.

2 *Janvier Ernelinde*, que la curiosité
du public a soutenue quelque tems, commence
à tomber. Jamais on n'a mieux défini cet Opéra,
qu'en disant que *la Musique y ressemble à tout*,
& que les paroles n'y ressemblent à rien.

2 *Janvier.* M. Dupont, Trésorier de l'E-
cole Militaire & associé à l'Intendance dont il a
la survivance, vient de publier un livre intitulé :
La Physiocratie. Cet ouvrage, qui devroit être
à la portée des gens les plus simples, puisqu'il
traite de la beauté de la nature & des travaux
de la campagne, commence par un titre scien-
tifique & inintelligible. C'est un membre de la
société des *Economistes*, & voilà à peu près
comme écrivent tous ces Messieurs.

3 *Janvier.* La Cour redoutoit l'Assemblée
de la Faculté de Théologie qui devoit se tenir
hier. En conséquence, le Syndic Riballier avoit

M 6

une lettre de cachet qui défendoit toute délibération quelconque fur la cenfure de *Bélifaire*,
réputé l'ouvrage complet & abfolu de ce corps.
Le Doyen Xaupy avoit ordre, en cas qu'on
voulût faire des repréfentations fur le fond &
fur la forme, de déclarer qu'il n'y pouvoit con-
fentir ; que les fages maitres pourroient en arrêter cependant dans des affemblées particulieres,
mais qu'il ne pourroit en être queftion dans une
affemblée générale. Soit que les craintes du Miniftere fuffent mal fondées ; foit que les Docteurs eux-mêmes, qui n'ignoroient pas ce dont
il étoit queftion, fuffent effrayés, il a été foiblement parlé de la cenfure : la délibération a encore été renvoyée, & les Doyens & Syndic n'ont
pas été dans le cas de faire ufage de leurs
pouvoirs.

Cette circonftance embarraffe M. l'Archevêque, dont le Mandement eft tout imprimé. On
ne fait s'il le fera paroitre. On le dit bon, en ce
qu'il eft court & qu'il a la prudence de ne traiter que vaguement l'article des deux pouvoirs.

3 Janvier 1768. Autre Epigramme fur l'affaire
de M. Chardon.

De tout tems on a vu le Sénat de la France
Se mettre en mouvement pour des grands intérêts :
On a vu le Confeil, du moins en apparence,
Prendre le bien public pour but de fes Arrêts :
    Mais aujourd'hui, par un cas fort étrange
Un Chardon, à lui feul, fixé l'attention
De tous nos Magiftrats, qui prennent bien le change,
Puifqu'un objet fi mince en eft l'occafion.

4 *Janvier* 1768. Les Comédiens Italiens on
donné aujourd'hui la premiere repréfentation de
l'Isle fonnante, Comédie en trois actes, mêlée
d'ariettes. Les paroles font de M. Collé, Lecteur
de M. le Duc d'Orléans; la mufique eft de Montigny. Cette piece de féerie, dont il étoit queftion depuis long-tems, & qu'on paroiffoit avoir
rejettée comme détestable pour le poëme, a
trouvé grace, retouchée par le Sr. Sédaine, qui
n'a pu, avec tout fon art, en faire un bon
Drame. C'eft un amphigouri, une parade, une
parodie ; c'eft en un mot un ouvrage très-digne
des tréteaux de la foire, qui a pu amufer à
Bagnolet la Cour de M. le Duc d'Orléans, mais
qui n'a aucun fel pour le public. Peut-être qu'en
un acte cette bouffonnerie auroit paffé & fe feroit foutenue par fa gaieté folle. La mufique eft
pleine de chofes agréables & qui plaifent. Il y
a de belles décorations. M. le Duc d'Orléans,
comme protecteur de l'auteur, étoit annoncé
fur l'affiche.

5 *Janvier.* Extrait d'une lettre de Berlin
du 10 *Décembre.* L'Académie Royale des Sciences & Belles-Lettres de cette ville, dans fon
affemblée du 3 de ce mois, a reçu un témoignage très-glorieux pour elle de la bienveillance
de l'Impératrice de Ruffie. Cette augufte Prin-
ceffe a remis au Comte de Solms, Miniftre plé-
nipotentaire de Pruffe en Ruffie, un volume
en langue Ruffe, in-8°. relié en étoffe d'or, qui
contient ce qui a été fait jufqu'ici dans l'important ouvrage de la nouvelle légiflation, en le
chargeant de l'envoyer à notre Académie Royale,
comme une marque de fon gracieux fouvenir,
& comme une affurance de fa confidération

particuliere pour elle : faveur dont aucune autre Académie n'a été honorée. Le Profeſſeur
Formey, Secrétaire perpétuel, qui avoit reçu
le volume des mains du Comte de Finkenſ-
tein, à qui le Comte de Solms l'avoit fait
parvenir, l'a préſenté à l'Académie, qui a été
pénétrée de cette grace, & il a lu en même
tems la lettre de remerciement à S. M. Impé-
riale, qu'il avoit préparée, & qui, étant approu-
vée, a été ſignée.

6 Janvier 1768. Extrait d'une lettre de Rome,
du 14 *Décembre.* M. le Brun, célèbre Sculpteur
François, vient de découvrir dans l'Egliſe de
Saint Charles de Milan une ſtatue Coloſſale de
Judith en marbre blanc. Elle eſt admirée de tous
les connoiſſeurs, pour la correction & le fini
des contours, pour la belle ſimplicité des orne-
mens, & pour la légéreté & l'élégance de la
draperie. Il eſt à terminer actuellement le Buſte
du Pape régnant, & il partira au commencement de Janvier pour Varſovie, où le Roi de
Pologne le demande. Ce Monarque lui deſtine
une place diſtinguée dans ſon Académie des
Beaux Arts.

6 Janvier. La Comédie du *Joueur Anglois* de M. Saurin, qui devoit paſſer la premiere
aux François, eſt renvoyée bien-loin par l'impertinence du Sieur Bellecour, qui n'a pas voulu
accepter le rôle que lui deſtinoit l'auteur, le ju-
geant inférieur pour lui. Il eſt ſurprenant qu'on
n'arrête pas l'inſolence de ces hiſtrions.

6 Janvier. Au moyen des difficultés qu'eſ-
ſuye le *Joueur* de M. Saurin, les François vont
donner inceſſamment une Tragédie d'un auteur
qui débute, intitulée : *Ameliſe.*

7 *Janvier* 1768. *Le Militaire Philofophe, ou difficultés fur la Religion, propofées au R. P. Mallebranche, Prêtre de l'Oratoire, par un ancien Officier.* Tel eft le titre du livre dont on a déja parlé vaguement. Si l'on en croit l'avertiffement, on ne connoît point l'auteur. Ce traité eft imprimé pour la premiere fois, d'après un manufcrit provenant de l'inventaire de feu M. le Comte de Vence. Ce livre dangereux eft compofé avec beaucoup de méthode & de logique. Il eft d'un homme qui cherche plus à convaincre qu'à perfuader. Nul enthoufiafme, nulle chaleur ; un ftyle, un raifonnement froid. Voilà ce qui le caractérife. Il eft affez dans le goût & dans le ftyle de *Freret*. On promet au public un ouvrage fur la Morale du même Philofophe. Il annonce lui-même dans une note que fes principes fur cette matiere font développés dans un autre traité, où il prétend faire voir l'indépendance de la Morale de toute religion factice, qui ne peut jamais que nuire à la Morale univerfelle, ou à la religion de la nature.

8 *Janvier.* Il a été établi à Paris une Ecole gratuite de Deffin, dont l'ouverture s'eft faite au mois de Septembre 1766, fous la direction de M. Bachelier. L'utilité de ce projet a engagé le Roi à l'autorifer par des Lettres-patentes du 20 Octobre 1767, & il a en même tems été rendu un Arrêt du Confeil qui nomme fix perfonnes pour former un Bureau de difcipline & d'adminiftration concernant cette Ecole, dont le Lieutenant de Police doit être le Préfident-né. Pour exciter l'émulation, il a été diftribué le 28 du mois dernier 66 prix dans

une des Salles des Tuilleries. Cette assemblée a eu lieu avec toute la solemnité possible. On y a invité les six Corps des Marchands, tous les amateurs distingués & quantité de personnes illustres. M. Bachelier a ouvert la séance par un discours politique aux Eleves, qui y étoient au nombre d'environ 1,500. Il leur a fait sentir toute l'obligation qu'ils avoient à leur Maître & au sage Magistrat sous le gouvernement duquel ils recevoient un secours si utile & si propre à développer les talens. La cérémonie a été suivie de ces acclamations vives, témoignages naïfs du sentiment des enfans, véritables interprêtes de leurs cœurs.

9 *Janvier* 1768. Les François ont donné aujourd'hui *Amelise*, Tragédie nouvelle dont on a parlé, d'un M. Dulis, employé dans les Bureaux à Versailles, âgé de plus de 40 ans. Ce Drame, qui ne mérite aucune analyse, est tombé, sans pouvoir se relever comme tant d'autres. On ne conçoit pas comment les Comédiens, qui font les difficiles vis-à-vis les auteurs & font quelquefois plusieurs années à recevoir une piece, ont pu agréer celle-ci, détestable en tout point, qui n'a pu les séduire ni par des coups de théâtre, ni par la beauté de la versification. Cet exemple prouve mieux que jamais combien ces juges sont ineptes & destitués de toutes les qualités nécessaires pour un pareil examen.

10 *Janvier*. *Ernelinde* ne pouvant plus se soutenir, & la recette diminuant trop sensiblement, les Directeurs de l'Académie Royale de musique sont obligés de remettre *Titon* &

l'*Aurore* , qui doit être joué mardi prochain , 12
de ce mois.

20 *Janvier* 1768. On parle d'une plaisanterie
récente de M. de Voltaire , intitulée *le Dîner*.
C'est un Dialogue entre un Grand Vicaire ,
l'*Abbé Couet* , *M. & Mad. de Boulainvilliers* ,
& *Freret* , ce fameux Athée de l'Académie des
Belles-Lettres. Il est en trois parties , embrassant
l'Avant-dîner , le Dîner , & l'Après-dîner. La
Religion est ordinairement la matiere principale
des nouveaux pamphlets de M. de Voltaire.
Celui-ci , de 200 pages , est encore fort rare : on
le dit très-gai & très-impie.

10 *Janvier*. *Ernelinde* n'a eu que 18 représentations. M. le Duc de Chartres avoit parié
cent Louis que cet Opéra n'iroit pas à 20. Il a
gagné.

11 *Janvier*. Dans un Conseil tenu le
lundi 4 Janvier , S. M. a signé le nouveau
projet pour continuer la reconstruction du
Louvre. Il y a eu de grands débats. M. le Contrôleur général s'opposoit fortement à cette dépense. M. le Marquis de Marigny l'a emporté.
Il sera appelé *le Palais des Sciences & des
Arts*. On y doit transporter la Bibliotheque
du Roi , y établir un *Museum* , c'est-à-dire
une Galerie , où l'on placera les bustes & les
monuments élevés aux Génies de la Nation.
Les Cabinets d'Histoire Naturelle , les Académies , les Tableaux du Roi , &c. occuperont ce
grand monument. On doit vendre l'emplacement de la Bibliotheque du Roi , lorsqu'elle sera
transportée.

11 *Janvier*. M. Luneau de Boisgermain
vient de remettre en vente la nouvelle Edition

de Racine , avec le Commentaire. C'est une
singerie du Corneille de M. de Voltaire , qui
peut être meilleure , & très-mauvaise encore.

12 *Janvier* 1768. On distribue le *Prospectus*
d'un nouveau Journal appelé le *Journal d'éducation*. Le chef-lieu de cette composition est
Amiens , où l'auteur réside apparemment. Il
présente son projet sous un très-beau point de
vue , mais l'exécution en paroît difficile. Elle
sera nécessairement monotone & minutieuse.

12 *Janvier*. Il se passe de grands mouvemens dans la Littérature relativement au *Mercure*. Un ci-devant Avocat , devenu Libraire ,
nommé *La Combe* , offre de se charger de
l'entreprise du Journal , de payer toutes les
pensions assignées dessus , de faire un sort
très-heureux à M. de la Place , d'augmenter
même les fonds de cet établissement. Il ne
demande que la liberté de faire faire l'ouvrage
par qui bon lui semblera. On croit que c'est
pour le remettre entre les mains de M. de
Marmontel.

13 *Janvier*. L'Opéra a remis hier *Titon &
l'Aurore* , qui doit avoir six représentations
jusqu'à *Dardanus*. Les gens habitués à l'harmonie forte du dernier Opéra , ont trouvé celle-ci
nue & trop simple.

Il n'est plus question d'*Issé* , qu'on devoit
jouer. Les Directeurs ont eu peur que la simplicité de la Musique ne fit aucun effet.

14 *Janvier*. Dans la Lettre de cachet présentée à la Faculté de Théologie le 2 de ce
mois , le Roi déclare qu'il n'y a dans l'exposé
des principes sur les deux Puissances que ce
que la Faculté a enseigné , ou dû enseigner sur

et objet. Elle n'en convient pas, mais ſes réclamations n'étant conſignées nulle part, & le
livre ſe débitant ſous ſon nom, cette doctrine
paſſe pour la ſienne, & c'eſt une aſtuce de la
cour qui a réuſſi.

14 *Janvier* 1768. Au moyen du tranſport de
la Bibliotheque du Roi au Louvre, on ſera en
état d'en vendre l'emplacement & les bâtimens
actuels; & des fonds qui en proviendront, M. de
Marigny compte pouvoir achever la partie qui
donne ſur la riviere & ſur le jardin de l'Infante.

15 *Janvier.* M. Rouſſeau de Geneve étant
venu à Paris avec ſon Opéra des *Neuf Muſes*,
que les nouveaux Directeurs lui ont demandé,
il s'en eſt fait une répétition chez le Prince de
Conti au Temple, où l'on a conclu que cet
Opéra n'étoit pas jouable.

M. Rouſſeau a par occaſion été voir ſon *Devin
de Village*, il eſt ſorti enthouſiaſmé du jeu de
Mlle. d'Ervieux.

16 *Janvier.* La Faculté de Médecine a rendu hier un décret de tolérance à l'égard de
l'inoculation. Il a paſſé à la pluralité de 30 voix
contre 23, mais il faut qu'il ſoit confirmé dans
une aſſemblée ſubſéquente.

Quelques Docteurs ſont d'avis en outre d'é-
tablir une eſpece de Bureau, où les gens qui
voudront ſe faire inoculer ſe préſenteront, pour
qu'on examine s'ils ont toutes les qualités re-
quiſes, & ſi cette opération ne pourroit pas leur
être nuiſible. Ces Commiſſaires pour l'inoculation donneront leur conſultation *gratis*. Ce
n'eſt encore qu'un projet de perfection, qui n'eſt
pas ſur le point de ſe réaliſer.

Lorſque le décret de la Faculté ſera revêtu

de toutes ſes formalités, il faudra qu'il ſoit
mis au Procureur général. Il ſera enſuite co
muniqué à la Faculté de Théologie, qui s'exp
quera & donnera ſa déciſion. Avant que ce co
cours de ſuffrages ſoit réuni, il s'écoulera bi
du tems.

17 *Janvier* 1768. On vient de rendre publ
dans un écrit périodique qui s'imprime en All
magne, une relation authentique de la mo
du Marquis Monadelſchi, Grand Ecuyer d
la Reine Chriſtine de Suede, par le R. P.
Bel, Miniſtre de la Ste. Trinité du Couvent d
Fontainebleau, copiée ſur le manuſcrit origin
qui eſt conſervé dans la Bibliotheque de c
couvent.

Ce morceau d'hiſtoire eſt d'autant plus curieu
que ce *P. le Bel* eſt celui que la Reine prit po
unique confident dans cet aſſaſſinat, & qui fu
le confeſſeur du patient.

18 *Janvier*. La Secte des *Economiſtes* a u
rivale. A la tête de ce dernier parti eſt M. d
Forbonais. Les premiers regardent l'Agricultur
comme le ſeul bien d'un Etat. Ceux-ci fon
réſider ſa richeſſe dans les Manufactures & dan
le Commerce. Ces Meſſieurs, ſuivant l'uſage
ſe chantent pouille réciproquement. Chaqu
parti a un Journal, qui eſt comme l'arſenal o
ſe dépoſent tous les traits qu'on ſe lance de
part & d'autre. Les *Ephémérides* dont on
parlé, eſt celui des *Economiſtes* : le *Journa
Economique* eſt le répertoire de l'autre Secte
C'eſt M. de Grace qui fait ce dernier Journal.

19 *Janvier*. L'aſſemblée de la Faculté d
Théologie du *primâ menſis* de ce mois, pro
rogée au jour du lundi 18, a enregiſtré la Let

de cachet du Roi , qui leur défend de déli-
rer & de réclamer contre l'addition faite à la
cenfure de *Bélifaire* , & a cependant délibéré
que cette addition n'étoit pas fon ouvrage , s'ab-
tenant néanmoins de dire fon fentiment fur le
fonds de cette addition.

19 *Janvier* 1768. M. l'Abbé Barthelemi ,
garde des Médailles du Roi , de l'Académie des
Belles - Lettres , a fuccédé à M. Dubois dans la
place de Secrétaire général des Suiffes. Cette
place vaut 30,000 Livres de rentes. Elle eft
faite pour un tout autre homme qu'un favant ,
& des officiers généraux l'ont reçue pour récompenfe.

20 *Janvier.* La fermentation de Bretagne
femble fe foutenir malgré le laps du tems. On
vient d'imprimer au commencement de cette
année *la lifte des Membres du Parlement actuel
de Rennes , avec des Notes Satyriques.* On y
a joint une Lettre de M. Dugay , nouvel Intendant de Bretagne , très-propre à le couvrir
de ridicule. . . . On y a joint un jeu de mots
qui n'en eft peut-être un qu'aux oreilles.

21 *Janvier.* La comédie des *Fauffes Infidélités* , qui devoit avoir lieu hier , & qui avoit
été même affichée , n'a point été jouée par
défenfe de la police , qui a trouvé mauvais que
les hiftrions fe fuffent donné les airs de l'annoncer avant que le manufcrit lui eût été préfenté & d'avoir fon attache.

22 *Janvier.* M. Sédaine , auteur du *Philofophe fans le favoir* , ayant envoyé chercher
de l'argent à la caiffe des Comédiens , a été fort
furpris quand on lui a dit que la piece étoit
tombée dans les regles , & qu'il n'y avoit plus

de droit. L'auteur confondu a écrit aux histrio...
une lettre à cheval, où il les traite avec...
dernier mépris, & taxe même leur probit...
en se plaignant : 1°. Qu'il n'a point été aver...
2°. Que les Comédiens ont malicieusement jo...
sa pièce dans des circonstances malheureuse...
où ils sentoient bien qu'il n'iroit personne...
Spectacle : 3°. Qu'ils louent pour 50,000 é...
de petites loges à l'année, dont le produ...
réparti devoit entrer dans le calcul journalier...
4°. Qu'ils ont une infinité d'entrées arbitraire...
dans lesquelles les auteurs ne devroient p...
entrer, & qu'il faudroit mettre encore en lig...
de compte. Les Comédiens ont été fort ind...
gnés qu'un comique Maçon les traitât av...
cette hauteur. On assure qu'en conséquence...
ont arrêté qu'ils renverroient leurs rôles à M...
Sédaine, & qu'elle ne seroit plus représentée...
pour preuve de leur désintéressement & de le...
générosité. Cette affaire fait grand bruit & pou...
roit être mise en justice.

23 *Janvier* 1768. L'Abbé Routh, ou plutôt...
Pere Routh, car il n'avoit jamais abjuré l'In...
titut des Jésuites, retiré à Bruxelles, vient d...
mourir. Il avoit travaillé à la continuation...
l'Histoire Romaine des Peres *Catrou* & *Rouill*...
Il avoit eu part aux Journaux de Trévo...
pendant plusieurs années, & passoit en 'out...
pour un génie délié & politique, très-initié da...
les mysteres de son Ordre, dont il étoit gra...
enthousiaste.

24 *Janvier*. M. l'Abbé le Gendre, gra...
oncle de Mad. la Duchesse de Choiseuil...
Mad. la Maréchale de Broglio, frere de Ma...
Doublet, fameuse par sa société illustre...

nte & choifie, vient de mourir, âgé de 88
s. C'étoit une efpece d'homme de lettres mé-
ocre, mais fort lié avec beaucoup d'auteurs,
furtout avec Piron, qui l'a célébré dans diffé-
ntes pièces de vers. Il avoit fait une Comédie
Gourmand. On peut juger par cet échan-
on dans quel genre il travailloit. Il n'a rien
t imprimer. Du refte, M. l'Abbé le Gendre
oit les mœurs très-douces, étoit un excellent
nvive, & jouiffoit dans la plus grande vieilleffe
cette fanté du corps à laquelle contribue
aucoup la tranquillité d'ame, qu'il a confer-
e jufqu'au dernier inftant.

24 *Janvier* 1768. On parle beaucoup d'une
elle action de Mlle. Guimard, la première Dan-
ufe de l'Opéra. Cette Actrice, très célebre par
s talens, ayant eu un rendez-vous dans un
uxbourg ifolé, avec un homme dont la robe
xigeoit le plus grand myftere, a eu occafion
y voir la mifere, la douleur & le défefpoir ré-
andus dans le peuple de ce canton, à l'occa-
on des froids exceffifs. Ses entrailles ont été
mues d'un pareil fpectacle, & des deux mille
cus, fruit de fon iniquité, elle en a diftribué
lle-même une partie, & porté le furplus au
uré de St. Roch, pour le même ufage.

On fera peut-être furpris qu'il y ait un hom-
ne affez fol pour payer auffi cher une fembla-
le entrevue. On le fera moins quand on faura
que Mlle. Guimard eft entretenue par M. le
Maréchal Prince de Soubife, dans le luxe le
plus élégant & le plus incroyable. La maifon
de la célebre Deschamps, fes ameublemens,
fes équipages n'approchent en rien de la fomp-
tuofité de la moderne Terpficore. Elle a trois

foupers par femaine : l'un compofé des premier
Seigneurs de la Cour, & de toutes fortes d
gens de confidération : l'autre, d'Auteurs, d'A
tiftes, de Savans, qui viennent amufer cet
Mufe, rivale de Madame Geoffrin en cette pa
tie : enfin un troifieme, véritable orgie, o
font invitées les filles les plus féduifantes, le
plus lafcives, & où la luxure & la débauch
font portées à leur comble.

25 *Janvier* 1768. Les Comédiens Franço
ont donné aujourd'hui la premiere repréfentatio
des *Fauffes infidélités*, Comédie en un acte
en vers de M. *Barthe*. On ne s'attendoit p
que le froid auteur de la Piece exciteroit la fen
fation qu'il a faite aujourd'hui. On a trouvé dan
fon Drame une adreffe, une intrigue, une vivacit
de dialogue, un piquant de ftyle, qui lui ont pro
curé tous les fuffrages. On ne peut diffimule
que le jeu des acteurs n'ait infiniment contri
bué à ce fucces : Molé furtout s'eft diftingu
par les graces & par le feu qui lui font naturels
mais où il s'eft en quelque forte furpaffé lui
même.

On a demandé l'auteur unanimement, qui
paru avec la modeftie convenable dans u
triomphe.

26 *Janvier*. Il n'eft point de paffion qu
le tems n'ufe à la fin. Mlle. Clairon eft dans l
plus grande défolation ; M. de Valbelle, fur
cœur duquel elle comptoit au point de fe flatt
de l'époufer, vient de la jetter dans le défefpo
par une apparition fubite qu'il a faite après u
longue abfence, & un retour encore plus r
pide en Province, où il eft, dit-on, éperdu
ment épris d'une femme de confidération.

26 *Janvie*

26 *Janvier* 1768. Les Directeurs de l'Opéra, pour se dédommager du peu de monde qu'ils ont à leur spectacle, ont imaginé de former des quadrilles pour les bals, qu'ils ont composés des danseuses les plus élégantes & les plus agréables, avec des habillemens très propres à exciter la curiosité. Ce genre varié d'amusemens attire beaucoup de gens, amateurs de la nouveauté.

27 *Janvier.* Les Italiens ont donné aujourd'hui la premiere représentation des *Moissonneurs*, Comédie en trois actes & en vers, mêlée d'Ariettes. Les paroles sont de M. Favart, & la Musique est de M. Duni. Quant au Drame, c'est exactement l'histoire de Booz, de Ruth & de Noémi. Il est singulier de voir un tel sujet présenté sur un pareil Théâtre. Quelque susceptible qu'il soit de morale & d'intérêt, il prête peu à la gaieté, aux sarcasmes, qu'on regarde comme l'assaisonnement des Drames chantans. Il y a dans le premier acte des morceaux philosophiques sur l'Agriculture, trop embellis, d'un esprit étranger à la chose. Quoi qu'il en soit, la piece a été reçue avec les transports qu'on a pour tout ce qui vient de cet auteur. La musique est agréable, mais n'a pas cette force d'harmonie dont *Philidor* a coutume de nous étonner. Madame Favart y a joué, comme de raison, & en faveur de l'enfant qu'elle vient d'avoir, on lui a permis de prétendre encore aux graces de la coquetterie. Quelques plaisanteries triviales & grossières ont fait remarquer aux critiques deux sortes de style dans cet ouvrage, & l'on veut toujours que l'Abbé de Voisenon prête sa main officieuse au Sr. Favart. Il est certain qu'on y a

distingué deux sels tirés de différentes mines.

28 *Janvier* 1767. Le mausolée du Cardinal de Fleuri, découvert depuis peu à St. Louis du Louvre, est du Sr. le Moine. On y voit le Cardinal couché, que la Religion reçoit dans ses bras. Aux pieds est la France éplorée, qui détourne les yeux de ce spectacle douloureux. Dans l'enfoncement on reconnoît l'Espérance, ferme sur son ancre, qui levant les yeux au ciel semble désigner le bonheur du Cardinal. Cette derniere idée du compositeur n'est pas assez sentie par le commun des Spectateurs. La figure du Cardinal est très bien. Celle de la Religion a de la noblesse & de l'onction. On n'est pas si content de celle de la France. En général elles sont trop colossales pour la petitesse du vaisseau, & l'on ne peut y trouver le point de vue nécessaire. Ce monument, qui devoit être exécuté aux frais du Roi, n'a été payé qu'en partie par S. M. ; la famille a fait le reste, ainsi qu'une chapelle qui est vis-à-vis, où le même Artiste a sculpté en relief une Annonciation.

29 *Janvier.* Il est arrivé récemment de Rome un Artiste sur lequel on fonde les plus grandes espérances. C'est le Sr. Guyard, Sculpteur, l'Eleve de Bouchardon, & qui, dès le tems qu'il fut question de la Statue du Roi avoit fait un modele supérieur à celui de son maître. La menace que lui fit M. de Marigny de ne le point laisser aller à Rome s'il ne brisoit son ouvrage a fait perdre ce morceau. On lui offrit en dédommagement une gratification de 7,000 Liv. qu'il refusa. L'Apollon qu'il a fait pour M. Bouret, & qu'on voit à Croix-fontaine, est un garant de son talent. Le Sr. Guyard est un homme

ruftre, fans éducation, ne connoiffant d'autre
livre qu'une mauvaife traduction d'Homere ;
mais d'un génie chaud, ardent & d'une ame
fiere & inflexible. Ses deffins ont autant de
force que de fageffe. Un Anglois lui ayant offert
à Rome 15,000 Liv. de la figure d'Apollon, que
M. Bouret n'a payé que 6,000 Livres ; il re-
fufa, & ce trait eft une preuve de fa façon de
penfer honnête & grande.

30 *Janvier* 1768. La Comédie Françoife fe dé-
labre de plus en plus. Il eft furtout urgent de trouver des Acteurs dans le Tragique. Le Sr. le Kain
périclite, ne joue plus depuis longtems ; il a des
obftructions, & l'on craint qu'il ne foit hors d'é-
tat de reprendre les rôles. Le Sr. Molé ne peut
jouer que trois fois la femaine, & fa fanté frêle
tient à peu de chofe. En conféquence ce font
tous les jours des débuts. Le Public goûte quelquefois les nouveaux venus, & les fiffle quelque
tems après. Il eft queftion aujourd'hui du Sr.
Auger. Cet Acteur, affez bon Valet, & furtout
dans les *Daves*, c'eft-à-dire dans l'efpece la plus
triviale, fe préfume des talens pour la Tragédie.
Il s'eft offert, il a déclamé des morceaux fur le
théâtre des Menus : les amateurs ont cru lui reconnoître beaucoup de talens. Il apprend en
conféquence différens rôles ; il doit débuter après
pâques dans ceux de le Kain. Sa taille, ainfi que
fa figure, ne font pas théâtrales : il eft difficile
qu'un mafque de Valet aille fur la phyfionomie
d'un Empereur.

30 *Janvier*. On croit que le Mandement
de M. l'Archevêque contre *Bélifaire*, après beaucoup de variations de la part de ce Prélat, fera lan-
cé inceffamment, & même publié demain diman-

N 2

che au prône. Pour le coup, l'auteur abſolument *in reatu* ſera ſans doute obligé de donner une rétractation, pour pouvoir reſter dans le ſein de l'Académie Françoiſe. Un prêtre, nommé Vial, compatriote de Marmontel & l'homme de confiance de M. de Beaumont, avoit ſuſpendu le coup juſqu'à préſent : mais la foudre va partir. Les plaiſans continuent à rire de l'auteur. On rajeunit l'Epigramme ci jointe, peu répandue juſqu'à préſent :

Si Marmontel eut été Béliſaire,

Il eut bien mieux parlé du Trône & de l'Autel :

Si Béliſaire eut été Marmontel,

Il eut pris ſagement le parti de ſe taire.

31 *Janvier* 1768. Le Gentilhomme ordinaire de la Chambre de ſervice a voulu réconcilier le Sr. Sedaine avec les Comédiens. Il l'a envoyé chercher, & l'a ſollicité de faire quelques politeſſes à la Troupe. Cet auteur s'y eſt refuſé, & Préville a juré de ne point jouer dans *la Gageure de Village*, petite piece en un acte de ce Poëte maçon, annoncée depuis longtems. Il y a apparence qu'elle ſera miſe au rebut. L'autorité en général ménage beaucoup les hiſtrions.

1er. *Février. Epigramme de M. de Voltaire contre M. Piron.*

Le vieil auteur du Cantique à Priape,

Humilié, s'en alloit à la Trape,

Pleurant le mal qu'il avoit fait jadis.

Mais ſon curé lui dit: „ Bon Métromane,

„ C'eſt bien aſſez d'un plat *De profundis.*

,, Ràſſurez-vous : le Seigneur ne condamne

,, Que les vers doux, faciles, arrondis;

,, Ce qui ſéduit, voilà ce qui nous damne.

,, Les rimeurs durs vont tous en paradis. ''

1er *Février* 1768. Avant-hier on a brûlé au pied du grand eſcalier un livre intitulé : *L'Hiſtoire impartiale des Jéſuites, depuis leur établiſſement juſqu'à leur premiere expulſion 2 vol.* L'Arrêt du Parlement, rendu le 29 Janvier & publié aujourd'hui, le condamne comme contenant des maximes dangereuſes, des principes erronés & une déclamation indécente contre tous les Monaſtiques. Ce livre eſt de M. Linguet, auteur de la *Théorie des Loix.*

1er *Février.* On a publié hier au prône le Mandement de M. l'Archevêque de Paris, portant condamnation d'un livre qui a pour titre : *Béliſaire, par M. de Marmontel, de l'Académie Françoiſe, &c.* M. l'Archevêque fait lui-même l'analyſe de ſon Mandement dans ſa concluſion. Il y donne la récapitulation de tous les points traités dans le corps de l'ouvrage. Il y dit que la raiſon doit être ſubordonnée à la révélation ; qu'il ſera toujours glorieux aux Souverains de protéger la foi catholique ; que c'eſt leur droit & leur devoir, en uſant du glaive, [comme il eſt dit au corps du Mandement, page 34 ;] que la religion catholique eſt le plus ferme appui du Trône. La concluſion du Mandement condamne l'ouvrage de *Béliſaire,* comme contenant des propoſitions fauſſes, captieuſes, téméraires, ſcandaleuſes, impies, erronées, reſpirant l'héréſie & hérétiques. Ce Mandement contient 56 pages, in-4°.

N 3

2 *Février* 1768. Extrait d'une Lettre de Berlin du 15 Janvier 1768........ Le 30 Octobre, l'Académie Royale des Sciences de cette Ville a tenu une Assemblée extraordinaire, où l'on a lu l'Eloge du jeune Prince Henri de Prusse, mort à 19 ans de la petite vérole, au mois de Mai 1767. Cet Eloge, fait par le Roi même, son oncle, est digne de l'un & de l'autre. Il est imprimé.

2 *Février*. On a dû jouer aujourd'hui sur le Théâtre de Madame la Duchesse de Villeroi, *L'Honnête Criminel*. Ce Drame a été resserré & retouché, quant au style, par M. de Marmontel & autres auteurs de cette cour-là. Ce sont les Comédiens François qui représentent. Il y a eu dimanche une répétition très larmoyante.

3 *Février*. On a représenté en effet hier chez Madame la Duchesse de Villeroi, le Drame de *L'Honnête Criminel*. Les Spectateurs en ont été très satisfaits. Ce qu'il y a de plus grand à la Cour & à la Ville y a assisté. Plusieurs Ministres y étoient, entr'autres M. le Comte de St. Florentin, qui a été sollicité très vivement pour en permettre la représentation sur le Théâtre de la Comédie Françoise. Il a témoigné être très disposé à écouter favorablement cette demande, mais n'a pas cru devoir prendre sur lui de donner sur le champ la permission, avant que d'en avoir pris l'ordre du Roi. Il a promis ses bons offices auprès de S. M., & a demandé que la Piece lui fût remise telle qu'elle venoit d'être jouée, pour être mise sous les yeux du Monarque. Les changemens en effet, la rendent plus théâtrale & plus susceptible de la faveur du Gouvernement. M. de Falbaire, l'auteur du Dra-

me, étoit à cette représentation : il y a reçu les complimens de toute l'assemblée. Si le Gouvernement permet qu'on joue cette Piece, il faudra nécessairement changer le titre qui est faux ; on pourroit y substituer : *La Piété filiale récompensée*.

3 *Février* 1768. On donne demain *Dardanus*, après différens délais occasionnés par les tracasseries de ce tripot Lyrique. Le Sr. Le Gros ne veut point faire le rôle de *Dardanus*, tant que Mlle. Arnoulx fera celui d'*Iphise*. Il ne peut pardonner à cette Actrice de l'avoir traité injurieusement & de lui avoir donné des épithetes qui choquent son amour propre. Les Directeurs ont en vain essayé de racommoder ces deux especes, & par une suite de l'anarchie introduite à tous les Théâtres, on a l'indulgence de se prêter aux délicatesses & aux fantaisies de ces gens à talens, qu'on gâte de plus en plus.

4 *Février. Dardanus* joué aujourd'hui, seroit complettement bien remis sans le Sr. Pilot qui gâte tout. Ce chanteur a été reçu avec les dégoûts ordinaires du public, & poursuivi de huées qu'on lui prodigue au lieu d'applaudissemens. Le Poëme, d'une contexture vraiment théâtrale, dont les paroles pleines de force & d'harmonie ont si dignement inspiré le Musicien, est encore mieux goûté, en sortant de la barbarie & du cahos d'*Ernelinde*, ouvrage où l'auteur, au lieu de merveilleux, semble avoir entassé toutes les absurdités imaginables. Aussi a-t-on changé peu de chose au Drame, ainsi qu'à la Musique. On a ajouté à la fin une Ariette des plus Italiennes. Elle est chantée par le Sr. Narbonne, & quoique disparate avec le reste, elle a trouvé

N 4

des partifans qui l'ont admirée comme ho
d'œuvre, & l'ont fort applaudie.

Les Ballets font exécutés avec beaucoup d'ar
& par les meilleurs Danfeurs. Le Sr. Veftris
Mlle. Guimard principalement dans le 4me Ac
dans une Pantomime très voluptueufe, ils ex
tent les fenfations les plus vives & les plus fo
tenues dans l'ame des Spectateurs.

4 *Février* 1768. *Louifon Ray*, jeune Danfeuf
furnuméraire de l'Opéra, vient de mourir de l
poitrine. C'étoit un fujet d'efpérances. La pert
de ce rejetton de la famille des Rays, recomma
dable du Théâtre, féconde en Eleves pour le
Séminaires de Vénus, a jetté la défolation dan
les quadrilles des Bals. Nous avons encore
l'Opéra, Madame Pitrot, iffue de cette tige
& une Ray, danfeufe en double & figurante.

5 *Février*. Le Bal de cette nuit a été for
gai. Le Sr. Poinfinet en a fait les honneurs & le
plaifir en grande partie. Différentes Demoifelles
des quadrilles, à la tête defquelles étoit Mlle.
Guimard, ont entouré le Poëte qui n'étoit point
mafqué, & fans dire gare, font tombées fur lui
à coups de poing, à qui mieux mieux. En vain
le pauvre diable, qui n'ofoit fe revenger, de-
mandoit pourquoi on le tourmentoit ainfi ?
Pourquoi as-tu fait un méchant Opéra, lui
répondoit-on en chorus ? Et les coups de pleu-
voir de nouveau fur lui comme grêle. Cette farce, affez bête, a attiré tous les Spectateurs,
& n'en eft pas moins défagréable pour le Sr.
Poinfinet, qui a eu beaucoup de peine à s'é-
chapper, roué, moulu de coups, maudiffant fa
gloire, & fentant combien une grande réputation eft à charge.

5 *Février* 1768. Il s'eft répandu depuis quelque tems un livre *fur l'origine & la propriété des biens eccléfiaftiques.* On l'attribue à M. le Marquis de Puyfégur, Lieutenant-Général des Armées du Roi. Il a fait grand bruit par la nouveauté des Syftèmes de l'auteur. Il y prétend fpécialement que les biens eccléfiaftiques ne font autre chofe que des ufurpations fur la Nobleffe ; que c'eft mal à propos que le Clergé s'intitule le premier Ordre de l'Etat, puifqu'il n'eft point un Ordre diftinct & ne peut l'être. Ces affertions hardies dans ce fiecle de paradoxes, ont effrayé le Clergé, qui eft en mouvement pour faire arrêter & fupprimer le livre.

6 *Février.* Les Comédiens François fe difpofent à donner jeudi prochain une petite Comédie de M. *Rochon de Chabannes*, intitulée *les Valets Maîtres de la maifon, ou le Tour de Carnaval.* M. Barthe, auteur *des Fauffes Infidélités*, dont le fuccès continue, a été allarmé de cette nouveauté. Il a fait ce qu'il a pu pour en empêcher la repréfentation ; il continue à regarder ce procédé comme une iniquité de la part des Comédiens & de M. Rochon, fon ami. Celui-ci fe défend fur ce qu'il ne peut faire un pareil facrifice, le titre & la maniere de fa piece exigeant abfolument qu'elle foit jouée en Carnaval pour faire quelque fenfation. L'Aréopage comique paroît avoir égard aux raifons du dernier.

6 *Février.* Il fe répand une Epitre de M. de Marmontel à Mlle. Guimard, trop longue pour être tranfcrite ici. C'eft à l'occafion de l'aumône dont on a parlé. Le Poëte, qui l'appelle *la belle damnée*, étale dans cette plaifanterie une gaieté pédantefque. On voit qu'il cherche à faire

N 5

contre fortune bon cœur. Elle ne cadre nullement avec la componction qu'il devroit avoir,
& ne fent point le pénitent gémiffant fous les
Cenfures eccléfiaftiques.

A propos de Mlle. Guimard, on a oublié de
dire que M. de la Borde, le valet-de-chambre
ordinaire du Roi, ne contribue pas peu à foutenir le luxe de cette Actrice. M. le Maréchal Prince de Soubife eft l'amant honoraire;
le fecond eft l'amant utile, mais modefte, fe
tenant toujours dans la plus grande réferve, fortant comme les autres, & même avant les autres, des foupers brillans qu'elle donne toutes
les femaines, ainfi qu'on a dit.

7 *Février* 1768. L'énumération des pieces traduites du Portugais, concernant les ci-devant
foi-difant Jéfuites, eft innombrable, & toutes
tendant à inculper cette célebre Société. Parmi
celles qui ont été publiées, on vient d'imprimer
le Réquifitoire préfenté au Roi de Portugal par
le Procureur général de fa Couronne, fur les circonftances critiques où fe trouve cette Monarchie depuis que la Compagnie de Jefus a été bannie & expulfée des Domaines de France & d'Efpagne. Cet écrit réunit une foule de faits qui
femblent démontrés certains & inconteftables,
pour prouver l'abus énorme que dans tous les
tems les Jéfuites ont fait de leur Inftitut pour
parvenir à leurs fins *per fas & nefas*.

7 *Février*. Un écrit imprimé, portant
pour titre : *Entretiens fur l'affemblée des Etats
de Bretagne*, 1766, a été dénoncé vendredi 5
au Parlement, & il a été ordonné qu'il feroit
communiqué au Procureur général du Roi, pour
donner fes conclufions mardi 9.

7 *Février* 1768. La Sorbonne eſt aujourd'hui l'objet des ſarcaſmes de tous nos modernes Phi-loſophes. Chaque jour ce ſont de nouveaux pamphlets où l'on rappelle des anecdotes peu flatteuſes pour ce Corps. On vient d'imprimer une Prophétie où elle eſt fort maltraitée.

8 *Février*. *L'honnête Criminel* ne ſera pas joué ſur le Théâtre de la Comédie Françoiſe : le Miniſtere ne veut & ne peut abſolument ſe prêter à laiſſer donner au public un ſpectacle qui jette une ſorte d'exécration ſur une loi ri-goureuſe , mais qu'on regarde comme néceſ-ſaire. En effet il eſt queſtion dans ce Drame d'un pere puni pour avoir aſſiſté à des aſſem-blées de Proteſtans illicites & contraires aux Ordonnances. Le crime n'eſt pas d'être Pro-teſtant , mais de favoriſer par des aſſociations nombreuſes un eſprit de révolte & d'indé-pendance.

9 *Février*. La piece des *Moiſſonneurs* aux Italiens continue d'être jouée avec beaucoup de ſuccès. L'Abbé de Voiſenon prétend plai-ſamment , ſur le reproche qu'on faiſoit à Favart d'avoir prophané l'Ecriture Sainte , en mettant ſur la Scene un pareil ſujet, que ce n'eſt point l'Ancien Teſtament que l'Auteur a eu en vue, mais un Conte du Pere Berruyer , qu'on a gazé comme on a pu. Ce Jéſuite, en effet, eſt accuſé d'avoir fait un Roman de ſon *Hiſtoire du Peu-ple de Dieu*.

9 *Février*. Dans l'aſſemblée de la Faculté de Théologie du 3 de ce mois , il a été fait lecture d'une Lettre de M. le Comte de S. Flo-rentin au Syndic, pour lui dire que l'intention du Roi étoit toujours qu'il ne fut plus parlé ni

délibéré en rien fur la conclufion de la *Cenfure de Bélifaire*. Malgré cette Lettre & les défenfes de la part du Roi , la Faculté continue à s'occuper de cet objet dans des affemblées particulieres.

Elle n'eft pas contente du Mandement de M. l'Archevêque. Elle reproche à fon tour à ce Prélat , ou à ceux qui ont fait fon Mandement , de ne s'être pas expliqué nettement fur la matiere traitée dans la conclufion de la *Cenfure de Bélifaire* par cette même Faculté.

9 *Février* 1768. Le Parlement a fupprimé ce matin l'imprimé , portant pour titre : *Les Entretiens fur la Bretagne* , &c.

9 *Février*. M. l'Archevêque , échauffé par les *Zelanti* , s'eft plaint au Gouvernement de l'audace avec laquelle le Sr. Favart a ofé traduire fur le théâtre de la Comédie Italienne un fujet de l'Ecriture Sainte. Il a demandé la fuppreffion de ce Drame , tant à la repréfentation qu'à la lecture. On en a fufpendu la vente. Quant au premier point , la piece va encore , & la chofe eft reftée indécife.

10 *Février*. Le Sr. le Gros a pris le rôle de *Dardanus* , Mlle. Beaumefnil ayant fait celui d'*Iphife* dimanche & mardi.

10 *Février*. La Prophétie dont on a parlé , eft attribuée à M. de Voltaire. La voici :

La Prophétie de la Sorbonne , de l'an 1530 , *tirée des manufcrits de M. Baluze. Tom. I. p.* 117.

> Au *primà menfis* tu boiras
> Affez mauvais vin largement ;
> En mauvais latin parléras
> Et en français pareillement.

Pour & contre clabauderas
Sur l'un & l'autre Teftament ;
Vingt fois de parti changeras
Pour quelques écus feulement. (*a*)

Henri Quatre tu maudiras
Quatre fois folemnellement ; (*b*)
La mémoire tu béniras
Du bienheureux Jacques Clément. (*c*)

La Bulle humblement recevras,
L'ayant rejettée hautement ; (*d*)
Les Décrets que griffonneras ,
Seront fiflés publiquement. (*e*)

Les Jéfuites remplaceras ,
Et les pafferas mêmement :
A la fin , comme eux , tu feras
Chaffé très-vraifemblablement. (*f*)

10 *Février* 1768. Dans une Séance tenue à la
Faculté de Médecine , pour confirmer le jugement porté par ce Corps fur l'Inoculation , il a
été lu un Mémoire de M. l'Epine , l'un des
Commiffaires , qui en avoit déjà donné un contre l'Inoculation , & qui replique dans celui-ci
à M. Petit , auteur du Mémoire en faveur de

(*a*) On a encore à Londres les quittances des Docteurs de
de Sorbonne , confultés le 2 Juillet 1530 fur le divorce de
Henri VII , par *Thomas Kronck* , agent du Tyran , qui dé-
livra l'argent aux Docteurs.
(*b*) Il y eut quatre principaux Libelles de Sorbonne ,
appelés *Décrets* , qui méritoient le dernier fupplice. Le
plus violent eft du 17 Mai 1590. On y déclare excommunié
& damné le grand Henri IV , ainfi que tous fes fideles fujets.
(*c*) Le Moine Jaques Clément , Etudiant en Sorbonne ,
ne voulut entreprendre fon faint parricide , que lorfque 72
Docteurs eurent déclaré unanimément le Trône vacant , &
les Sujets déliés du ferment de fidélité , le 7 Janvier 1589.
(*d*) On fait que la Sorbonne appela de la Bulle *Unigenitus* au futur Concile en 1718 , & la reçut enfuite comme
Regle de Foi.
(*e*) C'eft ce qui vient d'arriver , & ce qui déformais arri-
vera toujours.
(*f*) Amen!

cette méthode. Cet ouvrage a occafionné d
nouveaux débats, des querelles même indé
centes : ce qui a davantage embrouillé la ma
tiere. On a demandé communication du Mé
moire de M. de l'Epine, & il eft queftion d'
répondre.

11 *Février* 1768. M. l'Abbé Barthelemi eft for
fcandalifé d'une farce jouée au Bal, qui ef
une efpece d'Epigramme en action contre lui
Un grand homme maigre, fec, déguingandé
comme cet Abbé, s'eft préfenté devant l'af
femblée, mafqué en Suiffe, avec une calotte
& un manteau noir : *Qu'eft-ce que cela, beau*
mafque ? De quel état êtes-vous ? Abbé ou
Suiffe ? — L'un & l'autre, tout ce qu'on vou-
dra, pourvu que cela me rende 30,000 *Livres*
de rentes. On prétend que M. le Duc de Choifeuil eft irrité de cette critique, & voudroit dé
couvrir le plaifant.

12 *Février.* La piece de M. Rochon,
intitulée, *Les valets maîtres de la maifon*, ou
le Tour de Carnaval, a été jouée aujourd'hui.
Ce n'eft qu'une farce établie fur un fond trivial. Rien de piquant dans l'intrigue ni dans
le ftyle. Le feul caractere affez plaifant eft
celui de Préville, qui a quelquefois des faillies
heureufes, une critique fine, très-difparate
avec le gros fel dont eft faupoudré le refte du
Drame. Il eft en profe, & ne peut faire tort à
celui de M. Barthe. On doute que cela paffe le
Carnaval.

13 *Février.* Outre l'*Almanac des Spectacles*
intitulé : *Les Spectacles de Paris*, les Inten-
dans des Menus font imprimer par ordre de
Gentilshommes de la Chambre un autre Almanac, qui a pour titre : Etat actuel de la Mu

ne & des trois Spectacles , &c. C'eſt le Sr.
entes Libraire , qui a ce privilege , & le livre
eſt ſoumis à aucune inſpection de Police. Il
eſt adreſſé au Sr. Poinſinet pour faire l'article
hiſtorique de la Comédie Italienne , c'eſt-à-dire
une notice ou eſpece d'avertiſſement concernant ce Spectacle. Cet auteur l'a traîné en lon-
gueur juſqu'à la veille du jour de l'an , & dans
un moment où il le ſavoit à Verſailles , il a
envoyé le morceau. Le Prote & autres garçons,
très-preſſés & inſtruits de l'attente du Libraire,
ſe ſont mis tout de ſuite en beſogne , & l'on a
porté l'Almanac, en préſent , ſuivant l'uſage,
aux Acteurs de la Comédie. Ceux de la Comédie Italienne ont été fort ſurpris de s'y voir
très-maltraités , & d'y trouver un éloge complet
du petit auteur ; ils s'en ſont plaints à M. le
Duc de Duras. On a arrêté la vente de l'Almanac , & l'on a été obligé de mettre un carton
pour corriger l'impertinence du Sr. Poinſinet.
Le premier exemplaire eſt devenu très-rare &
fort cher.

14 *Février* 1768. Des Lettres de Hambourg du
27 Janvier diſent , qu'au rapport de quelques
voyageurs revenus depuis peu de Turquie , les
imprimeries ſont devenues fort communes dans
l'Empire Ottoman , malgré les proteſtations des
Imans ou Eccléſiaſtiques qui avoient intérêt à s'y
oppoſer ; & d'autres diſent au grand préjudice
d'un grand nombre de perſonnes , tant dans les
villes qu'au fond des provinces , qui gagnoient
leur vie en faiſant des copies de livres. Quoi
qu'il en ſoit , ces progrès y ſont ſenſibles , &
ſe trouve des Muſulmans qui traduiſent les
ouvrages françois en langue Turque & les font
imprimer.

14 *Février* 1768. M. le Maréchal de Richelieu ayant defiré voir jouer *Auger* dans le tragique avant fon départ pour fon Gouvernement, ce Comédien doit débuter dans ce genre inceffamment. Il prend les rôles du Sr. le Kain dans les *Illinois*, dans *Warwick*, & dans *Rhadamifte & Zénobie*. Cette grande & importante nouvelle intéreffe beaucoup les amateurs qui fe difpofent à rire.

15 *Février*. De tous les fcandaleux écrits qui ont paru jufqu'à ce jour, aucun ne mériteroit plus l'anathême des fages maîtres que celui qu'on vient d'imprimer fous le titre du *Cathécumene*. L'auteur, qui fe cache, y raffemble en 34 pages *in*-12 d'impreffion, fous une fiction ingénieufe, tout le fel de la plus coupable plaifanterie. On ne peut pas pouffer plus loin l'ironie & le farcafme fur les matieres les moins faites pour en être l'objet. On ne doute pas que cet ouvrage ne foit de M. de Voltaire.

15 *Février*. L'ariette qu'on avoit ajoutée à la fin de *Dardanus* eft de la compofition du Sr. *Trial*, l'un des Directeurs de l'Opéra. Il y avoit un grand accompagnement de cors de chaffe. Elle n'a pas fait fortune depuis le premier jour. Elle faifoit une difparate fi fenfible que les connoiffeurs fe font recriés contre cette interpollation muficale. Ils ont trouvé que cette broderie légere & toute de clinquant, n'alloit point fur la magnifique étoffe du corps de l'ouvrage. On ne chante plus.

16 *Février*. On écrit d'Amfterdam qu'on fe difpofe à jouer en Hollande la piece de *l'Honnête Criminel*; dont la lecture a fait la plus grande fenfation.

16 *Février*. Un cordonnier de femme nommé

mé *Charpentier*, fait aujourd'hui le fecond tome de M. André Perruquier, fi fameux, il y a quelques années, par fa piece du *Tremblement de terre de Lisbonne*. Celui-là ne compofe point encore, mais joue des comédies chez lui, entr'autres *Zaïre*, où il exécute le rôle *d'Orofmane*. Cette parade fait l'hiftoire du jour dans ce pays de modes & d'oifiveté, furtout depuis que le Duc de Chartres y a affifté avec d'autres Seigneurs de la Cour. Ce Prince y eft allé à fix chevaux, & c'eft à qui aura des billets pour ce fpectacle burlefque.

17 *Février* 1768. M. Poinfinet ne joue pas toujours un rôle paffif ; il attaque à fon tour & vient de s'efcrimer contre M. de Marmontel, qu'il plaifante fur fon épitre à Mlle. Guimard. C'eft une efpece de Lettre en vers où il reproche à ce Philofophe de louer l'action de cette Demoifelle, comme fi elle étoit extraordinaire parmi les filles de fon état, qu'il trouve auffi fufceptible d'humanité que les autres. Il le blâme enfuite de prétendre qu'un Théologien, comme tel, ait néceffairenent un cœur de bronze. Cette facétie eft trouvée par bien des gens plus légere que celle de M. Marmontel, ouvrage en effet d'un auteur toujours devant fon bureau.

18 *Février*. Les Directeurs actuels de l'Opéra, voulant encourager les auteurs à travailler pour leur Théâtre, reconnoître les talens de ceux qui ont bien mérité du Public par les ouvrages qu'ils ont donnés, ont demandé au Miniftre la permiffion de donner une penfion de 1,000 Livres fur l'Académie Royale de Mufique à M. de Mondonville : ce qui leur a été accordé.

Les anciens Directeurs avoient rendu le même honneur à Rameau, à qui l'on fit 1,500 Livres de pension.

17 *Février* 1768. M. Hosti, Médecin très-renommé pour l'inoculation, est de retour de Londres depuis quelques jours. Il étoit passé en Angleterre par ordre du Gouvernement, pour y prendre encore de nouvelles lumieres sur l'art d'inoculer, que le Ministere a fort à cœur d'accréditer, s'il répond à l'idée qu'on en veut donner en politique & qui paroît justifiée par beaucoup de faits.

19 *Février*. Le Sr. Sédaine va bientôt paroître en justice pour une anecdote qui ne lui fait point honneur, quelque bon que son procès paroisse au fond & dans la forme. On a parlé de son mariage, exécuté l'année derniere, & de la réclamation de Madame le Comte, morte de chagrin. L'ingratitude de ce poëte maçon a contribué autant que la jalousie à faire périr cette femme de douleur. Elle avoit fait donation au Sr. Sédaine d'une maison ayant trois corps de logis, bon & excellent bien. On prétend qu'il voulut, dès qu'il fut marié, la mettre à exécution & faire sortir cette bonne femme de chez elle. Cette scene de *Tartuffe* renouvellée, est un des moyens que font valoir les héritiers pour rentrer en possession du bien, & faire casser une donation qu'ils regardent comme le fruit de la séduction & de l'obsession.

20 *Février*. Le Sr. Auger a débuté hier dans le rôle de *Huascar* dans la Tragédie des *Illinois*. Il y avoit une affluence de monde prodigieuse. Cet acteur n'a pas eu tout le succès qu'il se promettoit. On ne lui a trouvé ni la chaleur ni la noblesse nécessaires pour un par

rôle. Il a cependant été applaudi, fur-tout
ns un endroit où, ayant mal débuté deux vers
il l'ont fait huer, il n'a point perdu la tête,
a recommencés avec une autre inflexion de
ix, & a entraîné les fuffrages.

20 *Février* 1768. M. l'abbé Barthelemi vient
faire un acte de modération qui lui attire
aucoup d'éloges; il a remis 5,000 livres de
nfion qu'il avoit fur le *Mercure*.

21 *Février. L'homme aux quarante écus*
une nouvelle brochure de M. de Voltaire,
il prétend démontrer d'abord l'abfurdité des
feurs de projets qui voudroient n'établir qu'un
pôt unique. Cette critique tombe fur *la Ri-
effe de l'Etat*, & fur le livre de *M. de la Ri-
ere*. Il enveloppe enfuite dans fes farcafmes
deux Sectes des *Economiftes* & des *Com-
erçans*. Il traite après différentes matieres,
il paffe en revue avec affez peu d'adreffe. Il
eft pas jufqu'à la vérole qui n'y trouve fa
ace & fon chapitre. Cette facétie n'eft point
nufante comme les autres: elle n'a ni graces
légéreté. *Freron*, *Nonotte* & tous les autres
aftrons ordinaires des railleries & des injures
M. de Voltaire reparoiffent encore fur la fcene.
ela devient faftidieux jufqu'à la naufée.

22 *Février.* On ne parle plus de l'affaire
u Sr. Poinfinet. On affure pourtant qu'elle fe
ourfuit toujours par les voies ordinaires de la
ftice. Des gens prétendent même qu'il y aura
n Mémoire, non par l'Avocat Vermeil, mais
ar Paliffot; auquel cas il fera plus méchant que
laifant. D'ailleurs il eft à craindre qu'il ne vienne
rop tard.

22 *Février.* Le Roi a rendu en fon Con-
eil d'Etat le 12 de ce mois, un Arrêt qui fup-

prime le livre de M. de Puiségur dont on a p
Son titre est *Réflexions intéressantes sur la*
tention du Clergé d'être le premier Corps
l'Etat. S. M. le regarde comme plein de p
cipes faux, & comme contestant au Clergé m
ses propriétés.

23 *Février* 1768. M. le Curé de St. Sulpi
invité l'Académie Royale d'Architecture de v
loir bien examiner les moyens d'achèvemen
grand portail de sa Paroisse, que M. Pattu,
chitecte du Duc régnant des Deux-Ponts, a
posé, il y a quelques mois, dans un Mémo
En conséquence cette Compagnie est actue
ment occupée de cet objet important.

24 *Février.* Il est parvenu en Fra
quelques exemplaires d'un *Journal de St. L*
mingue. Cet ouvrage dont on connoit ici 15
hiers, a été commencé dans la Colonie ver
fin de 1765. Il en paroît un par mois. Il cont
en général des choses intéressantes pour le pa
Il est assez bien écrit, mais on assure que l'o
vrage ne se continue point. La souscript
coûtoit sur les lieux 96 livres de France
année.

25 *Février,* M. l'abbé Beaudeau, Secr
taire de la Société des *Economistes* & Rédact
de leur Journal, appelé *Les Ephémérides*
Citoyen, va en Pologne, où on lui fait a
une Prévôté Royale, bon & excellent béné
On prétend que le Monarque, d'ailleurs,
bien-aise d'avoir ses conseils pour la législati
dont il doit devenir maître incessamment.
quel cas il veut mettre en pratique *les prin*
pes essentiels de la société politique, &c. En
mot, cet abbé va être le pendant de M. de
Rivière en Russie. Les gens de Paris, qui ont

…rès ces modernes Solons, rient bien de voir …iés au gouvernement des Etats ces Philofo- … Cyniques, qui ne favent pas gouverner leur …age. On reproche entr'autres chofes à M. de …iviere d'avoir une femme qu'il tient éloi- … de lui, & pour laquelle il a les plus mau- …es manieres.

…6 *Février* 1768. *Le triomphe de la probité*, …médie en deux actes & en profe, imitée de …ocat, Comédie de Goldoni. Madame *Benoit* …uteur de ce Drame. La piece eft conduite …ment & écrite avec facilité. On defireroit … d'art dans le tiffu de l'intrigue, & plus de …e dans les caracteres.

…27 *Février*. Le *Théâtre de Société* du …Collé vient enfin d'être rendu complet. Il eft …2 volumes.

…e premier contient, *Le Roffignol*, Opéra …ique en un acte; *La Veuve*, Comédie en …acte & en profe; *Le Bouquet de Thalie*, …logue, joué avant *la Partie de Chaffe de* …ri IV; *La partie de Chaffe de Henri IV*, …médie en 3 actes & en profe; *Les adieux de* …*Parade*, Prologue en vers libres; *Le Galant* …roc, Comédie en un acte & en profe; *Tan-* …*& Néadarné*, Tragi-Comédie en un acte & …vers, précédée de *La Lecture*, Prologue en …fe.

…Le fecond volume contient *l'Efpérance*, Pro- …ue en vaudevilles, profe & vers; *Joconde*, …éra comique en deux actes; *Nicaife*, Comédie …deux actes & en profe; *La vérité dans le vin*, …médie en un acte & en profe; *Madame Prolo-* …ue, Prologue en profe & vaudevilles, fuivi d'un …overbe, Comédie; *Cocatrix*, Tragédie Am- …igouriftique, en vers & en 5 fcenes; enfin,

La tête à perruque, petit Conte Dramatique en un petit acte.

Ce *Théâtre* est vraiment de Société, c'est-à-dire fort libre & fort ordurier, très-propre à être joué chez des filles ou chez de grands Princes. À quelques pieces près, toute imagination obscene en fera facilement autant.

28 *Février* 1768. L'inépuisable auteur du *Siècle de Louis XIV* vient de donner sous le nom d'un Sermon prêché à Basle, le 1er. Janvier 1768 par *Josias Roserre*, Ministre du St. Evangile, un écrit très-agréable à lire. Il roule sur l'esprit de tolérance qui commence à se répandre de proche en proche. L'Impératrice des Russies est célébrée avec un faste, un enthousiasme fort à la mode chez la Secte Encyclopédique. Le Roi de Pologne y est aussi prôné. Il est fâcheux que l'auteur, après avoir débuté d'une façon grave & imposante, ne puisse soutenir le même ton & revienne aux mauvaises plaisanteries qu'il a remâchées cent fois contre la Religion, qui peuvent faire rire dans un Ouvrage *ad hoc*, mais toujours déplacées dans un discours sérieux.

1er. *Mars.* Il paroît un livre, intitulé *Doutes sur le livre de l'Ordre naturel & essentiel des sociétés politiques.* On y prétend que M. de la Riviere, sous l'apparence de l'amour de la justice & de l'humanité, n'est qu'un promoteur dangereux du despotisme le plus décidé & le plus complet. Il regne dans cet ouvrage une fierté de caractere, un goût pour la liberté bien digne de l'auteur des *Observations de l'Histoire de France.* Tout le monde sait que le Gouvernement a arrêté la suite de ce Livre; que pour mieux fermer la bouche à l'abbé Mably on toit tâché de le féduire par la faveur; qu'en conféquence on avoit fait demander par S. M. même à M. l'Evêque d'Orléans un bénéfice pour cet abbé, dont il eft pourvu; qu'il eft en outre occupé pour les affaires étrangeres. Bien des gens font furpris de voir cet auteur, qu'on croyoit vendu à la Cour, déployer dans ce nouvel ouvrage une vigueur, une indépendance plus propres au patriote qu'au courtifan. Il donne pourtant à croire qu'il n'a pris la plume que par ordre de la Cour, ou, qu'avec fon agrément; que M. de la Riviere n'a point rempli l'objet qu'il s'étoit propofé, & que fon livre ne plait point dans ce pays-là autant qu'il l'efpéroit. On en peut conclure que le Gouvernement a peut-être bien autorifé M. l'abbé Mably à répondre à M. de la Riviere, mais que celui-ci a un peu abufé de la permiffion. Le livre de M. de la Riviere déplaît au Gouvernement, en ce qu'il voudroit ramener tous les impôts à un impôt unique, & que trop de gens font intéreffés au fyftême contraire pour qu'il réuffiffe.

2 *Mars* 1768. On a parlé d'un ouvrage, intitulé : *Entretiens fur la Bretagne*, compofé par ordre & fous les aufpices de M. le Duc d'Aiguillon. Il paroît aujourd'hui la contre-partie : c'eft la *Lettre d'un Gentilhomme de Bretagne à un Noble Efpagnol*. Elle eft fort rare.

3 *Mars.* On vient d'imprimer *les trois impofteurs*, manufcrit relégué jufqu'à préfent dans les plus profondes ténebres. Cet ouvrage, fur lequel il y a plufieurs differtations pour prouver à qui on l'attribue, eft un de ceux qui ont excité le plus de recherches dans leur tems. Aujourd'hui, que ce genre de difpute s'eft multiplié

à l'infini, on n'y trouve plus que des chofes peu nouvelles. On y a joint une lettre de Sr. *Pierre Frédéric Arpe*, de Kiel dans le Holftein, auteur de *l'Apologie de Vanini*, imprimée à Rotterdam *in-*8°. 1712. Il rend compte dans cette lettre de la maniere dont il a eu le manufcrit *de Tribus Impoftoribus*, & dont il en a fait la traduction : enforte qu'il n'y a guere lieu de douter de l'exiftence de ce livre infernal.

4 *Mars* 1768. M. de Voltaire, grand défenfeur de *Bélifaire*, vient de répandre une plaifanterie contre le Mandement de M. l'Archevêque de Paris fur cet ouvrage. Elle eft intitulée *Lettre de l'Archevêque de Cantorbery à l'Archevêque de Paris*. Cette facétie, dans laquelle l'Anglois appelle *Milord* le François, n'eft foutenue ni par le raifonnement ni par la gaieté. Elle ne tire fa célébrité que de fon auteur, & cette célébrité ne peut être qu'éphémere. Il y a un Poft-fcriptum, où l'auteur a rapproché différens événemens, concernant la décadence du pouvoir papal, fous une allégorie foutenue & dans le goût Anglois.

5 *Mars.* Le Tribunal de l'Univerfité a reconnu aujourd'hui dans une affemblée, à la tête de laquelle étoit le Recteur, dans le requifitoire de M. Séguier & l'Arrêt du Parlement, concernant le Bref du Pape contre les Miniftres du Duc de Parme, la Doctrine de l'Univerfité, & en conféquence il a enrégiftré d'une voix unanime le Requifitoire & l'Arrêt.

6 *Mars.* Les repréfentations des *Moiffonneurs* fe continuent avec une fureur qui redoubleroit, s'il étoit poffible, & fi la Salle pouvoit s'élargir. Il n'y a pas de repréfentation

ou

u quelques gens étouffés, pour le moment, n'at-
...ent la bonté du Spectacle. Quoi qu'il en soit,
es dévots sont outrés de ce succès, & n'ayant pu
...rrêter le cours de la piece, ils ont voulu se venger
...ur le Censeur, dont voici l'approbation littérale.
« J'ai lu par ordre de Monseigneur le Vice-
Chancelier, *les Moissonneurs*. Si l'on n'avoit
représenté sur nos Théâtres que des pieces
de ce genre, il ne se seroit jamais élevé de
question sur le danger des Spectacles, & les
Moralistes les plus séveres auroient mis autant de zele à recommander de les fréquen-
ter, qu'ils ont souvent déclamé avec chaleur
pour détourner le public d'y assister. A Paris,
ce 24 Janvier 1768. [Signé] MARIN. »

Cette approbation, en effet, très-singuliere,
fait crier contre le Sr. Marin, & le Clergé s'est
remué avec chaleur pour s'en plaindre. La rumeur
paroît pourtant appaisée, mais il a fait mettre
des cartons à tous les exemplaires qu'il a pu tirer, & a substitué une approbation toute simple.

M. le Contrôleur-Général l'a rayé de sa main
sur la liste des pensions, & il lui en a ôté une
de 2,000 livres qu'il avoit.

7 *Mars* 1768. On débite à l'occasion des circonstances actuelles, relatives à la Bretagne &
à la nomination de M. Ogier pour aller tenir
les Etats Extraordinaires de St. Brieux, une
Centurie de *Nostradamus*, que voici :

> Dans une Armorique Cité
> Doit être allégresse publique,
> Quand Aiguillon sera piqué
> Par le dard du Valet de pique [*].

---

[*] Le valet de pique se nomme *Augier*.

8 *Mars* 1768. Madame Denis, niece de M. de Voltaire, & fa compagne fidele depuis nombre d'années, vient de quitter ce cher oncle, & eft à Paris depuis peu avec Madame Dupuy, la petite-fille du grand Corneille, & qui doit fon établiffement au zele officieux de M. de Voltaire, &c. Cette féparation donne lieu à mille propos, que le tems feul peut éclaircir. On débite aufli que M. de Voltaire va à Stutgard, chez le Prince de Wirtemberg, répéter des fommes confidérables qui lui font dues. D'autres donnent à ce voyage un motif plus important & plus fâcheux. Ils difent que M. de * * * *, accueilli par M. de Voltaire avec tant de bonté, a eu l'ingratitude de lui voler des manufcrits, où il s'explique avec toute la liberté qu'on fe permet dans le filence du cabinet, fur le Gouvernement de France, les Miniftres, le Roi même, &c. Que dans la crainte que cette publicité ne lui attire des ennemis redoutables & de fâcheufes affaires, il avoit cru devoir prévenir la pourfuite de fa perfonne, en fe retirant chez l'Etranger.

9 *Mars.* Mlle. Heinel, Danfeufe de Stutgard, Eleve du Sr. l'Epy, Eleve lui-même du Sr. Veftris, eft à Paris, & a débuté depuis peu à l'Opéra. Sa maniere noble, majeftueufe & accompagnée de graces féveres de la haute danfe, attire tout Paris. On croit voir Veftris danfer en femme. La ftructure un peu coloffale de cette Allemande, & les grands traits de fa figure, ne plaifent pas également à tout le monde.

10 *Mars. Relation de la mort du Chevalier de la Barre, par M. C* * *, Avocat aux Confeils du Roi, à M. le Marquis de Beccaria.*

Toute cette hiftoire tragique eft contée avec

une oration bien propre à inspirer l'horreur la plus forte contre les auteurs du jugement dont il est question. Il faut se rappeler que ce malheureux jeune homme a été condamné à la mort pour quelques impiétés dont on l'accusoit, qui ne paroissent pas bien prouvées; qui pouvoient s'attribuer à un excès d'intempérance, & qui d'ailleurs ne faisoient aucun tort direct à la Société.

11 *Mars* 1768. L'Epître suivante, peu recherchée pour son mérite poétique, va être consignée ici comme pouvant servir à l'histoire & faire anecdote.

Epître à M. le Président Ogier, sur sa Mission en Bretagne.

Pour les fanges de la Vilaine
Quitter les trésors de la Seine,
Cher Ogier, quel aveuglement!
Tu veux passer bien saintement
La rigoureuse Quarantaine.
Reçois mes adieux : Carnaval
Est trop bien ici pour te suivre
Dans un pays où tout va mal,
Où pas un homme ne s'enivre,
Nulle femme n'y songe au bal.
Longtems j'en ai fait mes délices.
Mais depuis un lustre je vois
Qu'on ne parle à ces bons Gaulois
Que de Dragons & de supplices;
Que pour les réduire aux abois,
De par le plus juste des Rois,
On a fait cent mille injustices
Et violé quarante Loix.
Malheureux ! la cour les abhorre;
Et les haït; c'est le bon ton.
Que vas-tu faire en ce canton?
Tu brûles d'être utile encore
A notre Bien-aimé Bourbon;

Tu veux que son Peuple Breton
Plus que jamais l'aime & l'adore,
Et ne tremble plus à son nom.
· Quoi donc ! oserois-tu lui dire
Qu'en dépit de leurs ennemis,
Les Bretons sont les plus soumis,
Les plus zelés de son empire ?
Je te crois un peu trop prudent :
Dans ce pays, cher Président,
Répands de nouvelles allarmes :
Prends ce qui lui reste d'argent ;
Laisse-lui ses fers & ses larmes.

12 *Mars* 1768. L'Opéra a donné aujourd'hui
pour la Capitation, *Sylvie*, qui a été vue avec
le concours ordinaire à de pareils jours.

14 *Mars*. Mlle. Grandi, Danseuse en
double de l'Opéra, & figurante d'un talent
médiocre & d'une figure très-ordinaire, se plai-
gnoit, il y a quelques jours, sur le Théâtre
de l'Opéra, d'avoir perdu un amoureux qui
lui avoit donné mille louis en cinq semaines. Un
des Spectateurs lui dit qu'elle étoit faite pour
trouver aisément à remplacer cette perte. La
Demoiselle répond que cela ne se répare pas
si facilement : elle ajoute qu'en tout cas elle
ne veut point d'amant qu'à la condition d'un
carosse & de deux bons chevaux, avec au
moins cent louis de rentes assurées pour les
entretenir. La conversation tombe. Le lendemain il arrive chez Mlle. Grandi un magnifique
carosse, attelé de deux chevaux. Trois chevaux
suivent en lesse, & l'on trouve 130,000 livres
en especes dans le carosse. On ne dit point
encore le nom de ce magnifique personnage,
bien digne d'être inscrit dans les fastes de Cythere. On l'assure étranger, ce qui est injurieux
pour la galanterie françoise.

Mars 1768. On ne tarit point sur les his-
toires de toute espèce auxquelles donne lieu
l'arrivée de Madame Denis dans ce pays-ci. Il
passe pour constant aujourd'hui que M. de Voltaire est encore à Ferney, avec un Secrétaire &
le Père Adam, qu'il a recueilli lors du désastre de
sa Société, & duquel il disoit plaisamment en
le présentant à la Compagnie : *Messieurs, voilà
le Père Adam. Il est inutile de vous avertir
que ce n'est pas le premier homme du monde.*
En effet, ce Jésuite est, dit-on, très-borné.

15 *Mars.* On apprend par des Lettres de
Mantoue, du 30 Janvier, que l'Académie des
Sciences & Belles-Lettres, établie l'année dernière dans cette Ville, a proposé pour un des
sujets des prix à distribuer au mois de Novembre prochain, *de déterminer la méthode la plus
simple de réunir la sûreté des Approvisionne-
mens avec la liberté du Commerce & de l'ex-
portation des Grains.*

16 *Mars.* Le début du Sr. Auger se continue sans succès. Il est absolument dénué de
toutes les qualités propres à l'acteur tragique.
La curiosité attire pourtant du monde, & à la
faveur de ce concours, *les Valets Maîtres de la
maison* vont comme petite pièce. Les voilà
traînés jusqu'à demain pour leur onzième &
dernière représentation.

16 *Mars. Vers de M. le Chevalier de Boufflers à
Mad. la Comtesse de Boufflers sa Mère, en
lui envoyant les Fables de la Fontaine.*

Voilà le bon homme qui fit
Cent prodiges qui nous enchantent,
Des fables qui jamais ne mentent
Et des bêtes pleines d'esprit.   O 2

La Morale a befoin , pour être bien reçue ,
Du mafque de la fable & du charme des vers :
La vérité plaît moins quand elle eft toute nue ,
Et c'eft la feule vierge en ce vafte univers
  Qu'on aime mieux à voir un peu vêtue.
   Si Minerve même ici-bas
   Venoit enfeigner la Sageffe,
   Il faudroit bien que la Déeffe
A fon profond fçavoir joignît quelques appas.
Le genre humain eft fourd quand on ne lui plaît pas ,
Pour nous éclairer tous , fans offenfer perfonne ,
La favante Minerve a pris vos traits charmans ;
   En vous voyant je le foupçonne,
   J'en fuis fûr quand je vous entends.

17 *Mars* 1768. *Trop eft trop. Capitulation
de la France avec fes Moines & Religieux de
toutes les livrées , avec la Revue générale de
tous fes Patriarches ; avec cette épigraphe :* tout
arbre qui ne portera pas du bon fruit fera déra-
ciné & jetté au feu. *Matth. Chap. VII , vs.* 19.

 Tel eft le titre d'une Oeuvre du Sr. Mau-
bert , mort depuis peu à Altona. On fait que
cet auteur étoit transfuge d'un couvent de Capucins de France ; il s'enfuit que les Religieux
ne font fûrement pas bien traités dans cette brochure fatyrique , & qui par-là même eft très-amu-
fante. Il y regne une licence réprouvée chez les
honnêtes gens , mais qui réveille leur attention.

 19 *Mars.* On écrit de Rennes que le Procureur
Général ayant requis que la *Lettre d'un Gentilhomme Breton à un Gentilhomme Efpagnol,*
dont on a parlé , fut brûlée par la main du bour-
reau , un de Mrs. dit : *eh! Meffieurs , ne nous
lafferons-nous jamais de faire brûler la Vérité ?*

 L'Arrêt qui condamne au feu cette brochure ,
a été rendu le 4 Mars , fuivant les Conclufions
du Procureur Général.

20 *Mars* 1768. Le mariage de Mlle. Maza-
li, cette virtuofe également connue fur le Parnaffe & à Cythere, eft enfin déclaré avec M. le
Marquis de Saint Chamont : elle jouit de tous
les honneurs & privileges de fon titre de Marquife ; elle a pris livrée ; on lui porte la robe,
le fac, le carreau à l'églife, &c.

20 *Mars*. M. de Beauchamp, auteur de *la
Recherche des Théâtres*, de quelques romans,
pieces Dramatiques, &c. eft mort, il y a déja
quelque tems, dans un âge affez avancé. Avant
de mourir, il avoit configné fes fentimens dans
une efpece de teftament, qui roule purement
fur fa façon de penfer, & eft une efpece d'apologie de fa maniere de vivre. Il ne dit rien de
nouveau fur les motifs d'incrédibilité, & repete
feulement en affez bon ordre les principaux
argumens qu'ont fait valoir ceux qui ont écrit
fur cette matiere. Cet ouvrage manufcrit court
dans les mains des gens du parti, & fans doute
il fera imprimé quelque jour.

21 *Mars*. Extrait d'une Lettre de Leeds en
Angleterre, du 1er. Mars. . . . Il y a peu de
jours que la Société pour l'encouragement des
Arts, établie à Londres, a fait payer à M. Evert
de Swillington, près cette ville, un prix de 50
Guinées, pour l'invention de fa curieufe ma-
chine pour battre & moudre le Bled, enfemble
ou féparément.

22 *Mars*. Si la réforme que l'on fe propofe de faire dans les Communautés Religieufes a
le vœu du Gouvernement & d'une partie même
des Ordres Monaftiques, il y a des particuliers
intéreffés à combattre, & quelques-uns fe font
permis d'attaquer la Commiffion par des écrits

qu'ils ont fait paroître anonymement. On vie
d'y répondre fous le titre de *Lettres d'un R*
ligieux à fon Supérieur Général, fur la réforme
des Communautés Religieufes; troifieme Lett
fur la Conventualité. On ne peut préfent
avec plus de décence & avec de meilleur
preuves les raifons que l'auteur met en avar
pour affurer fon affertion.

23 *Mars* 1768. Un chat s'étant introduit de
niérement au Parlement, dans l'affemblée de
chambres, cet animal a attiré l'attention c
MM.; M. de Saint Fargeau, Préfident à Mo!
tier, grand ami de cette engeance, a pris c
chat, & l'a caché fous fa Robe, croyant arrê
ter par-là le défordre & le fcandale; mais ce
animal a miaulé, fégratigné, fait lediable; & il
fallu le mettre à la porte. Un plaifant de l'affem
blée, [M. Heron, Confeiller] a dit là-deffu
le bon mot, matiere de l'Epigramme fuivante:

> Tandis qu'au Temple de Thémis
> On opinoit fans rien conclure,
> Un chat vient fur les fleurs de lys
> Etaler auffi fa fourrure.
> Oh! oh! dit un des Magiftrats,
> Ce chat prend-il la Compagnie
> Pour Confeil tenu par les rats?
> Non, reprit fon voifin tout bas,
> C'eft qu'il a flairé la bouillie
> Que l'on fait ici pour les chats.

25 *Mars.* Extrait d'une Lettre de Lon
dres du 8 Mars 1768.... M. Draper, Colone
durant la derniere guerre, du 79me. Régiment
a érigé dans fon jardin de *Clifton* un magnifi
que Cénotaphe, avec l'infcription fuivante:

,, Ce Cénotaphe eft confacré à la mémoire
,, des Guerriers du 79e. Régiment, morts au
,, fervice de S. M. Ce font eux en partie qui

ont soutenu d'abord & repoussé les efforts redoutables & multipliés des François dans l'Inde, qui y ont empêché la destruction de nos Etablissemens, & ruiné enfin ceux de nos ennemis.

,, La défense de *Madras*, à jamais mémorable, la bataille décisive de *Wandewash*, douze forteresses puissantes & importantes, trois capitales superbes, *Arcot*, *Pondichery*, *Manille* & les *Isles Philippines*, tout atteste dans les Indes la bravoure indomptable de ce Régiment, les talens consommés de ces officiers, & l'humanité rare du soldat le plus grossier. Tels étoient tous les membres de ce Corps victorieux, qui a étendu les conquêtes & la gloire de la grande Bretagne jusques dans les contrées les plus reculées de l'Afie.

,, Leurs exploits rendent vraisemblables ceux des Grecs & des Romains, si vantés & si incroyables. Ils méritent d'être transmis à notre derniere Postérité, & leur nom sera célebre, tant que le vrai courage, la valeur, la discipline, l'humanité, respireront dans le cœur des Anglois.

,, Trois Officiers de l'Etat-Major, dix Capitaines, treize Lieutenans, cinq Enseignes, trois Chirurgiens & 1000 Soldats de ce Régiment, ont péri durant le cours de la derniere guerre ,,.

26 *Mars* 1768. *Ericie*, ou *la Vestale*, tragédie dont on a parlé, qui, successivement présentée à la Police, à l'Archevêque & à la Sorbonne, a paru contenir des tirades trop fortes contre la vie religieuse, paroit imprimée Ce Drame, qui n'est autre chose que l'acte de la *Vestale* ou *du Feu tiré des Elémens*, a le mérite

d'une action simple, étendue en trois actes. Il n'est pas traité aussi supérieurement que le sujet le comportoit, & d'ailleurs n'a point dans le style cette énergie nécessaire pour peindre tou l'horreur de la vie monastique : tableau qui p i roít avoir été le principal but de M. de Font nelle, & auquel son Drame ne devoit servir qu de cadre. Une Epitre de M. de la Harpe qui paru, il y a plus d'un an, en dit beaucoup pl que M. de Fontanelle : elle est intitulée *Lettr d'un Solitaire de la Trape à M. l'Abbé c. Rancé.* On en a fait mention dans le tems.

27 *Mars* 1768. M. l'Abbé Barthelemy a en effê remis 3000 Livres de pension qu'il avoit sur l *Mercure*, dont 1000 Livres en faveur de M. d Guignes, 1000 en faveur de M. de Chabanon 1000 à la masse. Il en avoit déja remis 2000, il a quelque tems, dont 1000 en faveur de M Marin, Censeur de la Police, & 1000 à l masse. Les arrangemens ultérieurs du *Mercur* n'étant pas finis, les choses restent *in statu quo.*

27 *Mars.* L'Abbé Beaudeau ne part qu'au mois de Mai pour la Pologne. On prétend que c'est l'Evéque de Wilna qui l'appelle & lui a donné un Bénéfice de plus de 20000 Livres de rentes. Il veut mettre en pratique les vues éco-nomiques de cet auteur agricole.

27 *Mars. La Princesse de Babylone* est un roman de M. de Voltaire, espece de féerie ou de folie. Il y regne une grande gaíté, à la-quelle il a su adapter des traits très-philosophi-ques, comme aussi des satyres contre des per-sonages qu'il aime à remettre sur la scene.

28 *Mars.* Un des principaux griefs de M. de Voltaire contre M. de la * * * *, c'est d'avoir retenu de mémoire les divers lambeaux que le

rmier récitoit à l'autre , du 2e. chant du
gême de *la Guerre de Genève* , & de les avoir
it paroître fans fon aveu ; d'autant qu'il y a
ie tirade contre *Tronchin* , que l'auteur n'eut
rs voulu rendre publique. Tel eft le fait , comme
raconte Madame Denis.

28 *Mars* 1768. Mlle. Heinel, célebre Danfeufe
c Stutgard , dont on a prôné le fuccès prodi-
ieux à l'opéra , où elle a débuté depuis peu ,
ient d'opérer une merveille plus grande en-
re : fes charmes ont féduit M. le Comte de
auraguais , au point de lui faire oublier ceux
e Mlle. Arnoux. Il a donné pour préfent de
oces à l'Allemande 30000 Livres, 20000 à un
ere qu'elle aime beaucoup, un ameublement
quis , un caroffe , &c. On compte que la pre-
iere coûte 100000 Livres à ce magnifique
eigneur. Mlle. Heinel ne s'étoit jugée modef-
ment qu'à 14000.

30 *Mars*. Il paroît très-conftant que Mad.
enis eft à Paris pour y refter , que fa fépa-
tion d'avec fon oncle , .M de Voltaire , eft
ne fuite de querelles domeftiques qui ne leur
ermettent plus de vivre enfemble. Les dé-
enfes confidérables que M. de Voltaire a faites
ux *Délices* & dans fes châteaux de *Tourney* &
e *Ferney* , ont fort dérangé les affaires de ce
rand homme , qui n'a pas compté avec lui-
ême. Il fe trouve aujourd'hui fort en avance
ur fes revenus , dont la plupart ne font pas
iquides. Ce qui l'a forcé à une réforme de mai-
on , dont l'entretien étoit très-cher, & furtout
ntre les mains de perfonnes peu économes.

Dans cet embarras , M. de Voltaire , qui fe
rouvoit un riche mal-aifé , a voulu , pour fe
débarraffer tout de fuite de fes créanciers & fe

mettre au niveau , vendre fa terre de *Ferney* ,
comme d'une défaite plus facile , ou comme
celle dont la vente rendroit davantage. Il a falu
le confentement de Mad. Denis , fous le nom
de laquelle elle étoit achetée , & cette niece l'a
refufé opiniâtrement. *Inde iræ.*

30 *Mars* 1768. Longchamps , cette promenade fort en vogue dans les jours de la femaine
fainte , a commencé à s'ouvrir hier avec tout
l'affluence que promettoit la beauté du jour.
Les Princes , les Grands du Royaume , s'y font
rendus dans les équipages les plus leftes & les
plus magnifiques ; les filles y ont brillé à leur
ordinaire; mais Mlle. Guimard , la *belle Damnée* , comme l'appelle M. de Marmontel dans
fon Epitre peu Catholique , a attiré tous les
regards par un char d'une élégance exquife,
très-digne de contenir les graces de la modern
Terpficore. Ce qui a furtout fixé l'attention du
public , ce font les Armes parlantes qu'a adop-
tées cette courtifanne célebre : au milieu de
l'Ecuffon fe voit un Marc d'or , d'où fort un gu
de chéne. Les Graces fervent de fupports , & les
Amours couronnent le cartouche. Tout eft ingénieux dans cet embléme.

30 *Mars.* La *Lettre d'un Gentilhomme Breton à un Noble Efpagnol* roule principalement
fur les menées des Jéfuites pour fe venger de
M. de la Chalotais : on leur impute tous les
maux qui ont affligé cette Province , on les
regarde comme les Emiffaires d'un Grand [M. le
Duc d'Aiguillon] , pour entretenir la divifion
des efprits. Il regne dans cet Ecrit une aigreur
peu propre à infpirer la confiance , & toujours
mal-adroite de la part de l'Auteur.

Fin du Troifieme Volume.